Honoré de Balzac, geboren am 20. Mai 1799 in Tours, ist am 18. August 1850 in Paris gestorben.

Zu den größten Bucherfolgen, die Honoré de Balzac erlebte, gehört der Roman *Die Frau von dreißig Jahren.* Die junge Julie d'Aiglemont ist unglücklich mit einem ebenso eleganten wie oberflächlichen Reiteroffizier verheiratet, eine Ehe, die sie nur mit größter Selbstüberwindung ertragen kann. In dieses trostlose Zusammenleben mit einem gleichgültigen Mann tritt nach einem sentimentalen Verhältnis mit dem englischen Lord Grenville der junge Diplomat Charles de Vandenesse, dessen leidenschaftlicher Liebe sie auf Dauer nicht widerstehen kann. Die Schuld an diesem Fehltritt muß sie bitter büßen, denn ihr Kind mit Vandenesse geht tragisch zugrunde. Das leidvolle Dasein Julie d'Aiglemonts findet ein jähes Ende, als sie erfährt, daß sich zwischen ihrer nichtsahnenden Tochter von Vandenesse und dessen ehelichem Sohn eine inzestuöse Liebesbeziehung anbahnt.

Bei aller Tragik der melodramatisch geschilderten Liebesgeschichte steht doch im Mittelpunkt des Romans die Forderung nach dem Recht auf Glück und Liebe einer Frau, die, wie Balzac meinte, »in jenem schönen Alter von dreißig Jahren« ist, »jenem poetischen Gipfel im Leben einer Frau«, da sie »dessen ganzen Lauf umfassen und ebenso in die Zukunft wie in die Vergangenheit blicken kann«.

Honoré de Balzac im Insel Verlag: Die Menschliche Komödie. Zwanzig Bände in Kassette. Die Bände sind auch einzeln lieferbar (it 1901-1920).

insel taschenbuch 1953

Honoré de Balzac

Die Frau von dreißig Jahren

Honoré de Balzac
Die Frau von dreißig Jahren

Roman

Aus dem Französischen
von Hedwig Lachmann

Insel Verlag

Neu bearbeitet und mit Anmerkungen
versehen von Erika Wesemann

insel taschenbuch 1953
Erste Auflage 1997

Hinweise zu dieser Ausgabe am Schluß des Bandes
Vertrieb durch den Suhrkamp Taschenbuch Verlag
Umschlag nach Entwürfen von Willy Fleckhaus
Satz: Hümmer GmbH, Waldbüttelbrunn
Druck: Nomos Verlagsgesellschaft, Baden-Baden
Printed in Germany

1 2 3 4 5 6 – 02 01 00 99 98 97

Die Frau von dreißig Jahren

Gewidmet dem Maler Louis Boulanger

1. *Der erste Irrtum*

Anfang April des Jahres 1813 verhieß ein Sonntagmorgen den Parisern einen jener schönen Tage, an welchen sie zum erstenmal im Jahr ihr Pflaster frei von Schmutz und den Himmel wolkenlos sehen. Kurz vor Mittag bog ein mit zwei feurigen Pferden bespanntes prächtiges Kabriolett aus der Rue de Castiglione in die Rue de Rivoli ein und machte hinter einer Reihe von Equipagen halt, die vor dem kürzlich neueröffneten Gitter mitten auf der Terrasse des Feuillants standen. Der zierliche Wagen wurde von einem kränklich und vergrämt aussehenden Mann gelenkt, dessen ergrauendes Haar nur spärlich den gelblichen Schädel bedeckte und ihn vor der Zeit gealtert erscheinen ließ. Er warf die Zügel dem Lakaien zu, der dem Wagen zu Pferde gefolgt war, und stieg ab, um ein junges Mädchen herunterzuheben, dessen liebliche Schönheit die Aufmerksamkeit der müßigen Spaziergänger auf der Terrasse erregte. Wie sie oben am Kutschrand stand, ließ sich die Kleine willig um die Taille fassen und umschlang den Hals ihres Führers, der sie auf das Trottoir hob, ohne den Besatz ihres grünen Ripskleides gedrückt zu haben. Ein Liebhaber hätte nicht sorgsamer sein können. Der Unbekannte mußte der Vater des Mädchens sein, das, ohne ihm zu danken, vertraulich seinen Arm nahm und ihn ungestüm in den Garten zog. Der alte Vater bemerkte die verwunderten Blicke einiger junger Leute, und für einen Augenblick verflog die Trauer, die auf seinem Gesicht eingegraben war. Obwohl er längst das Alter erreicht hatte, wo sich die Männer mit den trügerischen Freuden der Eitelkeit bescheiden müssen, lächelte er. »Man hält dich für meine Frau«, sagte er dem jungen Mädchen ins Ohr, wobei er sich straffte und mit einer Langsamkeit dahinschritt, die die Kleine zur Verzweiflung brachte.

Er schien für seine Tochter kokett zu sein und genoß wohl mehr als sie die bewundernden Blicke, welche die Gaffer auf die kleinen Füße richteten, die in Schnürstiefeln aus flohbraunem Prünell steckten, auf die zierliche Taille, die sich unter dem schmalen Kleid abzeichnete, auf den frischen Hals, den ein gestickter Kragen leicht verhüllte. Bisweilen hob sich das Kleid des jungen Mädchens beim Gehen und zeigte oberhalb der Stiefelchen durch die durchbrochenen seidenen Strümpfe hindurch die Rundung eines feingeformten Beines. So überholte auch manch ein Spaziergänger das Paar, um das junge, von braunen Löckchen umspielte Gesicht noch einmal zu betrachten und zu bewundern, dessen weißer, rosig überhauchter Ton ebenso von dem Widerschein des rosafarbenen Atlasfutters eines eleganten Hutes wie von der aus allen Zügen der hübschen Kleinen leuchtenden Sehnsucht und Ungeduld vertieft wurde. Eine leise Schelmerei belebte die schönen, mandelförmig geschnittenen schwarzen Augen, die, unter sanft gewölbten Brauen von langen Wimpern beschattet, in einem feuchten Glanz schimmerten. Lebenslust und Jugendfrische hatten ihr Füllhorn über das mutwillige Gesicht ergossen und über eine Büste, die trotz des nach der damaligen Mode unterhalb des Busens angebrachten Gürtels doch von zierlicher Anmut war. Der Huldigungen nicht achtend, blickte das junge Mädchen mit einer gewissen Unruhe auf das Schloß der Tuilerien, das offenbar das Ziel ihres hastigen Spazierganges war. Es war Viertel vor zwölf. Trotz der frühen Stunde kamen schon einige Frauen, die sich in vollem Staat hatten zeigen wollen, vom Schloß und wandten den Kopf noch einmal mißmutig zurück, um ihr Bedauern auszudrükken, daß sie zu einem ersehnten Schauspiel zu spät gekommen waren. Ein paar unwillige Worte, die der Enttäuschung der schönen Spaziergängerinnen entsprangen, waren von der hübschen Unbekannten im Vorbeigehen aufgefangen worden und hatten sie seltsam beunruhigt. Der alte Herr erspähte eher neugierig als spöttisch die Zeichen der Ungeduld und Furcht auf dem entzückenden Gesicht seiner Begleiterin, und er beobachtete sie wohl allzu genau, als daß der Hintergedanke des

Vaters sich hätte verkennen lassen. – Dieser Sonntag war der dreizehnte des Jahres 1813. Zwei Tage später brach Napoleon zu jenem verhängnisvollen Feldzug auf, in dem er nacheinander Bessières und Duroc verlieren, die denkwürdigen Schlachten von Lützen und Bautzen gewinnen, sich von Österreich, Sachsen, Bayern und von Bernadotte verraten sehen und die schreckliche Schlacht von Leipzig ausfechten sollte. Die prachtvolle Parade, die der Kaiser selbst kommandierte, war die letzte von denen, die so lange die Bewunderung der Pariser und der Fremden erregt hatten. Die alte Garde sollte zum letztenmal die kunstvollen Bewegungen ausführen, deren Pracht und Präzision den Riesen bisweilen selber in Erstaunen zu setzen vermochten, den Riesen, der sich zu seinem Zweikampf mit Europa rüstete. Es war ein Gefühl von Trauer, das eine Menge Schaulustiger im Sonntagsstaat zu den Tuilerien hinführte. Jeder schien die Zukunft zu erraten und vielleicht zu ahnen, daß die Phantasie sich noch oft das Bild dieses Schauspiels zurückrufen würde, wenn diese heldischen Zeiten Frankreichs, wie es heute ist, schon einen fast sagenhaften Charakter angenommen haben würden.

»Laß uns doch schneller gehen, lieber Vater!« mahnte das junge Mädchen und zog den Greis mutwillig vorwärts, »ich höre die Trommler.« – »Das sind die Truppen, die in die Tuilerien einziehen«, beschwichtigte er. »Oder die defilieren ... es kommen schon alle zurück«, erwiderte sie mit einem kindlichen Mißmut, der den Greis lächeln ließ. »Die Parade beginnt erst um halb eins«, begütigte der Vater, der seiner ungestümen Tochter kaum mehr folgen konnte.

Wie sie ihren rechten Arm schwang, hätte man meinen können, sie brauche das, um schneller vorwärts zu kommen. Ihre wohlbehandschuhte kleine Hand, die ungeduldig ein Taschentuch zerknitterte, glich dem Ruder eines Bootes, das die Wellen teilt. Der alte Herr lächelte hin und wieder, doch zuweilen verdüsterte auch flüchtig ein sorgenvoller Ausdruck sein hageres Gesicht. Seine Liebe für das schöne Geschöpf ließ ihn die Gegenwart ebenso genießen, wie sie ihn die Zukunft fürchten ließ. Er schien sich zu sagen: ›Heute ist sie glücklich, wird sie es immer sein?‹ Denn die Alten sind nur zu sehr geneigt, der Zukunft ihrer Kinder die Mitgift ihrer Sorgen aufzubürden. Als Vater und Tochter unter dem Säulengang des Pavillons angelangt waren, auf dessen Spitze die Trikolore flatterte und den die Spaziergänger auf ihrem Weg vom Tuileriengarten zur Place du Carrousel passieren müssen, riefen die Posten barsch: »Kein Durchgang mehr!«

Die Kleine stellte sich auf die Zehenspitzen und konnte eine Vielzahl geputzter Frauen sehen, die die beiden Seiten des alten Marmorbogens, durch den der Kaiser herauskommen mußte, versperrten.

»Siehst du wohl, lieber Vater, wir sind zu spät von daheim weggegangen.«

Ihre betrübte Schmollmiene verriet, wie wichtig es ihr gewesen war, bei der Heerschau zugegen zu sein.

»Komm, Julie, laß uns gehen, du willst doch nicht zerdrückt werden!« – »Ach nein, bleiben wir, lieber Vater! Von hier aus kann ich immerhin noch den Kaiser sehen; wenn er im Feldzug umkäme, hätte ich ihn nie zu sehen bekommen.«

Der Vater erschrak, als er diese egoistischen Worte vernahm; seine Tochter hatte Tränen in der Stimme. Er sah sie an, und es kam ihm der Gedanke, daß die Tränen unter ihren gesenkten Lidern wohl weniger von diesem Verdruß als von einem jener ersten Bekümmernisse herrührten, deren geheimer Ursprung für einen alten Vater leicht zu erraten war. Plötzlich errötete Julie und stieß einen Ruf aus, den weder die Posten noch der Vater verstehen konnten. Ein Offizier, der aus dem Hof auf die Treppe zueilte, wandte sich bei diesem Ruf schnell um, kam bis zu der Gartenarkade heran, erkannte die junge Dame, die einen Augenblick von den großen Fellmützen der Grenadiere verdeckt gewesen war, und ließ sofort für sie und ihren Vater das Verbot, das er selbst erteilt hatte, aufheben. Dann zog er, ohne sich um das Murren der eleganten Menge, die das Tor belagerte, zu kümmern, die entzückte Kleine sanft an sich.

»Nun wundere ich mich nicht mehr, weder über ihren Zorn noch über ihr Ungestüm, da du hier Dienst tatest«, sagte der alte Herr mit einem Ton, der zugleich ernst und neckend war.

»Monsieur, wenn Sie einen guten Platz haben wollen«, antwortete der junge Mann, »dürfen wir jetzt nicht plaudern. Der Kaiser liebt es nicht zu warten, und ich bin vom Großmarschall zur Meldung befohlen.«

Während er sprach, hatte er mit einer gewissen Vertraulichkeit Julies Arm genommen und sie hastig zum Carrousel hin fortgezogen. Julie sah erstaunt, wie sich eine endlose Menge in den kleinen Raum zwischen den grauen Mauern des Palastes und den von Ketten gezogenen Schranken, mit denen man inmitten des Hofes der Tuilerien große sandbestreute Vierecke abgegrenzt hatte, drängte. Die Postenkette, die den Weg für den Kaiser und seinen Generalstab freihalten sollte, hatte die größte Mühe, die erwartungsvolle, wie ein Bienenschwarm surrende Menge nicht durchbrechen zu lassen.

»Es wird wohl sehr schön werden?« fragte Julie mit einem Lächeln. »Geben Sie doch acht!« rief der Offizier und faßte sie um die Taille, sie mit ebensoviel Kraft wie Schnelligkeit neben einer Säule in Sicherheit zu bringen.

Ohne diese rasche Entführung wäre seine neugierige Verwandte von der Kruppe eines Schimmels gequetscht worden. Dieses Pferd, das einen goldgewirkten grünen Samtsattel trug, wurde von dem Mamelucken Napoleons unmittelbar am Torbogen zehn Schritt hinter den übrigen Pferden, welche auf die hohen Offiziere warteten, die dem Kaiser zur Gefolgschaft dienten, am Zügel gehalten. Der junge Mann wies dem Vater und der Tochter neben der ersten Schranke, rechts vor der Menge, ihren Platz an und empfahl sie mit einer Kopfbewegung den beiden alten Grenadieren, zwischen denen sie standen. Als der Offizier sich wieder dem Palast zuwandte, war der Schreck, den ihm das Zurückweichen des Pferdes verursacht hatte, auf seinem Gesicht einem Ausdruck von Glück und Freude gewichen. Julie hatte ihm geheimnisvoll die Hand gedrückt, sei es, um ihm für den kleinen Dienst zu danken, sei es, um ihm zu sagen: ›Endlich seh ich Sie also wieder!‹ Sie hatte sogar in Erwiderung des respektvollen Grußes, mit dem sich der Offizier vor seinem eiligen Verschwinden von ihr und ihrem Vater verabschiedete, sanft den Kopf geneigt. Der alte Herr, der die beiden jungen Leute absichtlich sich selbst überlassen zu haben schien, hielt sich in tiefstem Ernst dicht hinter seiner Tochter; doch beobachtete er sie heimlich und suchte ihr eine trügerische Sicherheit zu verleihen, indem er tat, als sei er von dem Anblick des prächtigen Schauspiels, den die Place du Carrousel bot, ganz hingerissen. Als Julie ihren Vater ängstlich wie ein Schüler seinen Lehrer anblickte, antwortete er ihr sogar mit einem heiter gütigen Lächeln; aber sein scharfes Auge war dem Offizier bis unter die Arkade gefolgt, und keine Einzelheit dieser flüchtigen Szene war ihm entgangen.

»Welch schönes Schauspiel!« sagte Julie leise und drückte ihrem Vater die Hand.

Der malerische und großartige Anblick, den das Carrousel in diesem Augenblick bot, entlockte denselben Ausruf Tausenden von Zuschauern, die alle vor Bewunderung in regloser Verzückung dastanden. Eine Menschenmasse, ebenso dichtgedrängt wie die, in der sich der Greis und seine Tochter befanden, stand in einer geraden Linie dem Schloß gegenüber auf dem engen, gepflasterten Raum, der am Gitter des Carrousels entlangläuft. Diese Menge brachte mit der Buntheit ihrer Damentoiletten das riesenhafte Rechteck, das die Gebäude der Tuilerien und das damals neuerrichtete Gitter bildeten, erst vollends zur Geltung. Die Regimenter der alten Garde, welche Revue passieren sollten, füllten den mächtigen

Platz und bildeten dem Palast gegenüber zehngliedrige imposante blaue Linien. Parallel zu diesen hatten sich jenseits der Absperrung, im Carrousel, mehrere Infanterie- und Kavallerieregimenter formiert, bereit, durch den Triumphbogen zu defilieren, der die Mitte des Gitters ziert und auf dessen Spitze man zu jener Zeit noch die wundervollen venezianischen Pferde sah. Die Regimentskapellen, die unter den Galerien des Louvre postiert waren, wurden von den diensttuenden polnischen Ulanen verdeckt. Ein großer Teil des sandbestreuten Karrees blieb leer, wie eine für den Aufmarsch dieser lautlosen Marschblöcke vorbereitete Arena. Die mit militärischer Kunst symmetrisch verteilten Massen fingen die Strahlen der Sonne in den blitzenden dreieckigen Spitzen von zehntausend Bajonetten auf. In dem leichten Wind bewegten sich die Federbüsche der Soldaten wie die Bäume des Waldes unter einem heftigen Sturm. Diese alten Truppen boten schweigsam und glänzend in der Mannigfaltigkeit ihrer Uniformen, der Aufschläge, Waffen und Achselschnüre tausend Farbkontraste. Das riesenhafte Gemälde, das Miniaturbild eines Schlachtfeldes vor der Schlacht, mit all seinen Requisiten und bizarren Erscheinungen, wurde von den hohen, majestätischen Gebäuden, deren starre Ruhe sich auf die Offiziere und Soldaten zu übertragen schien, poetisch eingerahmt. Der Zuschauer verglich unwillkürlich die Mauern der Menschen mit den Mauern aus Stein. Die Frühlingssonne breitete verschwenderisch ihr Licht wie über die weißen, neuerbauten Mauern so über die schon jahrhundertealten und erhellte mit ihrer Strahlenfülle jene unzähligen wettergebräunten Gesichter, die alle von überstandenen Gefahren zeugten und die zukünftigen erst erwarteten. Die Obersten jedes Regiments schritten einzeln die Fronten dieser heldenmütigen Männer ab. Hinter den Massen der in Silber, Himmelblau, Purpur und Gold schimmernden Truppen konnten die Neugierigen die dreifarbigen Wimpel an den Lanzen von sechs unermüdlichen polnischen Reitern erkennen. Diese galoppierten, Hunden gleich, die eine Herde durch das Feld treiben, unaufhörlich zwischen den Truppen und den Zuschauern hin und her, um die letzteren daran zu hindern, den winzigen Raum, der ihnen neben dem kaiserlichen Gitter zugebilligt war, zu überschreiten. Abgesehen von diesem Hin und Her hätte man sich in Dornröschens Schloß versetzt glauben können. Der Frühlingswind, der über die langhaarigen Bärenfellmützen der Grenadiere strich, ließ die Unbeweglichkeit der Soldaten sichtbar werden, gleichwie das dumpfe Murmeln der Menge ihr Schweigen noch stärker hervorhob. Nur zuweilen erklang ein Schellenbaum oder ein versehentlicher leichter Schlag gegen eine große Trommel, den das Echo des kaiserlichen Palastes zurückwarf, was dem fernen Grollen des Donners bei einem aufziehenden Gewitter glich. Eine unbeschreibliche Begeisterung brodelte in der erwartungsvollen Menge. Frankreich schickte sich an, Napoleon am Vorabend eines Feldzugs, dessen Gefahren von dem einfachsten Bürger vorausgesehen werden konnten, Lebewohl zu sagen. Diesmal ging es um Sein oder Nichtsein des französischen Kaiserreichs. Dieser Gedanke schien Zuschauer wie Militärs zu bewegen, die sich gleicherweise schweigend in dem Umkreis zusammendrängten, über dem der Adler und das Genie Napoleons schwebten. Diesen Soldaten, der Hoffnung Frankreichs, diesen Soldaten, Frankreichs letzten Blutstropfen, galt vor allem die unruhige Neugier der Zuschauer. Die Mehrzahl der Anwesenden und der Soldaten sagten sich vielleicht auf ewig adieu. Alle Herzen aber, selbst die dem Kaiser feindlich gesinnten, richteten glühende Wünsche für den Ruhm des Vaterlandes zum Himmel. Selbst jene Männer, die des Kampfes, der sich zwischen Europa und Frankreich entsponnen hatte, ganz und gar müde waren, hatten ihren Haß abgetan, als sie durch den Triumphbogen zogen, wohl wissend, daß am Tag der Gefahr Napoleon ganz Frankreich war. Die Schloßuhr schlug halb eins. In diesem Augenblick verstummte das Surren der Menge, und die Stille wurde so tief, daß man das Wort eines Kindes hätte hören können. Da vernahmen der Greis und seine Tochter, die nur ganz Auge waren, das Klirren von Sporen und ein Rasseln von Säbeln, das unter dem hohen Säulengang des Schlosses laut widerhallte.

Ein kleiner, ziemlich fetter Mann, in hohen Reitstiefeln, mit einer grünen Uniform und einer weißen Hose bekleidet, erschien plötzlich, auf dem Kopf einen Dreimaster, der ebenso seltsam war wie der Mann selbst; das breite rote Band der Ehrenlegion flatterte auf seiner Brust, ein kleiner Degen hing an seiner Seite. Der Mann konnte von allen Augen und von allen Punkten des Platzes aus gleichzeitig gesehen werden. Sogleich schlugen die Trommeln den Fahnenmarsch, die beiden Orchester spielten einen Satz, dessen kriegerisches Thema von allen Instrumenten, von der zarten Flöte bis zur großen Trommel, aufgegriffen wurde. Bei diesem Kampfsignal erbebten alle Herzen; die Fahnen grüßten, die Soldaten präsentierten die Waffen mit einem einzigen gleichmäßigen Griff, durch welchen die Gewehre von der ersten bis zur letzten Reihe des Carrousels in einem Ruck emporgerissen wurden. Kommandoworte schallten von Reihe zu Reihe wie Rufe eines Echos. Die begeisterte Menge rief: »Es lebe der Kaiser!« Kurz, alles bebte, war in Bewegung, alles brodelte. Napoleon war zu Pferde gestiegen. Diese Bewegung hatte die schweigsamen Massen belebt, den Instrumenten eine Stimme gegeben, die Adler und die Fahnen zum Schwingen gebracht und auf allen Gesichtern Erregung hervorgerufen. Die Mauern der hohen Galerie dieses alten Schlosses schienen mitzurufen: ›Es lebe der Kaiser!‹ Es war nichts Menschliches mehr, es war ein Zauberwerk, ein Abbild der göttlichen Macht oder vielmehr ein vergängliches Bild dieser so vergänglichen Herrschaft. Der Mann, der von so viel Liebe, Begeisterung, Hingebung, Wünschen getragen wurde, für den die Sonne die Wolken vom Himmel gejagt hatte, saß auf seinem Pferde, drei Schritt vor dem kleinen, goldbetreßten Stabe, der ihm folgte, mit dem Großmarschall zur Linken und dem diensttuenden Marschall zur Rechten. Inmitten all der Erregung, die er geweckt hatte, schien jeder Zug in seinem Gesicht völlig ungerührt.

»Bei Gott, ja! Bei Wagram mitten im Feuer, an der Moskwa zwischen den Toten, immer ist er unerschütterlich, der Kaiser!« Diese Antwort auf zahlreiche Fragen gab der Grenadier, der neben dem jungen Mädchen stand. Julie war eine Weile in der Betrachtung dieser Gestalt versunken, deren Ruhe ein so großes, sicheres Machtgefühl anzeigte. Der Kaiser bemerkte Mademoiselle de Chatillonest und neigte sich gegen den Marschall Duroc, um eine Bemerkung zu machen, die ein Lächeln bei diesem hervorrief. Die Heerschau nahm ihren Anfang. Während das junge Mädchen ihre Aufmerksamkeit bisher zwischen der kaltblütigen Miene Napoleons und den blauen, grünen und roten Reihen der Truppen geteilt hatte, beschäftigte sie sich in diesem Augenblick, angesichts der raschen und genauen Bewegungen der alten Soldaten, mit einem jungen Offizier, der zu Pferde durch die Marschkolonnen jagte und mit unermüdlichem Eifer zu der Gruppe zurückkehrte, an deren Spitze der schlichte Napoleon glänzte. Dieser Offizier ritt einen prächtigen Rappen und zeichnete sich, im Gegensatz zu der herausgeputzten Menge, durch die schöne himmelblaue Uniform des Ordonnanzoffiziers des Kaisers aus. Die Goldstickerei seines Rockes und der Reiherbusch seines schmalen, länglichen Tschakos funkelten so lebhaft in der Sonne, daß ihn die Zuschauer mit einem Irrlicht vergleichen mußten. Er war die sichtbar gewordene Seele des Ganzen, auf den Befehl des Kaisers dazu bestellt, die Bataillone zu beleben, zu führen, deren erhobene Waffen Blitze schleuderten, wenn auf einen Wink seiner Augen die Reihen sich teilten, sich wieder vereinigten, sich wie die Wellen eines Strudels im Kreise drehten oder wie die langen, geraden, hohen Wogen, die der empörte Ozean ans Ufer trägt, auf ihn zukamen.

Als die Heerschau zu Ende war, ritt der Ordonnanzoffizier mit verhängtem Zügel heran und hielt vor dem Kaiser, um seine Befehle zu erwarten. In diesem Augenblick war er zwanzig Schritt von Julie entfernt, vor der kaiserlichen Gruppe, in einer Haltung, ähnlich der, wie sie Gérard dem General Rapp auf dem Gemälde ›Die Schlacht von Austerlitz‹ gegeben hat. Es war dem jungen Mädchen vergönnt, den Mann ihres Herzens in seinem vollen militärischen Glanze zu bewundern. Der Oberst Victor d'Aiglemont, der kaum dreißig Jahre zählte, war groß, gut gewachsen, schlank. Sein wohlproportionierter Körper kam nie besser zur Geltung, als wenn er seine Kraft dazu gebrauchte, ein Pferd zu zügeln, dessen geschmeidiger, eleganter Rücken sich dann unter ihm zu biegen schien. Sein männliches, wettergebräuntes Gesicht hatte den unerklärlichen Reiz, den eine vollkommene Regelmäßigkeit der Züge jungen Gesichtern verleiht. Seine Stirn war breit und hoch. Seine feurigen Augen, von dichten Brauen beschattet und langen Wimpern umrandet, bildeten zwei weiße Ovale zwischen zwei schwarzen Linien. Seine Nase hatte die graziöse Biegung eines Adlerschnabels. Das Rot seiner Lippen trat unter den Krümmungen des unvermeidlichen schwarzen Schnurrbarts kräftig hervor. Breite Backen von lebhafter Farbe zeigten braune und gelbe Töne, die auf außerordentliche Kraft deuteten. Es war eins von jenen Gesichtern, denen die Tapferkeit ihr Gepräge verliehen hat, der Typus, auf den der Künstler heute aus ist, wenn er einen der Helden des kaiserlichen Frankreich darstellen will. Das schweißtriefende Pferd, dessen unruhig hin und her gehender Kopf äußerste Ungeduld ausdrückte, stand, die beiden Vorderfüße gespreizt und auf einer genauen Linie gehalten, unbeweglich da und ließ die langen Haare seines dichten Schweifes flattern; seine Hingebung versinnbildlichte auf eine greifbare Art die seines Herrn für den Kaiser. Julie empfand eine Regung von Eifersucht, als sie ihren Geliebten so beflissen sah, die Blicke Napoleons aufzufangen; sie dachte daran, daß er sie noch nicht angesehen hatte. Plötzlich, auf ein Wort des Herrschers, drückt Victor die Flanken seines Pferdes und galoppiert von dannen; aber der Schatten einer Schranke auf dem Sande erschreckt das Pferd; es scheut, weicht zurück und bäumt sich so jäh auf, daß der Reiter in Gefahr scheint. Julie stößt einen Schrei aus, sie erbleicht; alle Augen richten sich auf sie, sie sieht niemand; ihre Augen sind auf das wildgewordene Tier gerichtet, das der Offizier züchtigt, während er davonjagt, um die Befehle Napoleons weiterzugeben. Diese verwirrenden Szenen hatten Julie in solche Spannung versetzt, daß sie sich unbewußt an den Arm ihres Vaters geklammert hatte, dem sie so unwillkürlich durch den mehr oder weniger lebhaften Druck ihrer Finger ihre Gedanken mitteilte. Als Victor nahe daran gewesen war, von dem Pferd abgeworfen zu werden, hatte sie sich noch fester an ihren Vater geklammert, als ob sie selbst in Gefahr wäre zu fallen. Der Greis betrachtete mit finsterer, schmerzlicher Unruhe das liebliche Gesicht seiner Tochter, und über seine wie im Krampf zusammengezogenen Züge glitt ein Ausdruck von Mitleid, Eifersucht und Bedauern. Doch als der ungewohnte Glanz in Julies Augen, der Schrei, den sie ausgestoßen hatte, und die zuckende Bewegung ihrer Finger ihm vollends ihre heimliche Liebe enthüllten, mußten sich ihm wohl traurige Zukunftsbilder offenbaren, denn sein Gesicht spiegelte die Ahnung künftigen Unheils. In diesem Augenblick schien die Seele Julies in die des Offiziers übergegangen zu sein. Unter einem Gedanken, der an Grausamkeit alle bisherigen übertraf, krampfte sich das leidende Gesicht des Greises zusammen, als er d'Aiglemont, der an ihnen vorbeiritt, einen Blick des Einverständnisses mit Julie tauschen sah, deren Augen feucht schimmerten und deren Gesicht von Röte übergossen war. Er führte seine Tochter, ehe sie sich dessen versah, in den Garten der Tuilerien.

»Aber Vater«, sagte sie, »die Regimenter auf der Place du Carrousel werden noch weiter exerzieren.« – »Nein, mein

Kind, alle Truppen defilieren.« – »Ich glaube, du irrst dich, lieber Vater, Monsieur d'Aiglemont sollte sie vorrücken lassen.« – »Wenn auch, liebes Kind, ich fühle mich nicht wohl und mag nicht mehr bleiben.«

Julie hätte ihrem Vater das ohne weiteres glauben können, wenn sie auf dieses von väterlichen Kümmernissen bedrückte Gesicht einen Blick geworfen hätte.

»Haben Sie starke Schmerzen?« fragte sie gleichgültig, so ganz war sie mit ihren eigenen Angelegenheiten beschäftigt. »Ist nicht jeder Tag ein Gnadengeschenk für mich!« erwiderte der Greis. »Willst du mich wieder traurig machen, weil du von deinem Tode sprichst? Ich war so heiter. Verjage rasch deine bösen, schwarzen Gedanken!« – »Ach!« rief der Vater mit einem Seufzer, »verwöhntes Kind! Gerade die besten Herzen sind doch oft recht grausam! Daß man euch das Leben weiht, nur an euch denkt, für euer Behagen sorgt, seine Neigungen euren Launen opfert, euch vergöttert, das Blut für euch hingibt, ist das denn gar nichts? Ach ja, ihr nehmt alles unbekümmert hin. Man müßte allmächtig sein wie Gott, damit ihr einem immer euer Lächeln und eure herablassende Liebe zuteil werden laßt. Dann kommt schließlich ein anderer – ein Geliebter, und raubt uns euer Herz!«

Erstaunt sah Julie ihren Vater an, der langsam einherschritt und niedergeschlagen auf sie blickte.

»Ihr versteckt euch sogar vor uns«, fing er von neuem an, »aber vielleicht auch vor euch selber ...« – »Aber wie kannst du das sagen, lieber Vater!« – »Ich meine, Julie, daß du Geheimnisse vor mir hast. Du liebst!« sagte er lebhaft, als er sah, daß seine Tochter errötete; »ach, ich hoffte, du würdest deinem alten Vater treu bleiben bis zu seinem Tode; ich hoffte, dich glücklich und strahlend bei mir zu behalten, dich zu bewundern, so wie du noch eben warst. Solange mir dein Geheimnis unbekannt war, hätte ich an eine ruhige Zukunft für dich glauben können. Aber jetzt ist es unmöglich, daß ich eine Hoffnung auf Glück für dich mit mir fortnehme, denn du liebst noch mehr den Offizier als den Cousin. Ich kann nicht mehr daran zweifeln.« – »Warum soll ich ihn denn nicht lieben dürfen?« rief sie mit lebhafter Neugierde. »Ach, meine Julie, du würdest mich nicht verstehen!« sagte der Vater mit einem Seufzer. »Sage es nur!« erwiderte sie mit leisem Trotz. »Gut also, höre mich an, mein Kind! Die jungen Mädchen machen sich oft edle, berückende Bilder zurecht, ganz ideale Gestalten, und bilden sich phantastische Ideen über die Männer, die Gefühle, die Welt; dann statten sie in ihrer Unschuld irgendeinen Charakter mit allen Vollkommenheiten aus und vertrauen ihm; sie lieben in dem Mann ihrer Wahl diese eingebildete Gestalt. Aber später, wenn sie sich nicht mehr von dem Unglück losmachen können, verwandelt sich die trügerische Erscheinung, die sie so reich begabt haben, ihr erstes Idol, in ein abscheuliches Skelett. Julie, lieber sähe ich dich in einen Greis verliebt als in diesen Oberst. Ach, wenn du dich nur zehn Jahre älter sehen könntest, würdest du meiner Erfahrung Gerechtigkeit widerfahren lassen! Ich kenne Victor: seine Fröhlichkeit ist ohne Geist, eine Kasernenfröhlichkeit; er ist ohne irgendeine Begabung und verschwenderisch. Er ist einer von denen, die der Himmel erschaffen hat, um am Tage vier Mahlzeiten einzunehmen und zu verdauen, zu schlafen, die erste beste zu lieben und sich zu schlagen. Er versteht das Leben nicht. Sein gutes Herz, denn ein gutes Herz hat er, wird ihn vielleicht dazu bringen, einem Unglücklichen, einem Kameraden seine Börse zu geben; aber er ist leichtfertig, er hat nicht die Feinheit des Herzens, die dem Glück einer Frau Opfer bringt; er ist unwissend, egoistisch ... es gibt da sehr viele Aber.« »Nun, Vater, er muß doch wohl etwas Geist und Begabung haben, da man ihn zum Oberst gemacht hat.« – »Meine Liebe, Victor wird sein ganzes Leben Oberst bleiben. – Ich habe noch keinen gesehen, der mir deiner würdig erschienen wäre«, sagte der alte Vater mit einer gewissen Begeisterung.

Er hielt einen Moment inne, sah seine Tochter an und fügte

hinzu: »Meine liebe, arme Julie, du bist noch zu jung, zu zart, zu empfindsam, um die Leiden und Mühseligkeiten der Ehe zu ertragen. D'Aiglemont ist von seinen Eltern verwöhnt worden, ebenso wie du von deiner Mutter und mir verwöhnt worden bist. Wie ist es denkbar, daß ihr beide euch solltet verstehen können, da jeder von euch seinen eigenen Willen hat, der mit dem des anderen unvereinbar ist? Du wirst dich entweder tyrannisieren lassen oder selbst Tyrann sein. Das eine wie das andere bringt gleichermaßen Unglück in das Leben einer Frau. Doch du bist sanft und bescheiden, du wirst dich also zuerst beugen. Du hast«, sagte er mit zitternder Stimme, »eine Herzensanmut, die man nicht zu würdigen wissen wird, und dann ...« Er beendete den Satz nicht, die Tränen übermannten ihn. »Victor«, fing er nach einer Pause wieder an, »wird die unschuldigen Regungen deiner jungen Seele verletzen. Ich kenne die Soldaten, meine Julie; ich habe unter ihnen gelebt. Es ist selten, daß das Herz dieser Leute stark genug ist, um über die Gewohnheiten Herr zu werden, die sie inmitten all des Unglücks, das sie umgibt, und in den Zufällen ihres abenteuerlichen Lebens angenommen haben.« – »Du willst dich also meinen Gefühlen entgegensetzen und mich für dich und nicht für mich verheiraten?« versetzte Julie in einem Ton, der zwischen Ernst und Scherz lag. »Dich für mich verheiraten!« rief der Vater überrascht, »für mich, dessen freundlich warnende Stimme du bald nicht mehr hören wirst. Ich habe immer gesehen, daß die Kinder die Opfer, die ihnen ihre Eltern auferlegen, einem eigennützigen Gefühle zugeschrieben haben. Heirate Victor, meine Julie! Eines Tages wirst du seine Nichtigkeit, seine Liederlichkeit, seinen Egoismus, sein fehlendes Zartgefühl, seine Unfähigkeit zur Liebe und soundsoviel anderes Ungemach, das er dir bereiten wird, bitter beweinen. Dann erinnere dich, daß unter diesen Bäumen dich die prophetische Stimme deines Vaters vergeblich gewarnt hat!«

Der Greis schwieg, er hatte bemerkt, wie seine Tochter

trotzig den Kopf schüttelte. Die beiden schritten auf das Gitter zu, wo ihr Wagen hielt. Während dieses schweigsamen Ganges beobachtete das junge Mädchen verstohlen das Gesicht ihres Vaters und gab ihre schmollende Miene allmählich auf. Der tiefe Schmerz, der auf dieser herabgeneigten Stirn eingegraben war, machte einen lebhaften Eindruck auf sie. »Ich verspreche dir, lieber Vater«, sagte sie mit sanfter und bewegter Stimme, »dir nicht mehr von Victor zu reden, bevor du von den Vorurteilen, die du gegen ihn hegst, abgekommen bist.« Der Greis betrachtete seine Tochter mit Erstaunen. Zwei Tränen rannen ihm über die gefurchten Wangen. Er konnte Julie vor der Menge, die sie umgab, nicht umarmen, aber er drückte ihr zärtlich die Hand. Als er den Wagen bestieg, waren alle sorgenvollen Gedanken, die seine Stirn umwölkt hatten, verflogen. Die ein wenig traurige Haltung seiner Tochter beunruhigte ihn weit weniger als die unschuldige Freude, deren geheime Ursache sie bei der Revue verraten hatte.

In den ersten Märztagen des Jahres 1814, knapp ein Jahr nach dieser Heerschau des Kaisers, rollte eine Kalesche auf dem Wege von Amboise nach Tours. Beim Verlassen des aus Nußbäumen gebildeten grünen Domes, unter welchem das Postgebäude von La Frillière versteckt lag, wurde das Fahrzeug mit solcher Geschwindigkeit dahingetragen, daß es im Nu an der Brücke, die über die Cise ging, bei der Mündung dieses Flusses in die Loire anlangte, wo es halten mußte. Infolge der ungestümen Eile, zu der ein junger Postillion auf Befehl seines Herrn die vier schnellsten Pferde der Poststation angefeuert hatte, war einer der Zugriemen gerissen. So hatten die beiden Personen, die sich im Innern der Kalesche befanden, durch einen Zufall Muße, bei ihrem Erwachen eine der schönsten Landschaften, die die reizvollen Ufer der Loire bieten können, zu bewundern. Zur Rechten umfaßt der Reisende mit einem Blick alle Krümmungen der Cise, die sich wie eine silberne Schlange durch das junge Gras der Wiesen windet, dem der erste Lenztrieb zu dieser Zeit einen smaragdenen Ton verlieh. Zur Linken erscheint die Loire in ihrer ganzen Pracht. Auf der weiten, vom frischen Morgenwind leichtgekräuselten Wasserfläche, die dieser majestätische Fluß entfaltet, werden die Sonnenstrahlen von unzähligen Facetten gebrochen. Wie die Edelsteine eines Halsbandes reihen sich hier und da grünende Inseln auf den schier unendlichen Wassern. Auf der anderen Seite des Flusses breiten die schönsten Landschaften der Touraine, soweit das Auge reicht, ihre Herrlichkeit aus. In der Ferne ist der Blick nur von den Hügeln des Cher begrenzt, dessen Gipfel sich zu dieser Stunde in leuchtenden Konturen von dem durchsichtigen Blau des Himmels abhoben. Durch das zarte Laubwerk der Inseln gesehen, scheint Tours, im Hintergrund des Bildes, sich wie Venedig aus dem Schoß des Wassers zu heben. Die Glockentürme seiner alten Kathedrale ragten in die phantastischen Gebilde eines weißlichen Gewölks hinein. Jenseits der Brücke, auf der der Wagen hielt, erblickt man längs der Loire bis gegen Tours eine Felsenkette, die die Natur aus einer Laune dahin gestellt zu haben scheint, um den Fluß einzudämmen, dessen Fluten unaufhörlich den Stein aushöhlen – ein Schauspiel, das stets das Staunen der Reisenden hervorruft. Das Dorf Vouvray liegt wie eingebettet in den Schlünden und Aushöhlungen dieser Felsen, die von der Brücke der Cise eine Biegung machen. Von Vouvray bis Tours hat ein Winzervolk seine Wohnstätten in den furchterregenden Klüften dieser zerrissenen Hügel. An mehr als einer Stelle sind drei Stockwerke hohe Häuser in den Felsen eingehöhlt und durch gefährliche, gleichfalls in den Stein gehauene Treppen miteinander verbunden. Oben von einem Dach aus läuft ein junges Mädchen im roten Unterrock in ihren Garten. Der Rauch eines Kamins steigt zwischen den sprossenden Reben und Ranken eines Weinbergs auf. Pächter arbeiten auf beinahe senkrecht abfallenden Feldern. Eine alte Frau sitzt mit ihrem Spinnrad ruhig auf einem eingestürzten Felsblock unter einem blühenden Mandelbaum und lächelt über das Erschrekken der Reisenden, die zu ihren Füßen vorüberziehen. Sie kümmert sich ebensowenig um die Risse, die im Boden klaffen, wie um die überhängenden Reste einer alten Mauer, deren Steinschichten nur noch von den krausen Wurzeln eines Efeumantels festgehalten werden. Der Hammer der Küfer tönt durch die in luftiger Höhe eingebauten Kellergewölbe. Das Land ist überall bestellt und fruchtbar, obwohl die Natur dem menschlichen Fleiß die Erdscholle versagt hat. Entlang der Loire ist nichts dem reichen Panorama vergleichbar, das die Touraine hier den Augen des Reisenden auftut. Das dreifache Bild dieser in ihrer Mannigfaltigkeit kaum angedeuteten Szenerie bereitet der Seele ein Schauspiel, das sie für immer in ihr Gedächtnis einprägt; und wenn ein Dichter dies genossen hat, so werden ihm seine Träume auf eine märchenhafte Weise immer wieder diese romantischen Eindrücke hervorzaubern.

Im Augenblick, wo der Wagen auf der Brücke der Cise angelangt war, tauchten zwischen den Inseln der Loire mehrere weiße Segel auf und verliehen dieser harmonischen Landschaft einen neuen Reiz. Der starke Duft der Weiden, die den Fluß begrenzen, vermischte sich mit dem Hauch der feuchten Brise. Die Vögel ließen ihr vielstimmiges Konzert ertönen, in welches der eintönige Gesang eines Ziegenhirten eine gewisse Schwermut mischte, während die Rufe der Schiffer eine ferne Regsamkeit ahnen ließen. Ein weicher Dunst, der launisch um die in die weite Landschaft gestreuten Bäume hing, lieh dem Bilde noch einen besonderen Zauber. Das war die Touraine in ihrer ganzen Pracht, der Frühling in seiner ganzen Herrlichkeit. Dieser Teil Frankreichs, der einzige, den die fremden Armeen nicht stören sollten, war zu jener Zeit der einzig ruhige, und man hätte meinen können, daß er der Invasion Trotz biete.

Sowie die Kalesche nicht mehr weiterfuhr, zeigte sich ein Kopf mit einer Feldmütze; und sogleich öffnete ein ungeduldiger Offizier eigenhändig den Wagenschlag und sprang auf die Straße, um den Postillion zur Rede zu stellen. Doch die Geschicklichkeit, mit der dieser Mann aus der Touraine die zerrissene Zugleine wieder instand setzte, beschwichtigte den Obristen Comte d'Aiglemont, der an den Wagenschlag zurücktrat und die Arme streckte, um die steifen Glieder zu lockern. Er gähnte, betrachtete die Landschaft und legte die Hand auf den Arm einer jungen Frau, die sorgfältig in einen Pelzmantel eingehüllt war.

»Wach auf, Julie«, rief er mit heiserer Stimme, »sieh dir doch einmal die Landschaft an! Sie ist prachtvoll.«

Julie steckte den Kopf aus dem Wagen. Sie trug eine Marderpelzmütze, und der weite pelzgefütterte Mantel, den sie trug, verbarg ihre Gestalt so völlig, daß man nur das Gesicht sehen konnte. Julie d'Aiglemont glich schon nicht mehr dem jungen Mädchen, das vor nicht allzu langer Zeit freudig und glücklich zu der Parade in die Tuilerien geeilt war. Ihr noch immer zartes Gesicht hatte die rosigen Farben verloren, die es ehedem hatten so blühend erscheinen lassen. Ihr schwarzes, von der Feuchtigkeit der Nacht aufgelöstes Lockenhaar ließ das matte Weiß des Gesichts hervortreten, dessen Lebhaftigkeit erstarrt schien. Ihre Augen glänzten allerdings in einem übernatürlichen Feuer; doch unterhalb der Lider lagen dunkle Schatten auf den müden Wangen. Sie ließ ihre Blicke gleichgültig über die Landschaften des Cher, der Loire mit ihren Inseln, über Tours und die Felsenkette von Vouvray schweifen, dann sank sie schleunigst wieder in die Polster des Wagens zurück, ohne das entzückende Tal der Cise ansehen zu wollen, und sagte mit einer Stimme, die im Freien außerordentlich schwach klang: »Ja, es ist wunderbar.«

Sie hatte, wie man sieht, über ihren Vater gesiegt – zu ihrem Unglück.

»Julie, möchtest du nicht hier leben?« – »Oh, hier oder anderswo«, sagte sie leichthin. »Fehlt dir etwas?« fragte sie der Oberst d'Aiglemont. »Keineswegs«, erwiderte die junge

Frau mit erzwungener Lebhaftigkeit. Sie blickte ihren Mann lächelnd an und fügte hinzu: »Ich möchte schlafen.«

Plötzlich ertönte der Galopp eines Pferdes. Victor d'Aiglemont ließ die Hand seiner Frau los und wandte den Kopf nach der Biegung, die der Weg an dieser Stelle machte. Sobald der Oberst von Julie wegblickte, schwand der heitere Ausdruck, den sie ihrem blassen Gesicht gegeben hatte, als wäre ein heller Schein plötzlich erloschen. Da sie weder den Wunsch hatte, die Landschaft wiederzusehen, noch die Neugier, zu wissen, wer jener Kavalier sei, dessen Pferd so wild dahergaloppierte, drückte sie sich in die Ecke des Wagens und hielt die Augen starr und ohne irgendein Gefühl zu verraten, auf die Kruppe der Pferde gerichtet. Sie hatte den stumpfen Blick eines bretonischen Bauern, wenn er die Predigt seines Pfarrers hört. Ein junger Mann auf einem kostbaren Pferde kam plötzlich aus einem Wäldchen von Pappeln und blühendem Hagedorn hervor.

»Das ist ein Engländer«, sagte der Oberst. »Ach Gott, ja, Monsieur le Général«, erwiderte der Postillion; »es ist einer von den Kerlen, die, wie man sagt, Frankreich fressen wollen.«

Der Unbekannte war einer jener Reisenden, die sich auf dem Kontinent befanden, als Napoleon in Erwiderung der Verletzung des Völkerrechts durch das Kabinett von Saint-James, das den Vertrag von Amiens gebrochen hatte, alle Engländer festnehmen ließ. Diese Gefangenen, die den Launen der kaiserlichen Macht unterstellt waren, blieben nicht alle an den Orten, wo sie festgenommen worden waren, noch an denen, die sie anfangs nach Belieben wählen konnten. Die meisten von denen, die zu dieser Zeit die Touraine bewohnten, waren aus den verschiedensten Teilen des Kaiserreichs, wo ihr Aufenthalt die Interessen der kontinentalen Politik hätte gefährden können, dorthin transportiert worden. Der junge Gefangene, der hier seine Vormittagslangeweile spazierenführte, war solch ein Opfer der bürokratischen Macht.

Vor zwei Jahren hatte er auf Befehl des Ministeriums für Auswärtige Angelegenheiten Montpellier, wo er sich zur Zeit des Friedensbruchs aufhielt, um eine Heilung von einem Lungenleiden zu erlangen, verlassen müssen. Im Augenblick, da der junge Mann in dem Comte d'Aiglemont einen Offizier erkannte, suchte er dessen Blicken auszuweichen und wandte den Kopf auffällig genug den Wiesen längs der Cise zu.

»Alle diese Engländer sind unverschämt, als ob die ganze Welt ihnen gehörte«, brummte der Oberst; »nun, Soult wird ihnen schon die Peitsche geben!«

Als der Gefangene an der Kalesche vorbeiritt, warf er einen Blick hinein. Trotz der Flüchtigkeit dieses Blicks konnte er auf dem nachdenklichen Gesicht der Comtesse der Melancholie gewahr werden, die ihm einen so unbeschreiblichen Reiz verlieh. Es gibt viele Männer, die durch den bloßen Anblick des Leidens einer Frau mächtig bewegt werden; in ihren Augen scheint der Schmerz eine Bürgschaft der Treue oder der Liebe zu sein. Julie, die ganz in die Betrachtung eines Wagenkissens versunken war, achtete weder auf das Pferd noch auf den Reiter. Der Riemen war rasch und fest ausgebessert worden. Der Comte stieg wieder in den Wagen. Der Postillion bemühte sich, die verlorene Zeit wieder einzuholen, und fuhr in raschem Trab auf dem Damm dahin, den die überhängenden Felsen begrenzten, an deren Hängen die Weine von Vouvray reifen und auf denen so viele hübsche Häuser emporragen. In der Ferne konnte man die Ruinen der berühmten Abtei von Marmontiers, den Zufluchtsort des heiligen Martin, erblicken.

»Was will dieser bleichwangige Lord eigentlich von uns?« rief der Oberst, nachdem er sich vergewissert hatte, daß der Reiter, der seinem Wagen von der Cisebrücke an folgte, tatsächlich der junge Engländer war.

Da der Fremde damit, daß er auf dem Damm spazierenritt, kein Gebot der Höflichkeit verletzte, lehnte sich der Oberst in seine Ecke des Wagens zurück, nachdem er dem Engländer noch einen drohenden Blick zugeworfen hatte. Aber er konnte trotz seiner unwillkürlichen Feindseligkeit nicht umhin, die Schönheit des Pferdes und die Anmut des Reiters zu bewundern. Der junge Mann hatte ein typisch britisches Gesicht mit so feinem Teint und so glatter, weißer Haut, daß man meinen konnte, es gehöre einem schönen jungen Mädchen. Er war blond, schmal und groß. Sein Anzug hatte jenes Gepräge von Sorgfalt und Reinlichkeit, das die Fashionablen des prüden England auszeichnet. Es hatte den Anschein, als ob er mehr aus Schamhaftigkeit als vor Vergnügen beim Anblick der Comtesse errötet war. Ein einziges Mal hob Julie die Augen zu dem Reisenden empor; aber es war auf Veranlassung ihres Mannes, der wünschte, daß sie die Beine eines Rassepferdes bewundern sollte. Dabei begegneten ihre Augen dem schüchternen Blick des jungen Engländers. Von da an ließ er sein Pferd einige Schritte hinter der Kalesche hertraben, anstatt daneben zu reiten. Die Comtesse hatte den Fremden kaum angesehen. Sie bemerkte an Pferd und Reiter keine der Vollkommenheiten, auf die sie aufmerksam gemacht worden war, und sank mit einer leichten Bewegung der Augenbrauen, die eine Zustimmung bedeuten sollte, in den Wagen zurück. Der Oberst schlief wieder ein, und die beiden Gatten kamen nach Tours, ohne ein Wort gewechselt zu haben und ohne daß die reizenden Bilder der wechselnden Landschaft, durch die sie fuhren, ein einziges Mal Julies Aufmerksamkeit auf sich gezogen hätten. Während ihr Mann schlummerte, betrachtete ihn Julie hin und wieder. Bei dem letzten Blick, den sie ihm zuwarf, fiel durch einen Stoß des Wagens ein Medaillon, das sie an einer Trauerkette um den Hals trug, auf ihren Schoß und zeigte der jungen Frau plötzlich das Bild ihres Vaters. Bei diesem Anblick rannen ihr die bisher unterdrückten Tränen über das Gesicht. Vielleicht hatte der Engländer die feuchtglänzenden Spuren, die diese Tränen einen Augenblick auf den blassen Wangen der Comtesse zurückließen, gesehen, ehe sie trockneten. Der Oberst d'Aiglemont war vom Kaiser beauftragt worden, dem Marschall Soult, der Frankreich gegen die Invasion der Engländer im Béarn zu verteidigen hatte, Befehle zu überbringen, und benutzte die Gelegenheit, seine Frau den Gefahren zu entziehen, die Paris damals bedrohten, und sie nach Tours zu einer alten Verwandten zu führen. Bald rollte der Wagen über das Pflaster von Tours, über die Brücke und in die Grande Rue und hielt vor dem alten Palast, den die ehemalige Marquise de Listomère-Landon bewohnte.

Die Marquise de Listomère-Landon war eine von den schönen, alten Frauen mit blassem Gesicht, weißen Haaren und feinem Lächeln. Ihr Kleid und ihr Kopfputz gehörten einer längst vergessenen Mode an. Sie verkörperte mit ihren siebzig Jahren das Zeitalter Ludwigs XV.; diese Frauen sind fast immer so zärtlich, als seien sie noch verliebt; sie sind weniger gottergeben als fromm, aber doch nicht so fromm, als man meinen könnte, und sie haben immer einen Duft von Puder à la maréchale an sich. Sie können gut Konversation treiben, noch besser plaudern, und lachen eher über eine Erinnerung als über einen Scherz. Die Gegenwart mißfällt solchen Frauen. Als eine alte Kammerfrau der Marquise (sie sollte bald wieder diesen Titel führen dürfen) den Besuch eines Neffen, den sie seit dem Beginn des Spanischen Krieges nicht gesehen hatte, meldete, nahm sie rasch ihre Brille ab, klappte ihr Lieblingsbuch, die ›Galérie de l'Ancienne Cour‹, zu und begab sich dann mit einer gewissen Behendigkeit auf die Freitreppe, deren Stufen die beiden Gatten eben herabstiegen.

Die Tante und die Nichte warfen sich einen raschen Blick zu. »Bonjour, liebe Tante«, rief der Oberst, indem er die alte Dame hastig umarmte; »ich bringe Ihnen meine junge Frau, daß Sie sie in Schutz nehmen. Ich vertraue Ihnen meinen Schatz an. Meine Julie ist weder kokett noch eifersüchtig, sie ist sanft wie ein Engel. Und ich hoffe, sie wird hier nicht schlimmer werden«, unterbrach er sich. »Taugenichts!« sagte die alte Tante und warf ihm einen spöttischen Blick zu.

Sie kam mit liebenswürdiger Anmut auf Julie zu, die in Gedanken versunken und eher verlegen als neugierig dastand, und wollte sie als erste umarmen.

»Wollen wir miteinander Bekanntschaft schließen, liebes Herz?« fragte die Marquise. »Fürchten Sie sich nicht zu sehr vor mir, ich bemühe mich stets, bei jungen Leuten nicht zu alt zu erscheinen.«

Bevor man sich in den Salon begab, hatte die Marquise für die beiden Gäste, wie es in der Provinz Sitte war, schon ein Frühstück angeordnet; aber der Comte tat der Beredsamkeit seiner Tante Einhalt, indem er in ernsthaftem Ton versicherte, daß er ihr nicht mehr Zeit schenken könne, als die Post zum Pferdewechseln brauche. Die drei betraten also eilig den Salon, und der Oberst konnte seiner Großtante nur knapp die politischen und militärischen Ereignisse schildern, die ihn nötigten, sie um ein Asyl für seine junge Frau zu bitten. Während dieser Erzählung blickte die Tante bald auf ihren Neffen, der ununterbrochen redete, bald auf die Nichte, deren Blässe und Traurigkeit sie dieser gewaltsamen Trennung zuschrieb. Sie machte eine Miene, als sagte sie sich: ›Ja ja, diese jungen Leute haben sich lieb.‹

In diesem Augenblick vernahm man in dem alten, stillen Hof, wo die Grasbüschel um die Pflastersteine herumwuchsen, das Knallen der Peitsche. Victor küßte die Marquise noch einmal und eilte hinaus. »Leb wohl, meine Liebe!« sagte er zu seiner Frau, die ihm bis an den Wagen gefolgt war, und schloß sie in die Arme. »Ach Victor, laß mich dich noch weiter begleiten«, bat sie mit schmeichelnder Stimme, »ich möchte bei dir bleiben …« – »Was fällt dir ein?« – »Nun denn, leb wohl, da du es willst«, erwiderte Julie. Der Wagen fuhr davon. »Sie lieben meinen guten Victor wohl sehr?« fragte die Marquise ihre Nichte mit einem jener wissenden Blicke, wie sie die alten Frauen für die jungen haben. »Mein Gott, Madame«, antwortete Julie, »man muß doch wohl einen Mann lieben, wenn man ihn heiratet?« Dieser letzte Satz wurde in einem kindlichen Ton hervorgebracht, der von Herzensreinheit zeugte und auch auf etwas Verschwiegenes deuten konnte. Nun war es für eine Freundin von Duclos und dem Marschall Richelieu schwer, nicht zu versuchen, das Geheimnis dieser jungen Ehe zu ergründen. Die Tante und die Nichte befanden sich auf der Schwelle des Einfahrtstores und sahen dem davonrollenden Wagen nach. Die Augen der Comtesse drückten nicht die Liebe aus, wie sie die Marquise verstand. Die gute Dame war Provenzalin, und ihre Liebe war einst voller Glut gewesen.

»Sie haben sich also von meinem Taugenichts von Neffen betören lassen?« fragte sie ihre Nichte.

Die Comtesse zuckte unwillkürlich zusammen, denn Ton und Blick dieser in Liebesangelegenheiten erfahrenen Frau schienen eine tiefere Kenntnis von Victors Charakter zu verraten, als sie vielleicht selber hatte. Madame d'Aiglemont nahm beunruhigt also zu einer ungeschickten Verstellung ihre Zuflucht, wie es kindliche Herzen, die einen Kummer haben, zu tun pflegen. Madame de Listomère begnügte sich mit Julies Antworten; aber es war ihr angenehm, daß ihre Einsamkeit von einem Liebesgeheimnis belebt zu werden versprach, denn ihre Nichte schien ihr mit irgendeinem amüsanten Liebeshandel beschäftigt zu sein. Als Madame d'Aiglemont sich in einem großen Salon befand, dessen Wandbekleidung von vergoldeten Leisten eingerahmt war, und sie am Kamin vor einem großen Feuer saß, durch einen großen chinesischen Wandschirm vor dem Fensterzug geschützt, konnte sie sich ihrer Traurigkeit kaum erwehren. Unter so altmodischem Getäfel, zwischen den hundertjährigen Möbeln konnte schwer Heiterkeit aufkommen. Doch fand die junge Pariserin ein gewisses Vergnügen darin, von der tiefen Einsamkeit und dem feierlichen Schweigen der Provinz umfangen zu werden. Nach ein paar Gesprächsworten mit dieser Tante, der sie als jungverheiratete Frau einen Brief geschrieben hatte, blieb sie stumm sitzen, als lausche sie der Musik einer Oper. Erst nach zwei Stunden eines Schweigens, würdig eines La Trappe, wurde sie sich ihrer Unhöflichkeit gegen die Tante bewußt, und es fiel ihr ein, daß sie ihr nur ein paar frostige Antworten gegeben hatte. Die alte Dame hatte aus feinem Taktgefühl, wie es den Leuten der alten Zeit eigen ist, die Laune ihrer Nichte respektiert. Jetzt strickte sie. Ein paarmal war sie auch hinausgegangen, um nach einem gewissen ›grünen‹ Zimmer zu sehen, in dem die Comtesse schlafen sollte und wo die Bedienten das Gepäck unterbrachten. Darauf hatte sie sich wieder in den großen Lehnstuhl niedergelassen und die junge Frau verstohlen angesehen. Julie war beschämt, daß sie sich ihrer unwiderstehlichen Träumerei überlassen hatte, und wollte dafür Verzeihung erlangen, indem sie darüber scherzte. »Meine liebe Kleine, wir kennen den Witwenschmerz«, antwortete die Tante.

Man hätte vierzig Jahre alt sein müssen, um die Ironie, die um die Lippen der alten Dame spielte, zu verstehen. Am nächsten Tage war die Comtesse viel heiterer gestimmt, sie plauderte. Madame de Listomère fand es nun nicht mehr so aussichtslos, diese junge Frau, die sie zuerst für ein blödes und dummes Geschöpf gehalten hatte, dazu zu bringen, aus sich herauszugehen; sie unterhielt sie mit den Vergnügungen des Landes, den Bällen und den Familien, die sie besuchen könnten. Alle Fragen der Marquise waren während dieses Tages ebenso viele Fallen, die sie nach einer alten, am Hofe erlernten Gewohnheit ihrer Nichte stellte, um deren Charakter zu erraten. Julie widerstand mehrere Tage lang allem Drängen, außer dem Hause Zerstreuungen zu suchen. Schließlich verzichtete die alte Dame darauf, sie unter die Leute führen zu wollen, obwohl sie mit der hübschen Nichte gern Staat gemacht hätte. Die Comtesse hatte in dem Kummer um den Tod ihres Vaters, um den sie noch Trauer trug, eine Entschuldigung für ihr Einsamkeitsbedürfnis gefunden. Nach acht Tagen bewunderte die Marquise die engelhafte Sanftmut, die bescheidene Grazie, das nachgiebige Wesen Julies und interessierte sich nun erst recht für die geheime Schwermut, die an dem jungen Herzen nagte. Die Comtesse war eine von jenen Frauen, die zur Liebenswürdigkeit geboren und die wie geschaffen sind, Glück um sich zu verbreiten. Ihre Gesellschaft wurde Madame de Listomère so angenehm und wertvoll, daß sie ihre Nichte mehr und mehr liebgewann und sie nicht mehr von sich zu lassen wünschte. Ein Monat genügte, um eine dauernde Freundschaft zwischen ihnen zu begründen. Die alte Dame bemerkte nicht ohne Verwunderung die Veränderungen, die in dem Gesicht Madame d'Aiglemonts vor sich gingen. Die lebhaften Farben, die darin geglüht hatten, erloschen allmählich, und der Teint wurde matter und blasser. Aber so wie Julie das Aussehen der ersten Tage verlor, wich ihre traurige Stimmung. Manchmal gelang es der Marquise, bei ihrer jungen Verwandten einen Anflug von Heiterkeit zu wecken oder ihr auch ein frohes Lachen zu entlocken, das nur zu bald wieder von einem trüben Gedanken verscheucht wurde. Sie erriet, daß weder die Erinnerung an den Vater noch die Abwesenheit Victors die wahre Ursache der tiefen Melancholie war, die einen Schleier über das Leben ihrer Nichte warf. Sie hatte so verschiedene schlimme Vermutungen, daß es ihr schwer wurde, sich für die wirkliche Ursache des Übels zu entscheiden, denn das Wahre enthüllt sich uns oft nur durch Zufall. Eines Tages nun überraschte Julie ihre Tante dadurch, daß sie ihre Ehe völlig vergessen zu haben schien. Der Leichtsinn eines unbesonnenen jungen Mädchens war über sie gekommen, die Unbefangenheit und kindliche Harmlosigkeit, die bei feinen und oft tiefen Anlagen unter den jungen Mädchen Frankreichs nichts Seltenes ist. Madame de Listomère beschloß, den Geheimnissen dieser Seele auf den Grund zu kommen, deren seltene Natürlichkeit wie undurchdringliche Verstellung schien. Gegen Abend saßen die beiden Damen an einem Fenster, das auf die Straße ging. Julie war wieder nachdenklich geworden, als ein Reiter vorbeikam. »Da ist eins von Ihren Opfern«, bemerkte die alte

Dame. Madame d'Aiglemont sah ihre Tante in einer Weise an, die Erschrecken und Erstaunen zugleich bekundete.

»Es ist ein junger Engländer, ein Edelmann, Baron Arthur Ormond, ältester Sohn von Lord Grenville. Seine Geschichte ist interessant. Er kam im Jahre 1802 nach Montpellier, wohin ihn die Ärzte geschickt hatten, in der Hoffnung, daß das Klima dieser Gegend ihn von einem Lungenleiden heilen würde, dem er zu erliegen schien. Wie alle seine Landsleute hatte ihn Napoleon bei Ausbruch des Krieges gefangennehmen lassen, denn dieses Ungeheuer kann nicht anders, es muß Krieg führen. Um sich zu zerstreuen, fing der junge Engländer an, seine Krankheit, die man für tödlich hielt, zu studieren. Nach und nach fand er Geschmack an der Anatomie, der Medizin; heute begeistert er sich leidenschaftlich für jene Wissenschaften, was für einen Mann von Stand etwas sehr Außergewöhnliches ist, obgleich der Regent sich ja auch mit Chemie beschäftigte. Kurz, Monsieur Arthur machte erstaunliche Fortschritte, sogar in den Augen der Professoren von Montpellier. Das Studium tröstete ihn über seine Gefangenschaft, und nebenbei hat er sich radikal auskuriert. Man behauptet, er habe zwei Jahre lang nicht gesprochen und möglichst wenig geatmet, habe in einem Stall gelegen, Milch von einer Schweizer Kuh getrunken und von Kresse gelebt. Seit er in Tours ist, hat er niemanden besucht, er ist stolz wie ein Pfau; aber Sie haben sicher eine Eroberung an ihm gemacht, denn meinetwegen kommt er nicht zweimal des Tages an unsern Fenstern vorbei, seit Sie hier sind. Wahrscheinlich ist er in Sie verliebt.«

Diese letzten Worte ließen die Comtesse, wie von einem Zauberschlag getroffen, auffahren. Ihre abwehrende Bewegung und ihr Lächeln überraschten die Marquise. Weit entfernt von der instinktiven Befriedigung, die auch die strengste Frau empfindet, wenn sie vernimmt, daß ein Mann ihretwegen unglücklich ist, war Julies Blick finster und abweisend geworden. Ihr Gesicht verriet einen Widerwillen, der an Abscheu grenzte. Es war nicht die Achterklärung einer liebenden Frau gegen die ganze Welt zugunsten eines einzigen – dabei hätte sie lachen und scherzen können –, nein, Julie war in diesem Augenblick wie jemand, den die Erinnerung an eine noch als gegenwärtig empfundene Gefahr schaudern macht. Die Tante, die überzeugt war, daß ihre Nichte ihren Neffen nicht liebte, war entsetzt, als sie entdeckte, daß sie niemanden liebte. Sie zitterte davor, in Julie ein gänzlich ernüchtertes Herz zu finden, eine junge Frau, bei der die Erfahrung eines Tages, einer Nacht vielleicht hinreichend gewesen war, Victors Bedeutungslosigkeit zu erkennen.

›Wenn sie ihn durchschaut hat, ist alles klar‹, dachte sie, ›dann wird mein Neffe bald die Schattenseiten der Ehe kennenlernen.‹

Sie nahm sich vor, Julie zu den monarchischen Lehren des Zeitalters Ludwigs XV. zu bekehren; jedoch einige Stunden später erfuhr oder vielmehr erriet sie die in der Welt ziemlich alltäglichen Umstände, die an Julies Melancholie schuld waren. Julie, die auf einmal sehr nachdenklich geworden war, zog sich früher als gewöhnlich in ihr Zimmer zurück. Nachdem ihre Zofe sie entkleidet und sie nach beendeter Nachttoilette verlassen hatte, blieb Julie noch vor dem Feuer auf einem Ruhebett aus gelbem Samt sitzen, einem alten Möbel, das ebenso geeignet für bekümmerte wie für glückliche Menschen ist. Sie weinte, sie seufzte, sie sann nach. Dann zog sie ein kleines Tischchen zu sich heran, suchte Papier und machte sich ans Schreiben. Die Stunden vergingen rasch, die vertraulichen Mitteilungen, die Julie in diesem Brief machte, schienen sie viel Überwindung zu kosten; nach jedem Satz verlor sie sich in Träumereien. Mit einem Male zerfloß die junge Frau in Tränen und hielt mit Schreiben inne. Die Kirchuhr schlug gerade zwei. Ihr Kopf sank so schwer wie der einer Sterbenden auf ihre Brust. Als sie ihn wieder hob, stand plötzlich ihre Tante vor ihr, als hätte sich eine der Figuren aus der Wandbekleidung gelöst. »Was ist Ihnen, meine Kleine?«

fragte die Tante; »warum sind Sie zu so später Stunde noch wach, und warum diese einsamen Tränen in Ihrem Alter?« Sie setzte sich ohne Umstände neben ihre Nichte und verschlang den angefangenen Brief mit den Augen. »Sie schreiben an Ihren Mann?« – »Weiß ich denn, wo er ist?« versetzte die Comtesse. Die Tante nahm das Blatt und las. Mit Vorbedacht hatte sie ihre Brille mitgebracht. Das arglose Geschöpf ließ sie den Brief ergreifen, ohne den geringsten Einwand zu machen. Es war weder ein Mangel an Würde noch ein heimliches Schuldgefühl, was ihr so alle Energie raubte, ihre Tante traf sie vielmehr eben in einer Krise, wo die Seele ohne Widerstand ist, wo alles gleichgültig ist, das Gute wie das Schlimme, das Schweigen ebenso wie das Vertrauen. Wie ein tugendhaftes junges Mädchen, das den Liebhaber zurückstößt, nun am Abend, wenn es traurig und verlassen ist, sich nach ihm sehnt und einem geliebten Herzen seinen Kummer anvertrauen möchte, so ließ Julie das Siegel verletzen, welches Feingefühl einem offenen Brief aufdrückt, und blieb in Gedanken versunken sitzen, während die Marquise las:

›Meine liebe Louisa, warum verlangst Du so oft die Erfüllung des unklügsten Versprechens, das sich zwei unwissende junge Mädchen geben können? Du fragst Dich oft, schreibst Du mir, warum ich seit sechs Monaten nicht auf Deine Fragen geantwortet habe. Wenn Du mein Schweigen nicht verstanden hast, so wirst Du heute vielleicht den Grund erraten, wenn Du die Geheimnisse erfährst, die ich enthüllen werde. Ich hätte sie für immer in meinem Herzen vergraben, wenn Du mir nicht Deine bevorstehende Heirat mitgeteilt hättest. Du willst Dich verheiraten, Louisa. Dieser Gedanke macht mich schaudern. Armes Kind, heirate; nach einigen Monaten wirst Du ein schneidendes Weh empfinden, wenn du daran denkst, was wir damals waren, als wir eines Abends in Écouen bei den höchsten Eichen des Berges zusammen das schöne Tal betrachteten, das zu unsern Füßen lag, und in den Anblick der untergehenden Sonne versunken waren, die uns in ihre letzten Gluten tauchte. Wir setzten uns auf einen Felsblock und gaben uns einem Entzücken hin, das sich allmählich in sanfte Melancholie verwandelte. Du fandest zuerst von uns beiden, daß uns die ferne Sonne von der Zukunft sprach. Wir waren neugierig und recht närrisch damals. Erinnerst Du Dich an alle unsere Tollheiten? Wir küßten uns, wie zwei Liebende, sagten wir. Wir schworen uns, daß die zuerst Verheiratete der andern getreulich alle Geheimnisse der Ehe erzählen sollte, jene Freuden, die unsere kindlichen Seelen uns so köstlich ausmalten. In der Erinnerung an diesen Abend wirst Du verzweifeln, Louisa. Damals warst Du jung, schön, sorglos, wenn nicht glücklich; ein Mann wird Dich in wenig Tagen so machen, wie ich schon bin: häßlich, leidend und alt. Wozu Dir sagen, wie ich stolz, eitel und voll Freude war, den Oberst Victor d'Aiglemont zu heiraten! Und wie könnte ich es Dir sagen, da ich mich kaum noch auf mich selbst besinne. In wenig Augenblicken ist mir meine Kindheit wie ein Traum geworden. Man fand mein Benehmen an dem feierlichen Tage, da ein Bund fürs Leben geweiht wurde, dessen Bedeutung mir verborgen war, tadelnswert. Mein Vater versuchte mehr als einmal meine Ausgelassenheit zu dämpfen, denn ich legte eine Freude an den Tag, die man unpassend fand. Meine Reden waren voll Mutwillen, gerade weil sie so arglos waren. Ich trieb ein kindisches Spiel mit dem Brautschleier, mit dem Kleid und den Blumen. Als ich in dem Zimmer allein war, in das man mich zeremoniell geführt hatte, sann ich auf einen Schabernack, um Victor zu necken; und während ich ihn erwartete, hatte ich Herzklopfen, wie früher als Kind am 31. Dezember, wenn ich mich, ohne gesehen zu werden, in den Salon geschlichen hatte, wo die Neujahrsgeschenke aufgehäuft waren. Als mein Mann eintrat und mich suchte, konnte ich unter den Schleiern, die mich einhüllten, ein ersticktes Lachen nicht zurückhalten, der letzte Ausbruch jener sanften Heiterkeit, die unsere kindlichen Spiele belebte ...‹

Als die Marquise diesen Brief zu Ende gelesen hatte, der, nach einem solchen Anfang, noch Trauriges mitzuteilen bestimmt war, legte sie ihre Brille bedächtig auf den Tisch, tat den Brief daneben und richtete auf ihre Nichte den Blick ihrer grünen Augen, deren heller Strahl noch nicht vom Alter geschwächt war. »Meine Liebe«, sagte sie, »es hieße die Schicklichkeit verletzen, wenn eine verheiratete Frau so an ein junges Mädchen schriebe...« – »Ich denke das auch«, unterbrach Julie ihre Tante, »und während Sie lasen, schämte ich mich.« »Wenn uns bei Tisch eine Speise nicht schmeckt, sollen wir sie niemandem verekeln, mein Kind«, sagte die alte Frau gutmütig, »besonders da sich seit Evas Zeiten die Ehe als eine so glänzende Einrichtung erwiesen hat ... Sie haben keine Mutter mehr?« fragte die alte Frau. Die Comtesse zuckte zusammen, dann hob sie sanft den Kopf und sagte: »Ich habe den Verlust meiner Mutter seit einem Jahre schon oft genug beklagt; aber ich habe das Unrecht begangen, der Abneigung meines Vaters gegen Victor, der ihn nicht zum Schwiegersohn wollte, kein Gehör zu schenken.« Sie sah die Tante an, und eine Regung von Freude tat ihren Tränen Einhalt, als sie den Ausdruck von Güte bemerkte, der auf diesem alten Gesichte lag. Sie streckte der Marquise ihre junge Hand hin, welche danach zu verlangen schien; und als sie einander die Hände drückten, verstanden sich die beiden Frauen ganz und gar. »Armes, verwaistes Kind!« sagte die Marquise. Das war ein letzter Lichtstrahl für Julie. Sie meinte die prophetische Stimme ihres Vaters zu vernehmen. »Sie haben so heiße Hände! Sind sie immer so?« fragte die alte Frau. »Ich hatte bis vor etwa acht Tagen immer Fieber«, antwortete sie. »Sie hatten Fieber und verbargen es mir?« – »Ich habe es schon seit einem Jahr«, sagte Julie mit einer gewissen verschämten Angst. »Dann ist also die Ehe für Sie bisher nur lauter Schmerz gewesen, meine liebe Kleine?« Die junge Frau wagte nicht, zu antworten, aber sie machte eine bejahende Bewegung, welche all ihre Leiden verriet. »Sind Sie denn unglücklich?« – »Ach nein, Tante, Victor liebt mich abgöttisch, und ich liebe ihn auch, er ist ja so gut!« – »Ja, Sie lieben ihn; aber Sie fliehen ihn, nicht wahr?« – »Ja ... bisweilen ... Er sucht mich zu oft.« – »Ist Ihnen in der Einsamkeit manchmal bange davor, daß er überraschend kommen könnte?« – »Ach ja, in der Tat, Tante. Aber ich bin ihm doch gut, ich versichere es.« – »Klagen Sie sich nicht insgeheim an, daß Sie es nicht verstehen oder nicht vermögen, seine Liebesfreuden zu teilen? Denken Sie nicht manchmal, daß die eheliche Liebe schwerer zu ertragen ist, als es eine verbotene Leidenschaft wäre?« – »Oh! das ist es«, brachte sie unter Tränen hervor; »Sie erraten ja alles, wo für mich alles Rätsel ist. Meine Sinne sind benommen, ich habe keine Gedanken, das Leben wird mir schwer. Meine Seele liegt unter dem Druck einer unerklärlichen Angst, die über meine Gefühle Erstarrung bringt und mich in einer beständigen Betäubung hält. Ich habe keine Stimme, mich zu beklagen, und keine Worte, meinem Kummer Ausdruck zu geben. Ich leide und schäme mich zu leiden, wenn ich Victor über das glücklich sehe, was mich zu Tode martert.« – »Kinderei, Albernheit das alles!« rief die Tante, deren abgezehrtes Gesicht von einem heitern Lächeln, dem Widerschein der Freuden ihrer Jugend, erhellt wurde. »Sie lachen also darüber?« rief die junge Frau verzweifelt. »Ich bin auch so gewesen«, gab die Marquise schnell zur Antwort. »Jetzt, wo Victor Sie allein gelassen hat, sind Sie da nicht wieder zum jungen Mädchen geworden, ruhig, ohne Freuden, aber auch ohne Leiden?«

Julie machte große, verwunderte Augen. »Also, Sie lieben Victor, nicht wahr, mein Engel? Aber Sie möchten lieber seine Schwester sein als seine Frau, und die Ehe bekommt Ihnen schlecht?« – »Nun ja, wirklich, Tante. Aber warum lächeln Sie?« – »Oh, Sie haben recht, liebes Kind. All das ist nicht lustig. Ihre Zukunft könnte von manch einem Unglück bedroht sein, wenn ich Sie nicht unter meinen Schutz nähme und wenn meine lange Erfahrung nicht die sehr unschuldige

Ursache Ihres Kummers erraten könnte. Mein Neffe verdient sein Glück nicht, der Dummkopf! Unter der Regierung unseres vielgeliebten Ludwig XV. hätte eine junge Frau, die sich in einer ähnlichen Lage wie Sie befunden hätte, ihren Mann, der sich so wie ein wahrer Landsknecht aufführt, schnell genug bestraft. Der Egoist! Die Soldaten dieses kaiserlichen Tyrannen sind alle abscheuliche Ignoranten. Sie halten Brutalität für Galanterie; sie kennen die Frauen ebensowenig, wie sie lieben können; sie glauben, daß, wenn sie am Tage darauf in den Tod gehen, sie nicht nötig haben, am Abend vorher Rücksicht gegen uns zu üben. Früher verstand man beides: zu lieben und angemessen zu sterben. Ich werde ihn Ihnen erziehen. Ich werde diesem traurigen Mißklang, der natürlich genug ist, ein Ende machen; sonst werdet ihr euch noch schließlich gegenseitig hassen und eine Scheidung wünschen, wenn Sie nicht schon vorher aus Verzweiflung gestorben sind.«

Julie hörte ihrer Tante voller Erstaunen und Bestürzung zu, da sie Worte vernahm, deren Weisheit sie mehr ahnen als verstehen konnte. Sie war tief erschrocken, aus dem Munde einer Verwandten von reicher Erfahrung demselben Urteil, nur in etwas milderer Form, zu begegnen, das ihr Vater über Victor gefällt hatte. Es war, als hätte sie eine lebhafte Vorahnung ihres Geschicks und ahnte die Last des Unglücks, das sie niederdrücken würde; sie zerfloß in Tränen und warf sich der alten Dame mit den Worten in die Arme: »Seien Sie meine Mutter!«

Die Tante weinte nicht; die Revolution hat den Frauen der alten Monarchie wenig Tränen übriggelassen. Die Liebe und später die Schreckenszeit haben sie mit dem jähen Wechsel von Glück und Unglück vertraut gemacht, so daß sie inmitten der Gefahren des Lebens eine kühle Würde wahren und ihre aufrichtige, aber keineswegs überströmende Zuneigung niemals die Grenzen der Etikette überschreitet, und sie haben einen Adel der Haltung, über den sich die heutigen Sitten zu

Unrecht hinwegsetzen. Die Marquise nahm die junge Frau in ihre Arme und küßte sie mit einer Zärtlichkeit und Anmut, die oft mehr in den Manieren und Gewohnheiten als im Herzen jener Frauen begründet sind, auf die Stirn; sie liebkoste ihre Nichte mit sanften Worten, verhieß ihr eine glückliche Zukunft, wiegte sie mit Liebesverheißungen ein und half ihr beim Zubettgehen, als ob sie ihre Tochter wäre, eine geliebte Tochter, deren Hoffnungen und Kummer sie teilte. Sie sah sich in ihrer Nichte wieder jung, unerfahren und schön. Die Comtesse schlief ein, beglückt, eine Freundin gefunden zu haben, eine Mutter, der sie künftig alles würde sagen können. Am nächsten Morgen, als sich Tante und Nichte mit tiefer Herzlichkeit und dem gegenseitigen Einverständnis begrüßten, das von einem gewachsenen Gefühl, einem vollkommeneren Zusammenklang der Seelen zeugt, vernahmen sie Pferdegetrappel, wandten beide zugleich den Kopf und sahen den jungen Engländer, seiner Gewohnheit gemäß, langsam vorüberreiten. Er schien das Leben der beiden einsamen Frauen gewissermaßen studiert zu haben, denn er verfehlte nie, sich während ihres Frühstücks und Abendessens einzufinden. Sein Pferd verlangsamte den Schritt schon von selber. Während er an den beiden Fenstern des Speisesaals vorbeikam, warf er einen melancholischen Blick hinein, der von der Comtesse, die ihm keine Aufmerksamkeit schenkte, nur verächtlich aufgenommen wurde. Die Marquise hingegen, die an die armselige Neugier, die man zur Belebung des Provinzlebens an die geringfügigsten Dinge heftet und der sich auch die überlegeneren Menschen nicht ganz erwehren können, gewöhnt war, amüsierte sich über die schüchterne, ernsthafte Liebe, die der Engländer auf eine so schweigsame Weise ausdrückte. Sein regelmäßiges Heraufsehen war ihr wie zur Gewohnheit geworden, und sie machte jeden Tag mit neuen Scherzen auf Arthurs Vorbeireiten aufmerksam. Als sie sich zu Tisch setzten, blickten die beiden Frauen gleichzeitig auf den Engländer. Die Augen Julies und Arthurs begegneten sich diesmal mit einer solchen gefühlsmäßigen Bestimmtheit, daß die junge Frau errötete. Der Engländer trieb sein Pferd an und sprengte davon.

»Was ist da bloß zu tun?« sagte Julie zu ihrer Tante. »Für die Leute, die diesen Engländer vorbeikommen sehen, bin ich unzweifelhaft ...« – »Ja«, unterbrach die Tante sie. – »Nun, könnte ich ihm nicht sagen lassen, er möchte anderswo spazierenreiten?« – »Damit würde man ihm ja zu verstehen geben, daß man ihn für gefährlich hält. Und übrigens kann man ihm doch nicht verbieten, zu reiten, wo es ihm beliebt. Wir werden morgen nicht mehr in diesem Zimmer essen; wenn uns der junge Herr nicht mehr sieht, wird er davon abstehen, Sie durch das Fenster zu lieben. Das ist die Art, mein liebes Kind, wie sich eine Frau der guten Gesellschaft benimmt.«

Doch Julies Unglück sollte vollkommen werden. Kaum waren die beiden Frauen vom Tisch aufgestanden, als der Kammerdiener Victors plötzlich anlangte. Er war in fliegender Eile auf Umwegen von Bourges hergekommen und brachte der Comtesse einen Brief ihres Mannes. Victor, der den Kaiser verlassen hatte, zeigte seiner Frau den Sturz des Kaiserreichs und die Einnahme von Paris an und berichtete von dem Enthusiasmus, der in allen Teilen Frankreichs zugunsten der Bourbonen ausgebrochen war. Doch da es schwer sein werde, bis Tours vorzudringen, bat er sie, schleunigst nach Orléans zu kommen, wo er hoffte mit Pässen für sie versehen zur Stelle zu sein. Der Diener, ein alter Soldat, sollte Julie von Tours nach Orléans begleiten, welche Strecke Victor noch für passierbar hielt.

»Madame, Sie haben keinen Augenblick zu verlieren«, sagte der Alte, »die Preußen, die Österreicher und die Engländer werden sich in Blois oder Orléans zusammenziehen ...«

In wenigen Stunden war die junge Frau bereit und machte sich in einem alten Reisewagen, den ihr die Tante lieh, auf den Weg. »Könnten Sie nicht mit uns nach Paris kommen?« fragte sie, als sie sich von der Marquise verabschiedete; »jetzt, wo die Bourbonen wieder die Herrschaft erlangen, fänden Sie ...« – »Ich würde auch ohne diese unverhoffte Rückkehr hingegangen sein, meine Liebe, denn mein Beistand ist Ihnen und Victor sehr nötig. Ich werde alle Vorbereitungen treffen, um Ihnen nachzufolgen.«

Julie reiste in Gesellschaft ihrer Kammerfrau und des alten Soldaten, der an der Seite des Wagens einherritt, um über die Sicherheit seiner Herrin zu wachen. In der Nacht, als man kurz vor Blois in einer Poststation angekommen war, hatte Julie, die in Unruhe darüber war, daß sie einen Wagen hinter dem ihrigen hatte herfahren hören, der ihr von Amboise aus gefolgt war, aus dem Wagenfenster gesehen, um sich zu überzeugen, wer ihre Reisegefährten seien. Beim Scheine des Mondes sah sie, drei Schritte von sich entfernt, Arthur stehen, der die Augen auf ihren Wagen geheftet hielt. Ihre Blicke begegneten sich. Die Comtesse warf sich mit einer heftigen Bewegung, aber mit einem Gefühl von Angst, das sie zittern ließ, in ihren Wagen zurück. Wie die meisten jungen Frauen, die wahrhaft unschuldig und ohne Erfahrung sind, erblickte sie in der Liebe, die man einem Manne unwillkürlich einflößt, eine Schuld. Sie empfand ein instinktives Entsetzen, das vielleicht von dem Bewußtsein ihrer Schwäche gegenüber einem so kühnen Angriff herrührte. Die furchtbare Macht, eine Frau, deren Phantasie von Natur erregbar ist und vor einer Verfolgung zurückschreckt, so mit seiner Person zu beschäftigen, ist eine der stärksten Waffen des Mannes. Die Comtesse besann sich auf den Rat ihrer Tante und beschloß, während der Reise im Innern ihres Wagens zu bleiben und ihn nie zu verlassen. Aber an jeder Poststation hörte sie den Engländer um die beiden Wagen herumgehen; unterwegs klang dann wieder das lästige Geräusch seiner Kalesche unaufhörlich in Julies Ohren. Die junge Frau dachte, daß, wenn sie erst wieder bei ihrem Manne sein würde, dieser die eigentümliche Verfolgung schon von ihr abwehren würde.

»Wenn mich nun aber dieser junge Mann nicht liebte?«

Diese Betrachtung war die letzte, die sie machte. Als sie in Orléans ankam, wurde ihre Postchaise von den Preußen angehalten, in den Hof einer Herberge gebracht und von Soldaten bewacht. Widerstand war unmöglich. Die Fremden erklärten den drei Reisenden durch gebieterische Zeichen, daß sie den Befehl erhalten hätten, niemand aus dem Wagen herauszulassen. Die Comtesse blieb weinend ungefähr zwei Stunden als Gefangene in dem Wagen, der von den rauchenden, lachenden Soldaten, die sie ab und zu mit zudringlicher Neugier betrachteten, umringt war; doch schließlich hörte sie das Geräusch von Pferdehufen und sah, wie sich die Soldaten respektvoll vom Wagen entfernten. Gleich darauf umringte eine Anzahl ausländischer höherer Offiziere, an deren Spitze ein österreichischer General, die Kutsche.

»Madame«, sagte der General, »nehmen Sie unsere Entschuldigung entgegen, es war ein Irrtum; Sie können unbehelligt Ihre Reise fortsetzen, und hier ist ein Paß, der Ihnen weitere Belästigungen ersparen wird ...«

Die Comtesse nahm das Papier zitternd entgegen und stammelte verlegene Worte. Sie erblickte neben dem General in englischer Offiziersuniform Arthur, dem sie offenbar ihre rasche Befreiung zu verdanken hatte. Erfreut und traurig zugleich wandte sich der junge Engländer ab und wagte Julie nur verstohlen anzusehen. Mit Hilfe des Passes langte Madame d'Aiglemont ohne weitere Zwischenfälle in Paris an. Sie traf dort ihren Mann wieder, der von seinem Treueid gegen den Kaiser entbunden und von dem Comte d'Artois, den sein Bruder Ludwig XVIII. zum Generalstatthalter des Königreichs ernannt hatte, aufs schmeichelhafteste empfangen worden war. Victor erhielt einen hohen Rang in der Leibgarde und den Generalstitel. Inmitten der Feste, die die Rückkehr der Bourbonen feierten, wurde die arme Julie von einem tiefen Unglück, das auf ihr ganzes Leben Einfluß haben sollte, betroffen: sie verlor die Marquise de Listomère-

Landon. Die alte Dame starb an der Freude und an einer Gicht, die aufs Herz geschlagen war, als sie in Tours den Duc d'Angoulême wiedersah. So war die Frau, die kraft ihres Alters das Recht gehabt hätte, Victor Vorstellungen zu machen, die einzige, die durch kluge Ratschläge ein besseres Einvernehmen zwischen Mann und Frau hätte herstellen können, dahingegangen, und Julie fühlte die ganze Tragweite dieses Verlustes. Sie war nun allein mit sich und ihrem Mann. Aber jung und zaghaft, wie sie war, verlegte sie sich zunächst auf das Dulden, anstatt zu klagen. Die Vornehmheit ihres Charakters verhinderte es ja eben, daß sie sich ihren Pflichten entzog oder nach der Ursache ihrer Leiden forschte; denn sie zu einem Ende zu bringen wäre eine zu delikate Sache gewesen: Julie hätte gefürchtet, gegen ihre mädchenhafte Schamhaftigkeit zu verstoßen.

Ein Wort über die Geschicke des Monsieur d'Aiglemont unter der Restauration.

Gibt es nicht viele Menschen, deren innere Nichtigkeit den meisten, die sie kennen, verborgen bleibt? Ein hoher Rang, eine illustre Abstammung, wichtige Ämter, ein gewisser weltmännischer Schliff, eine betonte Zurückhaltung im Benehmen oder das Blendwerk des Reichtums sind für sie Schutzmauern, die es verhindern, daß die Kritik bis zu ihrer eigentlichen Existenz vordringt. Diese Leute gleichen den Königen, deren wirkliche Beschaffenheit, Charakter und Sitten niemals wirklich gekannt und richtig beurteilt werden können, weil sie von zu weit oder von zu nahe gesehen werden. Solche Personen von trügerischem Verdienst fragen, anstatt zu reden, verstehen die Kunst, den andern eine Rolle zu geben, um nicht selbst vor ihnen hervortreten zu müssen; dann ziehen sie mit glücklicher Gewandtheit einen jeden am Draht seiner Begierden und Interessen, treiben ihr Spiel mit Männern, die ihnen in Wahrheit überlegen sind, machen Marionetten aus ihnen und halten sie für klein, weil sie sie bis zu sich herabgezogen haben. Ihre armselige, aber feststehende

Denkweise erlangt dann einen Sieg über die Beweglichkeit der großen Gedanken. Um diese Hohlköpfe zu beurteilen und ihren negativen Wert abzuschätzen, muß der Beobachter einen mehr scharfsinnigen als überlegenen Geist haben, mehr Geduld als Weite des Blickes, mehr Schlauheit und Takt als Größe und Erhabenheit in den Ideen entfalten. Jedoch so viel Geschicklichkeit diese Usurpatoren auch anwenden, um ihre schwachen Seiten zu verteidigen, so ist es ihnen sehr schwer, ihre Frauen, ihre Mütter, ihre Kinder oder den Freund des Hauses zu täuschen. Nur daß diese Personen ihnen das Geheimnis meistens bewahren, weil es gewissermaßen ihre gemeinsame Ehre angeht, ja sie helfen noch dabei, der Welt etwas vorzumachen. Wenn nun, dank dieser häuslichen Verschwörungen, viele dumme Tröpfe als bedeutende Männer gelten, so gibt es anderseits eine Anzahl bedeutender Männer, die für dumme Tröpfe gehalten werden, so daß der Staat immer die gleiche Menge anscheinend fähiger Köpfe hat. Man bedenke nun, was für eine Rolle eine Frau von Geist und Gemüt neben einem Manne dieser Art spielen muß; wird man da nicht leidvoller Existenzen gewahr, die sich aufopfern und deren liebeerfüllte Herzen voller Zartgefühl sich durch nichts in dieser Welt entschädigen lassen können? Wenn ein starkes Weib sich in solch schrecklicher Lage befindet, so befreit es sich daraus durch ein Verbrechen, wie Katharina II., die nichtsdestoweniger die Große genannt wurde. Aber da nicht alle Frauen auf dem Thron sitzen, so nehmen sie zum größten Teil ihr häusliches Unglück auf sich, das nicht weniger schrecklich ist, weil es im Verborgenen bleibt. Diejenigen, welche für ihr Ungemach einen sofortigen Trost hienieden suchen, tauschen häufig nur das eine Leiden gegen ein anderes ein, wenn sie ihren Pflichten treu bleiben wollen, oder sie machen sich einer Verfehlung schuldig, wenn sie zugunsten ihrer Freuden die Gesetze verletzen. Diese Betrachtungen sind alle auf Julies heimliche Geschichte anwendbar. Solange Napoleon an der Macht war, erregte der Comte d'Aiglemont keinen Neid. Er war ein Oberst wie so viele andere, ein guter Ordonnanzoffizier, eignete sich vorzüglich, gefährliche Missionen auszuführen, war jedoch unfähig, ein Kommando von irgendwelcher Bedeutung zu übernehmen; er galt für einen der Tapferen, denen der Kaiser seine Gunst schenkte, und war, was man beim Militär gewöhnlich einen braven Burschen nennt. Die Restauration, die ihm den Titel ›Marquis‹ zurückgab, fand ihn nicht undankbar: er folgte den Bourbonen nach Gent. Dieser Akt der Logik und Treue strafte die Prophezeiung Lügen, die ihm sein Schwiegervater seinerzeit gemacht hatte, als er sagte, er würde sein Leben lang Oberst bleiben. Als Monsieur d'Aiglemont bei der zweiten Rückkehr zum Generalleutnant ernannt und wieder Marquis geworden war, hatte er den Ehrgeiz, nach der Pairswürde zu streben. Er nahm die Grundsätze und die Politik des ›Conservateur‹ an, hüllte sich in eine Verstellung, hinter der nichts steckte, setzte eine bedeutsame Miene auf, verlegte sich aufs Fragen, sprach wenig und wurde für einen tiefsinnigen Menschen gehalten. Da er sich stets hinter höflichen Phrasen verschanzt hielt, mit leeren Floskeln reich versehen war, mit Schlagworten um sich warf, die in Paris regelmäßig geprägt werden, um den Sinn der großen Ideen und Tatsachen in kleiner Münze an die Dummen auszugeben, wurde ihm in der Gesellschaft der Ruf eines Mannes von Geschmack und Wissen zuteil. Da er eigensinnig auf seinen aristokratischen Anschauungen beharrte, wurde er als ein fester Charakter gepriesen. Wurde er zufällig einmal wie früher harmlos und lustig, so hielten die anderen seine albernen und unbedeutenden Äußerungen für verborgene diplomatische Anspielungen.

›Oh! er sagt nur, was er sagen will‹, dachten brave biedere Leute. Seine guten Eigenschaften wie seine Fehler kamen ihm gleicherweise zustatten. Seine Tapferkeit hatte ihm einen hohen militärischen Ruf verschafft, der in nichts widerlegt wurde, da er ja nie ein Oberkommando geführt hatte. Sein männliches, distinguiertes Aussehen ließ auf kühne Gedanken schließen, und seine Physiognomie war nur für seine Frau eine glatte Täuschung. Indem alle Welt die Pseudotalente des Marquis d'Aiglemont bewunderte, kam dieser schließlich selbst zu der Überzeugung, daß er einer der bemerkenswertesten Männer des Hofes sei. Und wirklich wurden dort, wo er dank seiner äußeren Erscheinung zu gefallen wußte, seine verschiedenen Vorzüge ohne Widerspruch anerkannt.

Trotz alldem war Monsieur d'Aiglemont zu Hause bescheiden. Er fühlte instinktiv die Überlegenheit seiner Frau, so jung sie auch war, und aus diesem unwillkürlichen Respekt erwuchs eine heimliche Macht, zu deren Annahme sich die Comtesse gezwungen sah, obwohl sie die Last gern von sich abgewälzt hätte. Als Ratgeberin ihres Mannes lenkte sie seine Handlungen und seine Geschäfte. Dieser ungewollte Einfluß war für sie eine Quelle der Demütigung und vieler Schmerzen, die sie in ihrem Innern verschloß. Ihr zarter, weiblicher Instinkt sagte ihr, daß es weit schöner ist, einem Mann von Geist zu gehorchen, als einen Dummkopf zu leiten, und daß eine junge Gattin, die genötigt ist, als Mann zu denken und zu handeln, weder Mann noch Frau ist, daß sie der Grazie ihres Geschlechts entsagt und dafür keines der Privilegien eintauscht, die unsere Gesetze den Stärkeren zugebilligt haben. Ihre Existenz verbarg einen bitteren Hohn. War sie nicht genötigt, einen hohlen Götzen zu ehren, ihren Beschützer zu schützen, der, armselig wie er war, ihr zum Lohn für ihre stetige Hingebung die selbstsüchtige Liebe der Ehemänner zuwarf, nur das Weib in ihr sah, sich nicht die Mühe nahm, sich um das zu kümmern, was ihr Vergnügen machte, und, was beides eine gleich große Kränkung für sie war, der nicht wußte, woher ihre Traurigkeit und ihr Hinsiechen kam? Wie die meisten Ehemänner, die das Joch eines höher stehenden Geistes fühlen, beschwichtigte der Marquis seine Eigenliebe, indem er von der physischen Schwäche Julies auf ihre geistige Schwäche schloß und sich beim Schicksal darüber beklagte, daß es ihm ein kränkliches Mädchen zur Frau gegeben habe.

Kurz, er betrachtete sich als Opfer, während er der Henker war. Mit allem Ungemach dieser traurigen Existenz beladen, mußte die Marquise noch ihrem einfältigen Gebieter zulächeln, ein Haus der Trauer mit Blumen schmücken und auf ihrem an heimlichen Qualen erblaßten Gesicht das Glück zur Schau stellen. Dieses Ehrgefühl, diese großartige Selbstverleugnung verliehen der jungen Marquise allmählich eine weibliche Würde, ein Bewußtsein der Tugend, das ihr zum Schutz gegen die Gefahren der Welt diente. Im übrigen, um diesem Herzen auf den Grund zu gehen, mochte das verborgene Mißgeschick, das ihrer ersten unschuldigen Mädchenliebe widerfuhr, ihr einen Widerwillen gegen die Leidenschaft eingeflößt haben; vielleicht auch begriff sie nicht die Selbstvergessenheit und die unerlaubten, sinnverwirrenden Freuden, die manche Frauen alle Gesetze der Vernunft und alle Regeln der Tugend, auf denen die Gesellschaft beruht, in den Wind schlagen lassen. Wie auf einen Traum verzichtete sie auf die Süßigkeit, die sanfte Harmonie des Daseins, wie sie ihr die weise Erfahrung der Madame de Listomère-Landon verheißen hatte; sie erwartete ergeben das Ende ihrer Leiden, indem sie jung zu sterben hoffte. Seit ihrer Rückkehr aus der Touraine war ihre Gesundheit von Tag zu Tag schwächer geworden, und das Leben schien ihr vom Leiden abgemessen zu sein; ein Leiden allerdings, das bei oberflächlicher Beurteilung einen eleganten, nahezu wollüstigen Anschein hatte und für die Laune einer Zierpuppe gelten konnte. Die Ärzte hatten die Marquise verurteilt, auf einem Diwan ausgestreckt zu liegen, wo sie inmitten der Blumen, die sie umgaben, verkümmerte und gleich ihnen dahinwelkte. Ihre Schwäche verbot ihr das Gehen und die freie Luft; sie fuhr nur im geschlossenen Wagen aus. So, umgeben von allen Wunderdingen des Luxus und der modernen Industrie, glich sie weniger einer Kranken als einer lässig-trägen Königin. Einige Freunde, die vielleicht in ihr Unglück und ihre Hinfälligkeit verliebt waren und auf eine künftige günstigere Gesundheit spekulierten, kamen, in der Gewißheit, sie immer zu Hause zu finden, ihr Neuigkeiten zuzutragen und die tausend kleinen Begebenheiten, die das Pariser Leben so abwechslungsreich machen, zu berichten. Ihre Melancholie, tief und ernst wie sie war, war immerhin doch die Melancholie des Überflusses. Die Marquise d'Aiglemont glich einer schönen Blume, deren Wurzel von einem schwarzen Insekt zernagt wird. Sie ging bisweilen in Gesellschaft, nicht aus Neigung, aber um den Anforderungen der Stellung, die ihr Mann anstrebte, zu gehorchen. Ihre Stimme und ihr vollendeter Gesang verschafften ihr den Beifall, der einer jungen Frau fast immer schmeichelt; aber was nützten ihr Erfolge, welche weder zu ihren Gefühlen noch zu irgendwelchen Hoffnungen eine Beziehung hatten? Ihr Mann liebte die Musik nicht. Sie fühlte sich fast immer befangen in den Salons, wo ihre Schönheit begehrliche Huldigungen auf sich zog. Ihre Lage erregte dort eine grausame Teilnahme, eine triste Neugierde. Sie litt an einer gefährlichen Krankheit, die häufig genug tödlich verläuft, die sich die Frauen ins Ohr sagen und für die unsere wissenschaftliche Terminologie noch keine Bezeichnung hat. Trotz der Stille, in der sich ihr Leben abspielte, war die Ursache ihres Leidens doch für niemanden ein Geheimnis. Sie war auch in der Ehe noch junges Mädchen geblieben und empfand Scham vor jedem Blick. Um nicht erröten zu müssen, wollte sie nur heiter und lachend erscheinen; sie heuchelte Freude, sagte stets, sie befände sich wohl, oder wich den Fragen über ihre Gesundheit mit schamhaften Lügen aus. Im Jahre 1817 jedoch trug ein Ereignis viel dazu bei, den beklagenswerten Zustand, in dem sich Julie bisher befunden hatte, zu ändern. Sie gebar eine Tochter und wollte sie selbst stillen. Zwei Jahre lang war ihr Leben dank der lebhaften Zerstreuungen und unruhigen Freuden der Mutterschaft weniger unglücklich. Sie konnte sich von ihrem Manne fernhalten. Die Ärzte prophezeiten ihr eine bessere Gesundheit; aber die Marquise glaubte nicht an diese hypothetischen Verheißungen. Wie alle Menschen, für die das

Leben keine Annehmlichkeit ist, sah sie vielleicht im Tode eine glückliche Lösung.

Zu Anfang des Jahres 1819 gestaltete sich für sie das Leben grausamer denn je. Als sie eben anfing, sich über ein gewisses Scheinglück, das sie hatte erlangen können, zu freuen, taten sich schreckliche Abgründe vor ihr auf: ihr Mann hatte sich ihrer nach und nach ganz entwöhnt. Diese Abkühlung einer schon an und für sich lauen und ganz egoistischen Neigung konnte mehr als ein Unglück herbeiführen, das sie mit ihrem feinen Takt und ihrer Klugheit voraussah. Obwohl sie sicher war, eine große Macht über Victor zu behalten und für immer seine Achtung erlangt zu haben, so fürchtete sie doch den Einfluß der Leidenschaften auf einen so unselbständigen und eingebildeten Menschen. Oft fanden ihre Freunde Julie in Betrachtungen versunken; die weniger hell sehenden fragten sie scherzend nach dem Grund, als ob eine junge Frau nur an eitle Dinge denken könne und hinter den Gedanken einer Familienmutter nicht meistens der Ernst steckte. Das Unglück verführt ebenso zur Träumerei wie das wahre Glück. Oft, wenn Julie mit ihrer Hélène spielte, betrachtete sie diese mit finsterem Blick und antwortete nicht auf die kindlichen Fragen, die die Mütter so zu beglücken pflegen, weil sie von Gegenwart und Zukunft Aufschluß über ihr Schicksal forderte. Wenn sie sich dann zuweilen der Szene in den Tuilerien erinnerte, füllten sich ihre Augen mit Tränen. Die vorahnenden Worte ihres Vaters klangen ihr von neuem im Ohr, und sie warf sich vor, seine Weisheit verkannt zu haben. Von diesem törichten Ungehorsam rührte alles Unglück her, und oft wußte sie nicht, welches von ihren Leiden am schwersten zu tragen war. Nicht nur, daß ihr Mann keine Ahnung von den Reichtümern ihres Herzens hatte, sie konnte sich mit ihm nicht einmal über die gewöhnlichsten Angelegenheiten des Lebens verständigen. Gerade zu der Zeit, als die Fähigkeit zu lieben sich stärker und lebhafter in ihr entwickelte, verflüchtigte sich die erlaubte, die eheliche Liebe inmitten schwerer seelischer und physischer Leiden. Schließlich hatte sie für ihren Mann nur mehr das an Verachtung grenzende Mitleid, das auf die Dauer alle Gefühle ankränkelt. Aus Unterhaltungen mit Freunden, aus Beispielen und mancherlei Abenteuern der Gesellschaft erriet sie wohl, welches unendliche Glück die Liebe in sich bergen mußte; aber auch ihr verwundetes Herz selber überkam manchmal ein Vorgefühl der tiefen, reinen Freuden, in denen sich geschwisterliche Seelen vereinigen. In dem Bilde, das ihr Gedächtnis von der Vergangenheit erstehen ließ, erschien das treue Gesicht Arthurs mit jedem Tage reiner und schöner, aber flüchtig; denn sie wagte nicht, sich bei dieser Erinnerung aufzuhalten. Die schweigsame, schüchterne Liebe des jungen Engländers war das einzige Ereignis, das in der Zeit ihrer Ehe einige sanfte Spuren in ihrem traurigen, einsamen Herzen hinterlassen hatte. Vielleicht daß alle enttäuschten Hoffnungen, alle fehlgegangenen Wünsche, die nach und nach Julies Geist verdüsterten, sich durch ein natürliches Spiel der Phantasie auf diesen Mann bezogen, dessen Art, Gefühl und Charakter so viel Einklang mit den ihrigen aufzuweisen schienen. Doch dieser Gedanke kam ihr immer wie ein Traum, eine Laune vor. Sie erwachte aus diesen immer in Seufzern endenden Wahngebilden unglücklicher als zuvor und fühlte ihre verborgenen Schmerzen hernach um so stärker, wenn sie diese unter den Fittichen eines erträumten Glückes eingeschläfert hatte. Oft gewannen ihre Klagen einen Charakter von Torheit und Verwegenheit, sie wollte Glück um jeden Preis; aber öfter noch verharrte sie in irgendeiner stumpfen Betäubung, hörte zu, ohne zu verstehen, oder faßte so vage und unbestimmte Gedanken, daß sie keine Worte hätte finden können, sie auszudrücken. Sie war in ihren innersten Regungen verletzt, durfte ihr Leben nicht so führen, wie sie es als junges Mädchen erträumt hatte, und es blieb ihr nichts anderes übrig, als ihre Tränen zu ersticken. Bei wem hätte sie sich beklagen sollen? Wer hätte sie verstanden? Überdies hatte sie jenes äußerste weibliche Zartgefühl, jene köstliche Schamhaftigkeit, die darin besteht, jede unnütze Klage zu unterdrücken und keinen Vorteil daraus zu ziehen, daß der Triumph den Sieger und den Besiegten in gleicher Weise beschämen muß. Julie versuchte, Monsieur d'Aiglemont mit ihren eigenen Tugenden und Gaben auszustatten, und rühmte sich, das Glück zu genießen, das sie entbehrte. Sie wandte ihre ganze weibliche Klugheit auf, ihren Mann zu schonen, der nie etwas davon erfuhr und im übrigen durch ihre Art nur noch mehr in seinem Despotismus bestärkt wurde. Zeitweise war sie wie trunken von Unglück, völlig gedankenlos, zügellos; zum Glück führte ihre aufrichtige Frömmigkeit sie dann über das Irdische hinaus; sie flüchtete sich in den Glauben an ein künftiges Leben und fand so die Kraft aufs neue, ihre schmerzliche Pflicht auf sich zu nehmen. Diese fürchterlichen Kämpfe, diese innere Zerrissenheit blieben unbemerkt, ihre tiefe Schwermut hatte keinen Zeugen. Niemand fing ihren stumpfen Blick auf, niemand sah die bitteren Tränen, die sie heimlich in der Einsamkeit vergoß.

Die Gefahren der kritischen Situation, in die die Marquise allmählich durch den Zwang der Verhältnisse gelangt war, enthüllten sich ihr in ihrer ganzen Schwere an einem Januarabend des Jahres 1820. Wenn zwei Gatten sich voll und ganz kennen und sich lange aneinander gewöhnt haben, wenn eine Frau die leisesten Gebärden eines Mannes zu deuten versteht und die Gefühle und Dinge, die er ihr verbirgt, erraten kann, dann werden zufällige, erst sorglos hingeworfene frühere Bemerkungen und Betrachtungen mit einem Schlag erhellt. Oft erwacht dann eine Frau plötzlich am Rande oder in der Tiefe eines Abgrunds. So wurde der Marquise, die glücklich gewesen war, ein paar Tage allein zu verbringen, mit einem Male das Geheimnis dieses Alleinseins klar. Sei es, daß ihr Mann treulos oder ihrer müde, großmütig oder mitleidvoll gegen sie war, er gehörte ihr nicht mehr. In diesem Augenblick dachte sie nicht mehr an sich noch an ihre Leiden und Opfer; sie war nur noch Mutter und hatte die Zukunft, das Glück, das

Vermögen ihrer Tochter im Auge, ihrer Tochter, des einzigen Wesens, von dem ihr etwas wie Glückseligkeit kam, ihrer Hélène, des einzigen Gutes, das sie ans Leben fesselte. Jetzt wollte Julie leben, um von ihrem Kinde das schreckliche Joch fernzuhalten, unter das eine Stiefmutter das Leben des teuren Geschöpfes zwingen könnte. Als dieses düstere Zukunftsbild vor ihr aufstieg, verfiel sie in solch ein fieberhaftes Nachdenken, das ganze Lebensjahre aufzehrt. Zwischen ihr und ihrem Gatten sollte künftighin eine ganze Welt von Gedanken sein, deren Gewicht auf ihr allein lasten würde. Bis dahin hatte sie sich, in der Gewißheit, von Victor auf seine Weise geliebt zu werden, zu einem Glück hergegeben, das sie nicht teilte; nun aber, da sie nicht einmal mehr die Genugtuung hatte, daß ihre Tränen ihren Mann erfreuten, da sie allein in der Welt war, blieb ihr nur, unter den vielfachen Leiden zu wählen. Inmitten der Mutlosigkeit, die in der Stille der Nacht ihre Energie lähmte, in dem Augenblick, da sie von ihrem Diwan an dem fast erloschenen Feuer aufgestanden war, um im Schein einer Lampe sich mit trockenem Auge in den Anblick ihrer Tochter zu versenken, trat Monsieur d'Aiglemont sehr angeregt ins Zimmer. Julie hieß ihn die schlafende Hélène bewundern, doch er hatte für die Begeisterung seiner Frau nur eine banale Redensart.

»In diesem Alter«, sagte er, »sind alle Kinder niedlich.« Dann küßte er seine Tochter flüchtig auf die Stirn, ließ die Vorhänge der Wiege herab, blickte Julie an, nahm sie bei der Hand und ließ sie neben sich auf dem Diwan niedersitzen, auf dem sie soeben ihren trüben Gedanken nachgehangen hatte.

»Sie sind heute abend sehr schön, Madame d'Aiglemont!« rief er mit der unerträglichen Lustigkeit, deren Hohlheit die Marquise nur zu gut kannte.

»Wo haben Sie den Abend verbracht?« fragte sie ihn mit erheuchelter Gleichgültigkeit. »Bei Madame de Sérisy.«

Er nahm einen Lichtschirm von dem Kamin und betrachtete interessiert den durchsichtigen Stoff, ohne die Tränenspuren auf dem Gesicht seiner Frau zu bemerken. Julie schauerte zusammen. Die Sprache ist nicht imstande, die Gedanken auszudrücken, die wie ein Strom aus ihrem Herzen hervorstürzen wollten und die sie zurückhalten mußte.

»Madame de Sérisy gibt nächsten Montag ein Konzert und wünscht brennend, dich kennenzulernen. Gerade weil du schon so lange nicht in Gesellschaft gegangen bist, möchte sie dich bei sich sehen. Es ist eine prächtige Frau, die dir sehr zugetan ist. Du würdest mir einen Gefallen tun, wenn du hingingst, ich habe beinahe schon für dich zugesagt ...« – »Ich werde hingehen«, antwortete Julie.

Der Klang der Stimme, der Ausdruck und Blick der Marquise hatten etwas so Durchdringendes, Eigentümliches, daß Victor trotz seiner Sorglosigkeit seine Frau erstaunt ansah. Doch das war alles. Julie hatte erraten, daß Madame de Sérisy die Frau war, die ihr das Herz ihres Mannes geraubt hatte. Sie versank in ein verzweifeltes Brüten und starrte selbstvergessen ins Feuer. Victor drehte den Lichtschirm in den Händen hin und her und hatte das gelangweilte Aussehen eines Mannes, der anderswo glücklich gewesen ist und ermattet vom Vergnügen heimkommt. Er gähnte mehrmals, ergriff dann mit einer Hand einen Leuchter, tastete mit der andern lässig nach dem Hals seiner Frau und wollte sie küssen; aber Julie bückte sich, reichte ihm ihre Stirn und empfing den Gutenachtkuß, einen lieblosen, mechanischen Kuß, eine grimassenhafte Gebärde, die sie nur zu sehr haßte. Als Victor die Tür geschlossen hatte, sank die Marquise in einen Stuhl; die Knie wankten ihr, sie brach in Tränen aus. Man muß selbst ähnliche Qualen erlitten haben, um alles, was diese Szene Schmerzliches barg, zu verstehen, um einen Begriff von der langen, schrecklichen Tragödie zu bekommen, die sie herbeiführte. Diese einfachen, nichtssagenden Worte, das Schweigen zwischen den beiden Ehegatten, die Mienen, die Blicke, die Art, in der der Marquis vor dem Feuer Platz genommen hatte, die Haltung, mit der er versucht hatte, den Hals seiner

Frau zu küssen, alles war zusammengekommen, daß diese Stunde zu einer tragischen Wende in dem einsamen, schmerzensreichen Leben Julies führte. In wildem Taumel warf sie sich vor ihrem Diwan nieder, grub ihr Gesicht in die Kissen, um nichts zu sehen, und flehte zum Himmel, wobei sie den gewohnten Gebetsworten einen innigen Klang, einen neuen Sinn verlieh, die das Herz ihres Mannes hätten zerreißen müssen, wenn er sie gehört hätte. Sie beschäftigte sich acht Tage lang unaufhörlich mit ihrer Zukunft, ging völlig in ihrem Unglück auf, studierte es, suchte nach Mitteln, ihre Macht über den Marquis wiederzugewinnen, ohne ihr Herz zu belügen, und lange genug zu leben, um über das Glück ihrer Tochter zu wachen. Sie beschloß alsdann, mit ihrer Rivalin zu kämpfen, sich wieder in der Gesellschaft zu zeigen, dort zu glänzen, für ihren Mann eine Liebe zu heucheln, die sie nicht mehr empfinden konnte: ihn zu verführen. Wenn sie ihn sich dann durch ihre Künste wieder unterworfen haben würde, wollte sie die Koketterie jener launischen Mätressen gegen ihn spielen lassen, die sich ein Vergnügen daraus machen, ihre Liebhaber zu quälen. Dieses widerwärtige Spiel erschien ihr als das einzige Mittel, sich gegen ihr Unglück zur Wehr zu setzen. Indem sie sich ihren Mann unterwarf und unter ein schreckliches Joch zwang, würde sie Herrin ihrer Leiden bleiben, ihnen gebieten können und ihre Anfälle seltener machen. Sie fühlte keine Gewissensbisse, ihm ein schweres Leben zu bereiten. Jählings stürzte sie sich in kaltblütige Berechnung. Um ihre Tochter zu retten, durchschaute sie mit einem Mal die Ränke und Lügen jener Geschöpfe, die nicht lieben, all den Trug der Koketterie, all die abscheulichen Schliche, die den Männern oft als angeborene Verderbtheit erscheinen und die ihnen die Frauen so verhaßt machen. Ihre weibliche Eitelkeit, ihr Eigennutz und ein unbestimmter Wunsch nach Rache verbanden sich ihr unbewußt mit ihrer Mutterliebe, um sie auf einen Weg zu treiben, auf dem nur neue Schmerzen ihrer warteten. Doch sie war zu edel, zu zartfühlend und zu freimütig, um sich lange mit solchem Betrug abzugeben. Da sie gewohnt war, in ihrem Innern zu lesen, mußte der Schrei ihres Gewissens beim ersten Schritt in das Laster – denn dies war Laster – die Stimme der Leidenschaft und Selbstsucht übertönen. In der Tat, bei einer Frau, deren Herz rein und deren Liebe jungfräulich geblieben ist, ist selbst die Mutterliebe dem Gefühl der Scham unterworfen. Ist nicht das Schamgefühl das ganze Weib? Doch Julie wollte keine Gefahr, keinen Irrtum in ihrem neuen Leben erkennen. Sie ging zu Madame de Sérisy. Ihre Rivalin erwartete eine blasse, welke Frau zu sehen. Die Marquise hatte Rouge aufgelegt und zeigte sich in dem Glanz einer prächtigen Toilette, die ihre Schönheit noch erhöhte.

Die Comtesse de Sérisy war eine jener Frauen, die sich anmaßen, eine Art Herrschaft über die Mode und die Gesellschaft in Paris auszuüben. Sie verkündete Urteilssprüche, die, wenn sie in dem Kreis, den sie beherrschte, angenommen wurden, für sie allgemeingültig zu sein schienen. Sie bildete sich ein, Schlagworte zu prägen und unumschränkte Richterin zu sein. Literatur, Politik, Männer und Frauen, alles unterlag ihrer Zensur; und Madame de Sérisy schien jeder Kritik der anderen Trotz zu bieten. Ihr Haus war in jeder Beziehung ein Muster des guten Geschmacks. Inmitten dieser Salons voll eleganter schöner Frauen triumphierte Julie über die Comtesse. Sie war geistreich, lebhaft, sprühend, und die vornehmsten Männer der Gesellschaft umringten sie. Zur Verzweiflung der Frauen war ihre Toilette tadellos. Alle beneideten sie um den Schnitt ihres Kleides, den Sitz ihrer Taille, und man schrieb den Eindruck, den sie machte, dem Genie einer unbekannten Schneiderin zu; denn die Frauen glauben lieber an die Macht des Putzes als an die Anmut und Vollkommenheit derer, die dazu geschaffen sind, ihn zur Geltung zu bringen. Als Julie sich erhob und zum Klavier ging, um die Romanze der Desdemona zu singen, kamen die Herren aus allen Salons herbei, um die berühmte Stimme, die seit so langer Zeit stumm geblieben war, zu hören. Tiefe Stille herrschte. Die Marquise war von heftigen Empfindungen bewegt, als sie die Köpfe sich an den Türen drängen und alle Blicke auf sich gerichtet sah. Sie suchte ihren Mann, warf ihm einen koketten Blick zu und sah mit Vergnügen, daß ihre Eigenliebe sich in diesem Augenblick aufs höchste geschmeichelt fühlen durfte. Glücklich über diesen Triumph, entzückte sie die Zuhörer mit dem ersten Teil des ›Al più salice‹. Nie hatte weder die Malibran noch die Pasta mit so vollendetem Gefühlsausdruck und Wohlklang gesungen. Aber, als Julie zur Wiederholung einsetzte, blickte sie in die versammelte Menge und bemerkte Arthur, dessen Blick unverwandt auf ihr ruhte. Sie zuckte zusammen, und ihre Stimme schwankte. Madame de Sérisy stürzte von ihrem Platz auf die Marquise zu.

»Was ist Ihnen, meine Liebe? Oh, die Arme, sie ist so leidend! Ich zitterte, als ich sah, daß sie sich etwas zumutete, was über ihre Kräfte geht ...«

Die Romanze wurde abgebrochen. Julie, höchst verdrossen, hatte nicht mehr den Mut fortzufahren und ließ sich das hinterlistige Mitleid ihrer Rivalin gefallen. Alle Frauen flüsterten. Sie diskutierten den Zwischenfall und machten ihre Bemerkungen über den Kampf, der sich zwischen der Marquise und Madame de Sérisy entsponnen hatte, wobei sie letztere in ihren Reden nicht schonend behandelten. Die seltsamen Ahnungen, die Julie so oft in Verwirrung gebracht hatten, waren plötzlich verwirklicht worden. In ihren Phantasien, die sich mit Arthur beschäftigten, hatte sie sich in dem Glauben gewiegt, daß ein Mann von so sanftem und zartem Aussehen seiner ersten Liebe treu bleiben müsse. Manchmal hatte sie sich geschmeichelt, die Gottheit dieser schönen Leidenschaft zu sein, der reinen, echten Leidenschaft eines jungen Mannes, dessen Gedanken allesamt der Geliebten gehören, der ihr alle Augenblicke seines Lebens weiht, keine Winkelzüge kennt, über das errötet, was eine Frau erröten läßt, wie eine Frau denkt, ihr keine Nebenbuhlerin gibt und sich ihr ausliefert, ohne nach Ehre, Ruhm und Reichtum zu streben. Sie hatte all das von Arthur geträumt, aus Laune, zur Zerstreuung; nun glaubte sie plötzlich ihren Traum erfüllt zu sehen. Sie las auf dem beinahe weiblichen Gesicht des jungen Engländers die tiefen Gedanken, die sanfte Schwermut, die schmerzliche Entsagung, deren Ursache sie war. Sie erkannte sich selbst in ihm wieder. Das Unglück und die Melancholie sind die beredtesten Fürsprecher der Liebe und bringen zwei Wesen, die leiden, mit unglaublicher Geschwindigkeit einander nahe. Das innere Erkennen und das Insichaufnehmen von Tatsachen und Gedanken vollzieht sich bei ihnen vollkommen und richtig. Die Heftigkeit ihrer Erschütterung offenbarte der Marquise alle Gefahren der Zukunft. Glücklich, in ihrem gewöhnlichen leidenden Zustand einen Vorwand für ihre Verwirrung zu finden, ließ sie sich willig von dem erheuchelten Mitleid Madame de Sérisys überschütten.

Die Unterbrechung der Romanze war ein Ereignis, über das sich mehrere Gäste in verschiedener Weise unterhielten. Die einen beklagten das Schicksal Julies und bedauerten, daß eine so ungewöhnliche Frau für die Gesellschaft verloren sei, die andern wollten die Ursache ihrer Leiden und der Einsamkeit, in der sie lebte, wissen.

»– Nun, mein lieber Ronquerolles«, sagte der Marquis zu dem Bruder Madame de Sérisys, »du hast mich um mein Glück beneidet, als du Madame d'Aiglemont sahst, und mir Vorwürfe wegen meiner Untreue gemacht? Du würdest mein Los sehr wenig erstrebenswert finden, wenn du wie ich zwei, drei Jahre neben einer schönen Frau lebst, ohne zu wagen, ihr die Hand zu küssen, aus Furcht, sie könnte zerbrechen. Hüte dich nur ja vor solch zierlichem Kleinod, das nur gut ist, unter Glas gesetzt zu werden, und bei dem man beständig an seine Zerbrechlichkeit und Kostbarkeit denken muß. Führst du dein schönes Pferd oft aus, das du, wie man sagt, dem Schnee und Regen auszusetzen fürchtest? Das ist meine Geschichte.

Es ist wahr, daß ich der Tugend meiner Frau sicher bin, aber meine Ehe ist ein reiner Luxus, und wenn du glaubst, daß ich verheiratet bin, irrst du dich. Meine Untreue ist gewissermaßen legitim. Ich möchte wohl wissen, was ihr an meiner Stelle tätet, ihr Herren Spötter? Viele Männer würden nicht solche Schonung wie ich gegen meine Frau geübt haben. Ich bin überzeugt«, fügte er leise hinzu, »daß Madame d'Aiglemont nichts ahnt. Übrigens hätte ich wirklich sehr unrecht, mich zu beklagen, ich bin sehr glücklich ... Nur ist nichts verdrießlicher für einen sensiblen Menschen, als ein armes Geschöpf, an das man gekettet ist, leiden zu sehen ...« – »Du mußt sehr sensibel sein«, antwortete Monsieur de Ronquerolles, »denn du bist selten zu Hause.«

Diese freundschaftliche Bosheit brachte die Zuhörer zum Lachen; nur Arthur blieb kalt und unerschütterlich als Gentleman, der den Ernst zur Basis seines Charakters gemacht hat. Die seltsamen Worte dieses Ehemannes mußten wohl einige Hoffnung in dem jungen Engländer aufkommen lassen. Er wartete geduldig auf den Augenblick, wo er mit Monsieur d'Aiglemont allein sein konnte, und die Gelegenheit bot sich bald.

»Monsieur«, sagte er zu ihm, »ich sehe mit unendlicher Besorgnis den Zustand der Marquise, und wenn Sie wüßten, daß sie elend zugrunde gehen muß, falls sie sich nicht einer besonderen Behandlung unterzieht, so würden Sie wohl, nehme ich an, kaum über ihr Leiden scherzen. Wenn ich so zu Ihnen spreche, ermächtigt mich gewissermaßen die Gewißheit, daß ich Madame d'Aiglemont retten und sie dem Leben und dem Glück zurückgeben kann. Es kommt nicht oft vor, daß ein Mann meiner Herkunft Arzt ist; doch hat der Zufall gewollt, daß ich Medizin studiert habe. Auch langweile ich mich so sehr«, sagte er mit vorgetäuschtem Egoismus, der seine Absichten fördern sollte, »daß es mir einerlei ist, ob ich meine Zeit und meine Reisen für ein leidendes Geschöpf aufwende oder irgendwelchen dummen Launen fröne. Die

Heilung dieser Art Krankheiten ist selten, weil sie viel Sorgfalt, Zeit und Geduld erfordert; man muß vor allen Dingen viel Geld haben, muß reisen, aufs genaueste die Vorschriften befolgen, die jeden Tag wechseln und nicht unangenehm sind. Wir sind zwei Edelleute«, sagte er, indem er mit diesem Wort den Sinn des englischen Worts Gentleman verband, »wir können uns verstehen. Ich sage Ihnen im voraus, daß Sie, wenn Sie meinen Vorschlag annehmen, jederzeit der Richter meines Verhaltens sein können. Ich werde nichts ohne Ihren Rat, Ihre Überwachung unternehmen, und ich stehe Ihnen für den Erfolg, wenn Sie einwilligen, mir Folge zu leisten. Ja, wenn Sie für langhin nicht der Gatte von Madame d'Aiglemont sein wollen«, flüsterte er ihm ins Ohr. »Es steht fest, Mylord«, entgegnete der Marquis lachend, »daß nur ein Engländer mir einen so sonderbaren Vorschlag machen konnte. Gestatten Sie, daß ich ihn zunächst weder annehme noch ablehne, ich werde es mir überlegen. Dann aber muß er vor allem meiner Frau unterbreitet werden.«

In diesem Augenblick erschien Julie wieder am Klavier. Sie sang die Arie der Semiramis ›Son regina, son guerriera‹. Einstimmiger, aber sozusagen stummer Beifall, der höfliche Applaus des Faubourg Saint-Germain, zeugte von dem Enthusiasmus, den sie hervorrief.

Als Julie von ihrem Manne nach Hause gebracht wurde, sah sie mit einem gewissen unruhigen Vergnügen den raschen Erfolg ihrer Versuche. Monsieur d'Aiglemont, von der Rolle, die sie eben gespielt hatte, ermuntert, wollte ihr mit einer plötzlichen Laune eine Ehre erweisen und bemühte sich um sie in der Art, wie er es mit einer Schauspielerin getan hätte. Julie fand es angenehm, so behandelt zu werden, sie, die tugendhaft und verheiratet war; sie versuchte mit ihrer Macht zu spielen, und in diesem ersten Kampf ließ ihre Güte sie noch einmal unterliegen. Doch war dies die schrecklichste Lehre, die ihr vom Schicksal zuteil wurde. Gegen zwei oder drei Uhr morgens saß Julie, in düsteres Nachdenken versunken, in dem ehelichen Bett. Der matte Schein einer Lampe erhellte spärlich das Gemach; tiefste Stille herrschte, und seit ungefähr einer Stunde vergoß die Marquise unter heftigsten Selbstvorwürfen Tränen, deren Bitterkeit nur von solchen Frauen verstanden werden kann, die sich in derselben Lage befunden haben. Man muß Julies Seele haben, um wie sie das Abscheuliche einer berechneten Liebkosung zu empfinden und um genauso wie sie von einem liebelosen Kuß abgestoßen zu sein; eine Abtrünnigkeit des Herzens, die noch durch eine quälende Prostitution verschlimmert wurde. Sie verachtete sich selbst, sie verfluchte die Ehe, sie wünschte sich den Tod; und hätte nicht ihre Tochter eben einen Schrei ausgestoßen, so hätte sie sich vielleicht durch das Fenster aufs Pflaster gestürzt. Monsieur d'Aiglemont schlief ungestört neben ihr, ohne von den heißen Tränen, die seine Frau auf ihn fallen ließ, geweckt zu werden. Am nächsten Morgen konnte sich Julie heiter zeigen. Sie fand die Kraft, glücklich zu scheinen, und bemühte sich, nicht mehr nur ihre Melancholie, sondern auch einen unüberwindlichen Abscheu zu verbergen. Von dem Tage an betrachtete sie sich nicht mehr als eine untadelhafte Frau. Hatte sie nicht gegen sich selber gefrevelt? Hatte sie sich nicht der Heuchelei fähig gezeigt und eine Probe von der tiefen Verstellung gegeben, die sie im Laufe ihrer Ehe in weit größerem Maße entfalten sollte? Ihre Ehe war die Ursache dieser Verderbtheit ›a priori‹, die sich noch an nichts betätigte. Jedoch hatte sie sich schon gefragt, warum sie einem geliebten Liebhaber Widerstand leistete, wenn sie sich gegen ihr Gefühl und gegen den Willen der Natur einem Ehemann hingab, den sie nicht mehr liebte? Allen Fehlern, ja vielleicht sogar den Verbrechen liegt ein falscher Schluß oder ein Übermaß an Egoismus zugrunde. Die Gesellschaft kann nur durch die individuellen Opfer, die die Gesetze fordern, existieren. Wenn man die Vorteile genießt, verpflichtet man sich da nicht, die Bedingungen aufrechtzuerhalten, kraft welcher sie bestehen? Die Unglücklichen, die kein Brot haben und gezwungen sind, das Eigentum zu respektieren, sind nicht weniger zu beklagen als die in ihren Sehnsüchten und in den feinen Fasern ihres Seelenlebens verwundeten Frauen. Einige Tage nach dieser Szene, deren Geheimnisse im Ehebett begraben wurden, stellte d'Aiglemont Lord Grenville seiner Frau vor. Julie empfing Arthur mit einer kalten Höflichkeit, die ihrer Verstellungskunst Ehre machte. Sie gebot ihrem Herzen Schweigen, verschleierte ihre Blicke, lieh ihrer Stimme Festigkeit und konnte so Herrin ihres Schicksals bleiben. Nachdem sie dann mit der den Frauen sozusagen angeborenen Fähigkeit den ganzen Umfang der Liebe, die sie eingeflößt, erkannt hatte, nahm Madame d'Aiglemont die Aussicht auf eine baldige Heilung freudig auf und setzte dem Willen ihres Mannes, der sie zwang, die Kunst des jungen Arztes an sich erproben zu lassen, keinen Widerstand mehr entgegen. Trotzdem wollte sie sich nicht eher Lord Grenville anvertrauen, bis sie nicht seine Worte und sein Wesen so weit studiert hatte, um sicher zu sein, daß er den Edelmut besaß, stillschweigend zu leiden. Sie hatte unumschränkte Macht über ihn und mißbrauchte sie schon: war sie nicht eine Frau?

Montcontour ist ein alter Herrensitz auf einem jener hellen Felsen, an deren Fuß die Loire vorbeifließt, nicht weit von der Stelle entfernt, wo Julie im Jahre 1814 haltgemacht hatte. Es ist eins von den hübschen kleinen weißen Schlössern der Touraine, die mit ihren kunstvoll ausgehauenen Türmchen aussehen, als seien sie mit Mechelner Spitzen bestickt, eins jener schmucken, zierlichen Schlösser, die sich mit ihren Sträußen von Maulbeerbäumen, ihren Weinbergen, ihren Hohlwegen, ihren langen, durchbrochenen Geländern, ihren in den Fels gehauenen Kellern, ihren Efeuwänden und steilen Abhängen in den Fluten des Stromes spiegeln. Die Dächer von Montcontour glitzern in den Sonnenstrahlen, alles ist dort durchglüht und feurig. Tausend Erinnerungen an Spanien verklären diesen entzückenden Wohnsitz: der goldfarbene Ginster, die Glockenblumen erfüllen den Wind mit Wohlgerüchen; die Luft schmeichelt, die Erde lächelt überall, und überall hüllt ein sanfter Zauber die Seele ein, macht sie träge, verliebt, weich und wiegt sie in Träumerei. Diese schöne, unendlich liebliche Flur schläfert die Schmerzen ein und erweckt die Leidenschaften. Niemand bleibt ungerührt unter diesem reinen Himmel, vor diesem glitzernden Wasser. Mancher Ehrgeiz erlischt da; man legt sich in dem Schoß eines ruhigen Glückes nieder, wie die Sonne jeden Abend in ihren azurnen und purpurnen Schleierhüllen versinkt.

An einem milden Augustabend im Jahre 1821 stiegen zwei Personen die steinigen Wege hinan, welche die Felsen, auf denen das Schloß liegt, zerschneiden, um die Höhen zu erreichen, die nach allen Seiten hin mannigfaltige Ausblicke gewähren. Diese beiden Menschen waren Julie und Lord Grenville; doch diese Julie schien eine neue Frau zu sein. Die Marquise hatte die frischen Farben der Gesundheit. Ihre Augen waren von einer lebendigen Kraft beseelt und schimmerten in dem feuchten Glanz, wie man ihn bei Kindern sieht, die dadurch so liebreizend erscheinen. Sie lächelte fröhlich, sie war glücklich zu leben, und sie sog das Leben mit vollen Zügen ein. Nach der Art zu schließen, mit der sie ihre kleinen Füße hob, wurde sie von keinem Leiden mehr beschwert, wie es ehemals ihre geringsten Bewegungen behinderte, sich in ihrem Blick, ihren Worten und Gebärden ausdrückte. Unter dem weißseidenen Sonnenschirm, der sie vor den Strahlen der Sonne schützte, glich sie einer Neuvermählten unter ihrem Schleier, einer Jungfrau, die im Begriffe steht, sich den Wonnen der Liebe hinzugeben. Arthur führte sie mit der Sorgfalt eines Liebenden, lenkte ihre Schritte wie die eines Kindes, suchte die besten Wege für sie, ließ sie den Steinen ausweichen, zeigte ihr einen schönen Ausblick oder eine Blume. Er war von einer unablässigen Güte, einer steten zärtlichen Aufmerksamkeit; ein Gefühl innerlicher Vertrautheit mit dem Wohlbefinden dieser Frau schien ihm in demselben oder noch stärkerem Maße innezuwohnen wie das Wissen um die Voraussetzungen seiner eigenen Existenz. Die Kranke und ihr Arzt schritten in gleichem Tempo vorwärts und waren nicht erstaunt über einen Einklang, der vom ersten Tage an zu bestehen schien, da sie zusammen gingen. Sie gehorchten einem und demselben Willen, standen, von den nämlichen Eindrücken bewegt, stille; ihre Blicke, ihre Worte entsprachen Gedanken, die sie gleichzeitig bewegten. Als sie auf dem Gipfel eines Weinbergs angelangt waren, wollten sie sich auf einem der langen weißen Steine ausruhen, die man beim Einbauen der Keller aus den Felsen herausgräbt. Doch bevor sich Julie niederließ, betrachtete sie die Landschaft.

»Welch schönes Land!« rief sie. »Hier wollen wir ein Zelt errichten und bleiben ... Victor«, rief sie, »kommen Sie doch, kommen Sie doch!«

Monsieur d'Aiglemont antwortete von unten mit einem Jägerruf, aber ohne seine Schritte zu beschleunigen; er blickte nur von Zeit zu Zeit, wenn die Windungen des Pfades es ihm gestatteten, zu seiner Frau empor. Julie atmete die Luft mit Vergnügen; sie hob den Kopf und warf Arthur einen jener beredten Blicke zu, durch welche eine geistvolle Frau alle ihre Gedanken ausdrückt.

»Oh«, begann sie von neuem, »ich möchte immer hier leben. Kann man jemals müde werden, dieses herrliche Tal zu bewundern? Kennen Sie den Namen dieses lieblichen Flusses, Mylord?« – »Es ist die Cise.« – »Die Cise«, wiederholte sie; »und dort unten, vor uns, was ist das?« – »Das sind die Hügel des Cher«, sagte er. »Und rechts? Ah, das ist Tours. Sehen Sie doch, wie wundervoll die Türme der Kathedrale sich in der Ferne ausnehmen!«

Sie verstummte und legte ihre Hand, mit der sie auf die Stadt gedeutet hatte, auf die Hand Arthurs. Schweigend betrachtete sie die Landschaft und die Schönheiten dieser harmonischen Natur. Das Murmeln des Wassers, die Reinheit der Luft und des Himmels stimmten zu den Gedanken, die in ihre liebenden jungen Herzen strömten.

»O mein Gott, wie ich dieses Land liebe!« wiederholte Julie mit wachsender kindlicher Schwärmerei. »Sie haben hier lange gewohnt?« fragte sie nach einer Pause. Bei diesen Worten fuhr Lord Grenville zusammen. »Dort«, antwortete er melancholisch und deutete auf eine Gruppe von Nußbäumen auf der Straße, »dort habe ich, als Gefangener, Sie zum erstenmal gesehen ...« – »Ja, damals war ich schon sehr traurig, diese Natur machte mir bange, und jetzt ...« Sie stockte, Lord Grenville wagte nicht, sie anzusehen. »Ihnen«, sagte Julie nach einer langen Pause, »verdanke ich dies Vergnügen. Muß man nicht leben, um die Freuden des Lebens empfinden zu können, und war ich nicht bisher für alles tot? Sie haben mir mehr geschenkt als die Gesundheit, Sie haben mich gelehrt, ihren ganzen Wert zu empfinden ...«

Die Frauen haben ein unnachahmliches Talent, ihre Gefühle auszudrücken, ohne allzu lebhafte Worte zu gebrauchen; ihre Beredsamkeit liegt hauptsächlich im Ton, in der Gebärde, der Haltung, den Blicken. Lord Grenville barg das Gesicht in den Händen, denn ihm traten Tränen in die Augen. Diese Dankesworte waren die ersten, die Julie seit ihrer Abreise von Paris an ihn richtete. Ein ganzes Jahr lang hatte er die Marquise mit völliger Hingabe gepflegt. Von Monsieur d'Aiglemont unterstützt, hatte er sie in die Bäder von Aix geführt und sie dann an den Meeresstrand nach La Rochelle gebracht. Er ließ nicht nach, die Veränderungen zu beobachten, die seine weisen und doch einfachen Vorschriften in dem geschwächten Organismus Julies hervorbrachten. Wie ein leidenschaftlicher Blumenzüchter eine seltene Blume pflegt, hatte er sie behütet. Julie schien die umsichtige Fürsorge Arthurs mit dem ganzen Egoismus der an Huldigungen gewöhnten Pariserin aufzunehmen oder mit der Unbekümmertheit einer Kurtisane, die weder den Preis der Dinge noch den Wert der Menschen kennt und sie nach dem Grade der Nützlichkeit, den sie für sie besitzen, einschätzt. Man sollte den Einfluß, den die verschiedenartigsten Landschaften auf die

Seele ausüben, nicht unterschätzen. Wenn wir am Meeresstrande unfehlbar von Melancholie gepackt werden, so bewirkt ein anderes Gesetz unserer eindrucksfähigen Natur, daß unsere Gefühle sich in den Bergen läutern: die Leidenschaft gewinnt an Tiefe, was sie an Heftigkeit zu verlieren scheint. Der Anblick des weiten Beckens der Loire, der sich anmutig emporschwingende Hügel, auf dem die beiden Liebenden saßen, mochten vielleicht das köstliche Ruhegefühl verursachen, mit dem sie zunächst das Glück genossen, das darin besteht, die ganze Stärke einer unter anscheinend unbedeutenden Worten verborgenen Leidenschaft zu erraten. In dem Augenblick, da Julie den Satz vollendete, der Lord Grenville so sehr ergriffen hatte, bewegte ein leiser Wind die Baumwipfel und teilte der Luft die Frische des Wassers mit; ein leichtes Gewölk verdeckte die Sonne, und weiche Schatten ließen alle Schönheiten dieser lieblichen Natur hervortreten. Julie wandte den Kopf zur Seite, damit der junge Lord nicht die Tränen sähe, die sie zurückdrängte und trocknete, denn die Rührung Arthurs hatte auch sie jäh überwältigt. Sie wagte nicht, die Augen zu ihm zu erheben, aus Furcht, er könne zuviel Glück in ihren Blicken lesen. Ihr weiblicher Instinkt sagte ihr, daß sie zu dieser gefährlichen Stunde ihre Liebe tief in ihrem Herzen vergraben müsse. Doch freilich, das Schweigen konnte nicht minder verhängnisvoll sein. Als sie sah, daß Lord Grenville außerstande war, ein Wort zu sprechen, begann Julie mit sanfter Stimme: »Sie sind gerührt über das, was ich Ihnen gesagt habe, Mylord. Vielleicht drückt diese Rührung nur aus, daß ein vornehmes, gütiges Herz wie das Ihre ein falsches Urteil eingesteht. Sie werden mich für undankbar gehalten haben, da Sie mich auf dieser ganzen Reise, die glücklicherweise bald zu Ende geht, so kühl und reserviert oder spöttisch und unzugänglich fanden. Ich wäre Ihrer Fürsorge nicht wert gewesen, wenn ich sie nicht zu schätzen gewußt hätte. Mylord, ich habe nichts vergessen. Mein Gott, ich werde nichts vergessen, weder die Sorgfalt, mit der sie über mich wachten wie eine Mutter über ihr Kind, noch das gegenseitige Vertrauen, von dem unsere Gespräche erfüllt waren, noch das Zartgefühl, mit dem Sie mir stets begegnet sind; alles das sind Verführungen, gegen die wir uns nicht wappnen können. Mylord, es steht nicht in meiner Macht, Ihnen zu vergelten ...«

Bei diesen Worten entfernte sich Julie rasch, und Lord Grenville machte keine Bewegung, sie zurückzuhalten. Sie stieg auf einen nahen Felsen und blieb dort unbeweglich stehen. Sie verbargen einander ihre Erregung; jeder mochte wohl still vor sich hin weinen. Der Gesang der Vögel bei Sonnenuntergang so fröhlich und voll zärtlicher Laute, mußte die heftige Erregung, die sie gezwungen hatte sich zu trennen, noch steigern: die Natur selbst verkündete die Liebe, von der sie nicht zu sprechen wagten.

»Nun denn, Mylord«, begann Julie von neuem und trat in einer so würdevollen Haltung vor Arthur hin, daß sie es wagen konnte, seine Hand zu ergreifen, »ich verlange von Ihnen, daß Sie mir das Leben, das Sie mir wiedergegeben haben, rein und heilig lassen mögen. Hier trennen wir uns. Ich weiß«, fügte sie hinzu, als sie sah, daß Lord Grenville erblaßte, »daß ich zum Lohn für Ihre Selbstlosigkeit ein noch weit größeres Opfer von Ihnen fordere als die, die Sie mir bisher gebracht haben und deren Umfang von mir eigentlich besser gewürdigt werden sollte ... Aber es muß sein ... Sie dürfen nicht in Frankreich bleiben. Es Ihnen zu gestatten, hieße das nicht, Ihnen heilige Rechte einräumen?« fügte sie hinzu und legte die Hand des jungen Mannes auf ihr klopfendes Herz. »Ja«, erwiderte Arthur und stand auf.

Er wies auf Monsieur d'Aiglemont, der jenseits eines Hohlweges an dem Treppengeländer des Schlosses erschien und seine Tochter in den Armen hielt. Er war hinaufgestiegen, um die kleine Hélène herunterspringen zu lassen. »Julie, ich sage Ihnen nichts von meiner Liebe, unsere Seelen verstehen sich ohnedies. So tief, so geheim mein Glück auch war, Sie haben es geteilt. Ich fühle, ich weiß, ich sehe es. Nunmehr erhalte ich die köstliche Gewißheit der dauernden Gemeinschaft unserer Herzen, aber ich werde fliehen ... Ich habe die Mittel, diesen Mann zu töten, mehrmals zu genau berechnet, als daß ich dauernd der Versuchung widerstehen könnte, wenn ich in Ihrer Nähe bliebe.« – »Ich habe den gleichen Gedanken gehabt«, sagte sie, und ihr verstörtes Gesicht drückte schmerzliche Überraschung aus. Jedoch sprachen so viel Tugend, so viel Selbstsicherheit und so viele in geheimen Kämpfen über ihre Liebe errungene Siege aus ihrem Ton und ihrer Gebärde, daß Lord Grenville von Bewunderung ergriffen war. Selbst der Schatten des Verbrechens mußte aus diesem unschuldigen Gewissen schwinden. Das religiöse Gefühl, das auf dieser schönen Stirn vorherrschte, mußte immer die unwillkürlichen bösen Gedanken verjagen, die von unserer unvollkommenen Natur herrühren und die uns sowohl die Größe als die Gefahren unseres Schicksals offenbaren.

»Dann hätte ich mir Ihre Verachtung zugezogen, und die würde mich gerettet haben«, sagte sie, indem sie die Augen niederschlug. »Ihre Achtung verlieren, heißt das nicht sterben?«

Die beiden heroischen Liebenden verharrten noch einen Augenblick in Stillschweigen, bemüht, ihren Kummer niederzuzwingen: ihre Gedanken, ob schlecht oder gut, waren getreulich dieselben; sie verstanden sich ebensogut in ihren geheimen Freuden wie in ihren verborgensten Schmerzen.

»Ich darf nicht murren, das Unglück meines Lebens ist mein Werk«, sagte sie und hob ihre tränenfeuchten Augen zum Himmel.

»Mylord«, rief der General von seinem Platz aus und deutete ins Tal, »hier sind wir uns zum erstenmal begegnet! Sie erinnern sich vielleicht nicht mehr? Sehen Sie, dort unten, bei den Pappeln!«

Der Engländer antwortete mit einem hastigen Kopfnikken.

»Ich mußte jung und unglücklich sterben«, sagte Julie. »Ja, glauben Sie nicht, daß ich leben werde. Der Kummer wird ebenso tödlich sein wie die schreckliche Krankheit, von der Sie mich geheilt haben. Ich halte mich nicht für schuldig. Nein, die Gefühle, die ich für Sie hege, sind unauslöschlich, ewig, wenn auch sehr unfreiwillig, und ich will tugendhaft bleiben. Doch will ich meiner Gattinnenehre und Mutterpflicht ebenso wie den Forderungen meines Herzens treu sein. Hören Sie«, sagte sie mit vor Erregung zitternder Stimme, »ich werde diesem Manne nicht mehr gehören, niemals mehr!« Und mit einer Gebärde, die ihren Abscheu und die Aufrichtigkeit des Gesagten unterstrich, wies Julie auf ihren Mann. »Die Gesetze der Gesellschaft verlangen es, daß ich ihm sein Leben angenehm gestalte, ich werde ihnen gehorchen. Ich werde seine Dienerin sein; meine Aufopferung für ihn soll grenzenlos sein; doch von heute ab bin ich Witwe. Ich will weder in meinen Augen noch in denen der Gesellschaft eine Dirne sein. Wenn ich nicht d'Aiglemont gehöre, so will ich auch keinem andern gehören. Sie werden von mir nur das besitzen, was Sie mir entrissen haben. Das ist das Urteil, das ich über mich selbst gesprochen habe«, sagte sie, indem sie Arthur mit Stolz ansah. »Es ist unwiderruflich, Mylord. Wenn Sie einer verbrecherischen Regung nachgeben sollten, so würde d'Aiglemonts Witwe in ein Kloster gehen, entweder in Italien oder in Spanien. Das Unglück hat gewollt, daß wir von unserer Liebe gesprochen haben. Vielleicht waren diese Geständnisse unvermeidlich; aber es soll das letzte Mal sein, daß unsere Herzen so heftig schlugen. Morgen werden Sie vorgeben, einen Brief erhalten zu haben, der Sie nach England zurückruft, und wir werden uns trennen, um uns niemals wiederzusehen.« Nachdem Julie so gesprochen hatte, fühlte sie, erschöpft von der Anstrengung, die es sie gekostet, ihre Knie wanken. Eine tödliche Kälte ergriff sie, und mit einer echt weiblichen Regung setzte sie sich nieder, um sich nicht in Arthurs Arme zu werfen. »Julie!« schrie Lord Grenville auf.

Der durchdringende Schrei dröhnte wie ein Donnerschlag. Alles, was der bisher stumme Liebende nicht hatte sagen können, drückte dieser herzzerreißende Aufschrei aus.

»Nun, was ist ihr denn?« fragte der General.

Als er den Ausruf gehört hatte, hatte der Marquis seine Schritte beschleunigt und stand plötzlich vor den beiden Liebenden.

»Es ist nichts«, sagte Julie mit der bewundernswerten Kaltblütigkeit, über die Frauen vermöge eines natürlichen Instinkts oft in den größten Krisen des Lebens gebieten. »Die Kühle dieses Nußbaums hat mich beinahe ohnmächtig gemacht, und mein Doktor ist darüber so heftig erschrocken. Bin ich für ihn doch wie ein Kunstwerk, das noch nicht ganz vollendet ist. Wahrscheinlich hat er gefürchtet, es könnte zerstört werden ...«

Sie nahm kühn den Arm Lord Grenvilles, lächelte ihrem Manne zu, betrachtete noch einmal die Landschaft, bevor sie den Gipfel des Felsens verließ, und zog ihren Reisegefährten an der Hand mit sich fort.

»Dies ist ohne Frage die schönste Gegend, die wir gesehen haben«, sagte sie, »ich werde sie nie vergessen! Sieh doch, Victor, welche Fernsicht, welche Weite, und dabei wie mannigfaltig! Dieses Land läßt mich die Liebe verstehen.«

Sie lachte beinahe krampfhaft, doch so, daß ihr Mann davon getäuscht wurde, und sprang leichtfüßig in den Hohlweg hinein, wo sie verschwand.

»Mein Gott, so bald?« sagte sie, als Monsieur d'Aiglemont nicht mehr in der Nähe war. »Ist es möglich, mein Freund? In einem Augenblick können wir nicht mehr wir selbst sein und werden es nie wieder sein, dann werden wir nicht mehr leben...« – »Gehen wir langsam«, antwortete Lord Grenville, »die Wagen sind noch weit weg. Wir werden zusammen gehen, und wenn unsere Blicke sagen können, was die Lippen verschweigen, so werden unsere Herzen einen Augenblick länger leben.«

Sie gingen bei den Strahlen der untergehenden Sonne auf dem Damm am Flußufer, beinahe schweigend, verlorene Worte flüsternd, die sanft wie das Murmeln der Loire waren und dennoch die Seele im Innersten bewegten. Die Sonne umfloß sie mit ihrem rötlichen Schein, ehe sie schied, ein melancholisches Bild ihrer glücklosen Liebe. Der General, der in Unruhe darüber war, seinen Wagen nicht an der Stelle zu finden, wo er angehalten hatte, ging bald vor, bald hinter den Liebenden, ohne sich in die Unterhaltung zu mischen. Das vornehme, taktvolle Benehmen, das Lord Grenville während der Reise zeigte, hatte den Argwohn des Marquis zerstreut, und seit einiger Zeit ließ er seiner Frau volle Freiheit, im Vertrauen auf die punische Treue des Lorddoktors. Arthur und Julie wandelten noch eine Weile zusammen in dem schmerzlichen Einklang ihrer todeswunden Herzen. Als sie den steilen Abhang von Montcontour hinaufgestiegen waren, hatten sie beide eine unbestimmte Hoffnung gehegt, ein unruhiges Glücksgefühl, über das sie sich nicht klarzuwerden wagten; aber als sie von der Anhöhe herunterkamen, hatten sie das schwache Gebäude umgestürzt, das sie in ihrer Einbildung errichtet hatten und das sie nicht anzuhauchen wagten, so wie Kinder im voraus wissen, daß ein Atemzug ihr Kartenhaus zerstört. Noch am selben Abend reiste Lord Grenville ab. Der letzte Blick, den er auf Julie richtete, bewies unglücklicherweise, daß er von dem Augenblick an, wo ihre erwachende Neigung ihnen die Möglichkeiten einer so starken Leidenschaft enthüllte, recht gehabt hatte, vor sich selber auf der Hut zu sein.

Am nächsten Morgen saßen Monsieur d'Aiglemont und seine Frau ohne ihren Reisegefährten in ihrem Wagen und fuhren mit großer Eile auf dem Wege dahin, den die Marquise im Jahre 1814 zurückgelegt hatte, als sie, der Liebe noch unkundig, ihre Beständigkeit nahezu verwünscht hatte. Tausend vergessene Eindrücke stürmten auf sie ein. Das Herz hat sein eigenes Gedächtnis. Manche Frau, die unfähig ist, sich der wichtigsten Ereignisse zu entsinnen, wird ihr Leben lang die Erinnerungen bewahren, die sich auf ihre Gefühle beziehen. So entsann sich auch Julie vollkommen der unbedeutendsten Einzelheiten; sie entdeckte mit einem Glücksgefühl die kleinsten Vorfälle ihrer ersten Reise wieder, ja erinnerte sich sogar an einzelne Gedanken, die ihr an der einen oder anderen Stelle des Weges gekommen waren. Victor, der, seitdem seine Frau die Jugendfrische und ihre ganze Schönheit wiedererlangt hatte, sich aufs neue leidenschaftlich in sie verliebt hatte, drängte sich wie ein Liebhaber an sie. Als er versuchte, sie in seine Arme zu nehmen, machte sie sich sacht los und verstand es, dieser harmlosen Liebkosung auszuweichen. Sie schauderte vor der Berührung mit Victor zurück, dessen Körperwärme sie infolge ihres nahen Beisammensitzens spürte und teilte. Sie wollte sich allein auf den Vordersitz setzen, doch ihr Mann erwies ihr die Aufmerksamkeit und überließ ihr den Fond des Wagens. Sie dankte ihm dafür mit einem Seufzer, den er mißverstand. Dieser gewiegte Garnisonverführer deutete die Melancholie seiner Frau zu seinen Gunsten, und so war sie am Abend genötigt, mit einer Festigkeit zu ihm zu sprechen, die ihm imponierte.

»Mein Freund«, sagte sie zu ihm, »es hat nicht viel gefehlt, daß du mich getötet hättest. Du weißt es. Wäre ich noch ein junges Mädchen ohne Erfahrung, so könnte ich aufs neue mein Leben hinopfern. Doch ich bin Mutter, ich habe eine Tochter zu erziehen, und ich bin ihr ebensoviel schuldig wie dir. Ertragen wir ein Unglück, das uns in gleicher Weise trifft. Du bist der weniger zu Beklagende. Du hast einen Trost zu finden gewußt, den meine Pflicht, unsere gemeinsame Ehre und, mehr als das, die Natur mir verbieten. Sieh«, fügte sie hinzu, »du hast leichtsinnigerweise in einer Schublade drei Briefe von Madame de Sérisy vergessen; hier sind sie. Mein Schweigen beweist dir, daß du in mir eine duldsame Frau besitzest, die von dir nicht die Opfer fordert, zu welchen die Gesetze sie verurteilen. Aber ich habe genug nachgedacht, um zu wissen, daß unsere Rollen nicht die nämlichen sind und daß die Frau allein zum Unglück ausersehen ist. Meine Tugend ruht auf festen, sichern Grundsätzen. Ich werde untadelhaft leben, aber laß mich leben!«

Der Marquis war von der Logik verblüfft, die seine Frau, welche die Liebe scharfsinnig gemacht hatte, entfaltete, und mußte sich vor der wundervollen Haltung, wie sie den Frauen in solchen Krisen eigentümlich ist, beugen. Der instinktive Widerwillen, den Julie gegen alles, was ihre Liebe und die Forderungen ihres Herzens verletzte, bekundete, ist eine der schönsten Eigenschaften der Frau und kommt vielleicht von einer angeborenen Tugend, die weder die Gesetze noch die Zivilisation zu unterdrücken vermögen. Wer wird die Frauen also tadeln wollen? Wenn sie dem ausschließlichen Gefühl, das ihnen nicht erlaubt, zwei Männern zu gehören, Stillschweigen geboten haben – sind sie da nicht wie die Priester ohne Glauben? Strenge Gemüter werden den Kompromiß, den Julie zwischen ihren Pflichten und ihrer Liebe geschlossen hatte, tadeln, während die leidenschaftlichen ihn ihr als Verbrechen anrechnen werden. Diese allgemeine Verurteilung richtet sich entweder gegen das Unglück, von dem erwartet wird, daß es einen Ungehorsam gegen das Gesetz begeht, oder gegen die traurige Unvollkommenheit der Einrichtungen, auf denen die europäische Gesellschaft beruht.

Zwei Jahre vergingen, während welcher Monsieur und Madame d'Aiglemont das Leben von Leuten der Gesellschaft führten. Jeder ging seines Weges, und sie trafen sich öfter in den Salons als zu Hause. In dieser eleganten Form der Scheidung enden sehr viele Ehen der vornehmen Gesellschaft. Eines Abends waren die beiden Gatten ausnahmsweise zusammen in ihrem Salon. Madame d'Aiglemont hatte eine Freundin zum Diner bei sich gehabt. Der General, der sonst immer außerhalb dinierte, war zu Hause geblieben.

»Sie werden sehr erfreut sein, Marquise«, sagte Monsieur d'Aiglemont und stellte die Tasse, aus der er eben seinen

Kaffee getrunken hatte, auf ein Tischchen. Er blickte Madame de Wimphen mit einer halb boshaften, halb betrübten Miene an und fügte hinzu: »Ich begebe mich längere Zeit auf eine Jagd mit dem Oberjägermeister. Sie werden mindestens acht Tage lang vollkommen Witwe sein, und das wünschen Sie doch ... Guillaume«, sagte er zu dem Diener, der die Tassen abtrug, »lassen Sie anspannen!« Madame de Wimphen war jene Louisa, der Madame d'Aiglemont seinerzeit das Zölibat hatte anraten wollen. Die beiden Frauen warfen sich einen Blick des Einverständnisses zu, der bewies, daß Julie in ihrer Freundin eine Vertraute ihrer Leiden gefunden hatte, eine unschätzbare, liebevolle Freundin, denn Madame de Wimphen war in ihrer Ehe sehr glücklich; und in der entgegengesetzten Lage, in der sie sich befanden, war vielleicht das Glück der einen eine Garantie, daß sie für das Unglück der andern wahre Teilnahme hegte. In solchem Falle ist die Unähnlichkeit der Geschichte beinahe immer ein starkes Freundschaftsband.

»Ist jetzt Jagdzeit?« fragte Julie mit einem gleichgültigen Blick auf ihren Mann. Es war Ende März. »Madame, der Oberjägermeister jagt, wann und wo er will. Wir wollen im königlichen Forst Treibjagden auf Wildschweine abhalten.« – »Nehmen Sie sich in acht, daß Ihnen nicht von ungefähr ein Unfall zustößt ...« »Ein Unglück ist immer von ungefähr«, antwortete er lächelnd. »Der Wagen von Monsieur ist vorgefahren«, meldete Guillaume.

Der General erhob sich, küßte Madame de Wimphen die Hand und wandte sich zu Julie: »Wenn ich von einem Keiler getötet würde ...!« bat er mit unterwürfiger Miene. »Was hat das zu bedeuten?« fragte Madame de Wimphen. »Geh doch, rede nicht so!« sagte Madame d'Aiglemont zu Victor. Dann lächelte sie, wie um Louisa zu bedeuten: ›Du wirst sehen.‹ Sie bot ihrem Manne den Hals, der sich anschickte sie zu küssen; doch die Marquise wandte sich so zur Seite, daß der eheliche Kuß die Rüsche ihres Kragens streifte. »Sie werden mir vor

Gott bezeugen«, sprach der Marquis zu Madame de Wimphen gewandt, »daß ich einen Ferman brauchte, um diese leise Gunst zu erwirken. Das ist die Art, wie meine Frau die Liebe auffaßt. Ich weiß nicht, durch welche List sie mich so weit gebracht hat ... Viel Vergnügen!«

Und er verließ das Zimmer.

»Aber dein armer Mann ist wirklich gut«, rief Louisa aus, als die beiden Frauen allein waren; »er liebt dich!« – »Oh, sage keine Silbe mehr! Ich verabscheue den Namen, den ich trage.« – »Ja, aber Victor gehorcht dir ganz und gar«, sagte Louisa. »Sein Gehorsam«, antwortete Julie, »beruht zum Teil auf der Hochachtung, die ich ihm eingeflößt habe. Ich bin, was man eine tugendhafte Frau nennt; ich mache ihm sein Haus angenehm, ich schließe die Augen vor seinen Liebschaften, ich nehme nichts von seinem Geld, er kann seine Einkünfte nach Belieben durchbringen, ich sehe nur zu, daß er das Kapital nicht antastet. Das ist der Preis für meinen Frieden. Er macht sich meine Existenz nicht klar oder will sie sich nicht klarmachen. Aber wenn ich meinen Mann auch so lenke, so fürchte ich nichtsdestoweniger die Ausbrüche seines Charakters. Ich bin wie ein Bärentreiber, der davor zittert, daß der Maulkorb eines Tages zerreißen kann. Ich wage nicht, auszudenken, was geschehen könnte, wenn Victor das Recht zu haben glaubte, mich nicht mehr zu achten; denn er ist gewalttätig, voller Eigenliebe und, mehr noch, voll Eitelkeit. Sein Verstand reicht nicht so weit, daß er in einem schwierigen Falle, wo seine schlimmen Triebe im Spiel sind, maßhalten könnte, und sein Charakter ist so schwach, daß er mich ohne Besinnen töten würde, wenn er auch tags darauf vor Kummer stürbe. Doch dies verhängnisvolle Glück ist nicht zu fürchten.«

Es trat ein Schweigen ein, unter dem die Gedanken der beiden Freundinnen sich auf die geheime Ursache dieser Situation richteten. »Man ist mir auf eine grausame Weise gehorsam gewesen«, nahm Julie das Gespräch wieder auf und wechselte einen verständnisvollen Blick mit Louisa. »Dennoch hatte ich ihm nicht verboten, mir zu schreiben. Ah, er hat mich vergessen, und er hat recht gehabt! Es wäre allzu unheilvoll, wenn auch sein Geschick zerbrochen würde! Es ist genug an dem meinen. Würdest du es glauben, Liebe, daß ich die englischen Zeitungen einzig darum lese, seinen Namen gedruckt zu sehen? Nein, er ist noch nicht in der Pairskammer gewesen.« – »Kannst du denn Englisch?« – »Habe ich's dir nicht gesagt? Ich habe es gelernt.« – »Arme Kleine!« rief Louisa und nahm Julies Hand; »wie kannst du nur so leben?« – »Das ist ein Geheimnis«, erwiderte die Marquise mit einer fast kindlich naiven Gebärde. »Höre! Ich nehme Opium. Die Geschichte der Duchesse de ... in London hat mich auf die Idee gebracht. Du weißt, Maturin hat einen Roman daraus gemacht. Meine Laudanumtropfen sind sehr schwach. Ich schlafe. Ich wache nur sieben Stunden, und die widme ich meiner Tochter.« Louisa starrte ins Feuer und wagte nicht, die Augen zu ihrer Freundin zu erheben, deren ganzes Elend sich zum erstenmal vor ihr enthüllte. »Louisa, wahre mein Geheimnis!« sagte Julie nach einem Augenblick des Schweigens.

Plötzlich brachte ein Diener der Marquise einen Brief. »Ah!« rief sie aus und erbleichte. »Ich frage nicht von wem«, sagte Madame de Wimphen. Die Marquise las und hörte nichts mehr; ihre Freundin sah die heftigste Empfindung, die gefährlichste Gefühlsaufwallung auf ihrem Gesicht, das abwechselnd errötete und erblaßte. Schließlich warf Julie das Schreiben ins Feuer. »Dieser Brief bringt alles in mir zum Lodern! Oh, ich ersticke!« Sie stand auf und lief im Zimmer umher; ihre Augen brannten. »Er hat Paris gar nicht verlassen!« rief sie aus. Zwischen ihren abgehackt hervorgestoßenen Sätzen, die Madame de Wimphen nicht zu unterbrechen wagte, lagen bedrückende Pausen, die die Wirkung der immer nachdrücklicher aufeinanderfolgenden Sätze von Mal zu Mal steigerten, so daß die letzten Worte in einem furchtbaren

Aufschrei endeten. »Er hat mich ohne mein Wissen immerfort gesehen. Ein unwissentlicher Blick von mir erhält ihn am Leben. Du weißt nicht, Louisa, er stirbt und will mir Lebewohl sagen. Er weiß, daß mein Mann von heute abend an mehrere Tage abwesend ist, und kann jeden Augenblick eintreten. Oh, es ist mein Verderben. Ich bin verloren. Höre! Bleibe bei mir. Vor zwei Frauen wird er es nicht wagen. O bleibe, ich fürchte mich!« – »Aber mein Mann weiß, daß ich zum Abendessen bei dir war, und wird mich abholen«, antwortete Madame de Wimphen. »Nun, bis du gehst, habe ich ihn weggeschickt. Ich werde unser beider Henker sein. Mein Gott, er wird glauben, daß ich ihn nicht mehr liebe. Und dieser Brief! Er enthielt Sätze, die ich mit Flammenzeichen vor mir geschrieben sehe.«

Ein Wagen fuhr am Portal vor.

»Oh!« rief die Marquise freudig, »er kommt in aller Öffentlichkeit, ohne ein Geheimnis daraus zu machen.« – »Lord Grenville!« meldete der Diener. Die Marquise blieb unbeweglich stehen. Als sie Arthur blaß, mager und eingefallen sah, war keine Strenge mehr möglich. Obwohl Lord Grenville sehr enttäuscht war, Julie nicht allein zu finden, schien er ruhig und kalt. Aber für diese beiden Frauen, die in die Geheimnisse seiner Liebe eingeweiht waren, hatten seine Haltung, der Klang seiner Stimme, der Ausdruck seiner Blicke etwas von der magnetischen Kraft, die man dem Zitterrochen zuschreibt. Die Marquise und Madame de Wimphen waren wie betäubt von der Unmittelbarkeit, mit der ein unerhörter Schmerz sich ihnen mitteilte. Der Klang der Stimme Lord Grenvilles verursachte Madame d'Aiglemont ein so heftiges Herzklopfen, daß sie ihm nicht zu antworten wagte, aus Furcht, ihm zu verraten, wie groß die Macht war, die er auf sie ausübte. Lord Grenville hatte nicht den Mut, Julie anzusehen, so daß Madame de Wimphen fast allein die gleichgültige Konversation aufrechterhielt. Julie dankte ihr für den Beistand, den sie ihr leistete, mit einem gerührten Blick. Die beiden Liebenden zwangen ihre Gefühle nieder und hielten sich in den vorgeschriebenen Grenzen der Pflicht und des Anstandes. Doch bald meldete man Monsieur de Wimphen; bei seinem Eintritt warfen sich die beiden Freundinnen einen Blick zu, mit dem sie sich wortlos die neuen Schwierigkeiten der Situation zu verstehen gaben. Es war unmöglich, Monsieur de Wimphen in das Geheimnis dieses Dramas einzuweihen, und Madame de Wimphen konnte ihrem Manne keine einleuchtenden Gründe angeben, um ihn zu bitten, noch länger bei ihrer Freundin zu verweilen. Als Madame de Wimphen ihren Schal umlegte, erhob sich Julie, als wolle sie ihr dabei behilflich sein, und sagte leise: »Ich werde Mut haben. Da er in der Öffentlichkeit zu mir gekommen ist, was habe ich da zu fürchten? Aber im ersten Moment, als ich ihn so verändert sah, wäre ich ohne deine Gegenwart vor ihm auf die Knie gesunken.«

»Nun, Arthur, Sie haben mir nicht gehorcht«, sagte Madame d'Aiglemont mit zitternder Stimme, als sie zurückkam und sich auf einem Sofa niederließ. Lord Grenville wagte nicht, sich zu ihr zu setzen. »Ich habe der Sehnsucht nicht länger widerstehen können, Ihre Stimme zu hören, bei Ihnen zu sein. Es war eine Verrücktheit, ein Wahnwitz. Ich bin nicht mehr Herr meiner selbst. Ich habe mich lange geprüft, ich bin zu schwach. Ich muß sterben. Aber sterben, ohne Sie gesehen zu haben, ohne das Rauschen Ihres Kleides noch einmal gehört zu haben, ohne Ihre Tränen aufgefangen zu haben – welch ein Tod!«

Er wollte sich von Julie entfernen, aber bei der plötzlichen Bewegung fiel ihm eine Pistole aus der Tasche. Mit einem Blick, aus dem jedes Gefühl und jeder Gedanke gewichen war, starrte die Marquise auf die Waffe. Lord Grenville hob die Pistole auf und schien äußerst verdrossen über einen Zwischenfall, der als Spekulation eines Verliebten gelten konnte. »Arthur!« rief Julie. »Madame«, erwiderte er und schlug die Augen nieder, »ich war voller Verzweiflung hergekommen, ich wollte...« Er stockte. »Sie wollten sich bei mir töten?« rief sie. »Nicht mich allein«, sagte er mit sanfter Stimme. »Wie denn! Meinen Mann vielleicht?« – »Nein, nein«, rief er mit erstickter Stimme; »aber beruhigen Sie sich, ich habe mein unseliges Vorhaben aufgegeben. Als ich hier eintrat, als ich Sie sah, fühlte ich den Mut, zu schweigen und allein zu sterben.« Julie sprang auf, warf sich Arthur in die Arme, und dieser konnte unter dem Schluchzen seiner Geliebten deutlich die leidenschaftlichen Worte heraushören: »Das Glück kennenlernen und sterben ... ja!«

Die ganze Lebensgeschichte Julies lag in diesem tiefen Aufschrei; es war der Schrei der Natur und der Liebe, zweier Mächte, denen die Frauen, die keine Religion haben, leicht erliegen. Arthur nahm sie mit dem ganzen Ungestüm, den ein unverhofftes Glück verleiht, in seine Arme und trug sie auf das Sofa. Aber unversehens entriß sich die Marquise den Armen ihres Geliebten, sah ihn mit dem starren Blick einer verzweifelten Frau an, nahm ihn bei der Hand, ergriff einen Leuchter und zog ihn mit sich fort in ihr Schlafzimmer. Als sie vor dem Bett standen, in dem Hélène schlief, schob sie sacht die Vorhänge zurück, so daß man das Kind sehen konnte, und hielt die eine Hand schützend vor die Kerze, damit die Helligkeit die zarten, kaum geschlossenen Augen des kleinen Mädchens nicht blendete. Hélène hatte die Arme ausgebreitet und lächelte im Schlaf. Julie zeigte Lord Grenville mit einem Blick ihr Kind. Dieser Blick sagte alles.

»Einen Mann kann man verlassen, auch wenn er uns liebt. Ein Mann ist für sich selbst stark genug, er findet Ersatz. Man kann die Gesetze der Welt mißachten. Aber ein Kind ohne Mutter!« Alle diese Gedanken und tausend andere noch ergreifendere lagen in diesem Blick. »Wir können es mitnehmen«, murmelte der Engländer; »ich werde es sehr liebhaben ...« – »Mama!« sagte Hélène, die wach wurde. Bei diesem Wort brach Julie in Tränen aus. Lord Grenville setzte sich und blieb so mit gekreuzten Armen, stumm und finster. »Mama!«

Dieser reizende, unschuldige Anruf weckte so viel edle Gefühle, so viel unwiderstehliches Mitgefühl, daß die Liebe für einen Augenblick von der machtvollen Stimme des Muttergefühls verdrängt wurde. Julie war nicht mehr Weib, sie war Mutter. Lord Grenville widerstand nicht lange, Julies Tränen bezwangen ihn. In diesem Augenblick hörte man, wie eine Tür heftig aufgerissen wurde, und die Worte: »Julie d'Aiglemont, bist du hier?« hallten wie ein Donnerschlag in den Herzen der Liebenden. Der Marquis war zurückgekehrt. Bevor Julie ihre Fassung wiedergewonnen hatte, kam der General aus seinem Zimmer in das seiner Frau. Die beiden Zimmer lagen nebeneinander. Glücklicherweise hatte Julie Lord Grenville einen Wink gegeben, und dieser stürzte in ein Ankleidezimmer, und Julie schlug hastig die Tür zu.

»Nun, meine Liebe, hier bin ich wieder«, sagte Victor; »die Jagd hat nicht stattgefunden. Ich werde zu Bett gehen.« – »Gute Nacht«, antwortete sie, »das will ich auch. Also erlauben Sie, daß ich mich ausziehe.« – »Sie sind sehr ungnädig heute abend. Ich gehorche Ihnen, Madame.«

Der General ging wieder in sein Zimmer, Julie begleitete ihn, um die Verbindungstür zu schließen, und lief in das Seitenkabinett, um Lord Grenville zu befreien. Sie fand ihre ganze Geistesgegenwart wieder und dachte, der Besuch ihres ehemaligen Arztes sei sehr natürlich; sie konnte ihn im Salon zurückgelassen haben, um ihre Tochter zu Bett zu bringen, und wollte ihm sagen, daß er, ohne Geräusch zu machen, wieder dahin gehen solle. Aber als sie die Tür des Kabinetts öffnete, stieß sie einen gellenden Schrei aus. Die Finger Lord Grenvilles waren zwischen der Tür eingeklemmt und zerquetscht worden. »Was hast du denn?« fragte ihr Mann. »Nichts, nichts«, antwortete sie, »ich habe mich mit einer Stecknadel in den Finger gestochen.« Die Verbindungstür ging wieder auf. Die Marquise glaubte, ihr Mann käme aus Interesse für sie, und verwünschte diese Besorgnis, an der das Herz nicht teilhatte. Sie hatte kaum Zeit, die Tür zum Ankleidezimmer zu schließen, und Lord Grenville hatte seine Hand noch nicht herausziehen können. Der General erschien in der Tat; aber die Marquise irrte sich, es hatte ihn eine persönliche Angelegenheit hereingeführt. »Kannst du mir nicht ein seidenes Kopftuch leihen? Dieser nichtswürdige Kerl von einem Diener läßt mich ganz ohne Tücher für den Kopf. In den ersten Tagen unserer Ehe hast du dich mit solch peinlicher Sorgfalt meiner Sachen angenommen, daß du mich damit langweiltest. Ach! der Honigmond war weder für mich noch für meine Haartücher von langer Dauer. Jetzt bin ich der Liederlichkeit dieser Bande ausgeliefert, die mich zum besten hat.« – »Nehmen Sie, hier ist ein seidenes Tuch. Waren Sie nicht im Salon?« »Nein.« – »Sie hätten dort vielleicht noch Lord Grenville angetroffen.« – »Er ist in Paris?« – »Gewiß.« – »Nun, ich gehe hinein ... der gute Doktor.« – »Aber er muß schon fort sein!« rief Julie. Der Marquis stand jetzt im Zimmer seiner Frau und wand sich das Tuch um den Kopf, indem er sich wohlgefällig im Spiegel betrachtete. »Ich weiß gar nicht, wo unsere Leute sind«, sagte er; »ich habe Charles dreimal geklingelt, aber er ist nicht gekommen. Ihre Zofe ist auch nicht da? Läuten Sie ihr, ich möchte für die Nacht noch eine Decke für mein Bett.« – »Pauline ist ausgegangen«, antwortete trocken die Marquise. »Um Mitternacht?« fragte der General. »Ich habe ihr erlaubt, in die Oper zu gehen.« – »Das ist seltsam!« meinte ihr Gatte, während er sich auskleidete, »mir ist, als hätte ich sie gesehen, als ich die Treppe heraufkam.« – »Dann ist sie eben schon zurück«, sagte Julie mit erheuchelter Ungeduld. Dann zog sie so schwach als möglich an der Klingelschnur, um bei ihrem Mann keinen Argwohn zu wecken.

Die Ereignisse dieser Nacht sind nicht völlig bekannt geworden; aber sie waren wohl alle ebenso einfach und ebenso schrecklich wie die alltäglichen häuslichen Vorkommnisse, von denen hier berichtet wurde. Am Tage darauf legte sich die Marquise d'Aiglemont für mehrere Tage zu Bett.

»Was ist denn bei dir so Außergewöhnliches vorgekommen, daß alle Welt von deiner Frau spricht?« fragte Monsieur de Ronquerolles Monsieur d'Aiglemont einige Tage nach dieser Unglücksnacht. »Glaube mir, bleib Junggeselle«, sagte d'Aiglemont. »Die Vorhänge von Hélènes Bett haben Feuer gefangen. Meine Frau hat davon einen solchen Nervenschock bekommen, daß sie auf ein Jahr hinaus krank sein wird, wie der Arzt sagt. Man heiratet eine hübsche Frau, sie wird häßlich; man heiratet ein gesundes, blühendes Mädchen, sie fängt an zu kränkeln; man glaubt, sie sei leidenschaftlich, sie ist kalt, oder vielmehr sie erscheint kalt und ist in Wirklichkeit so leidenschaftlich, daß sie einen umbringt oder entehrt. Bald wird das sanfteste Geschöpf launenhaft – und niemals werden die Launenhaften wieder sanftmütig –, bald zeigt auch das Kind, das ihr schwach und töricht glaubtet, einen eisernen Willen und gebärdet sich, als sei der böse Geist in sie gefahren. Ich habe die Ehe satt.« – »Oder deine Frau.« – »Das dürfte schwierig sein. Apropos! Willst du mit mir nach Saint-Thomas-d'Aquin kommen zum Begräbnis von Lord Grenville?« – »Sonderbarer Zeitvertreib!« versetzte Ronquerolles. »Weiß man eigentlich bestimmt die Ursache seines Todes?« – »Sein Kammerdiener behauptet, daß er eine ganze Nacht lang außen an einer Fensterbrüstung zugebracht hat, um die Ehre seiner Geliebten zu retten, und es war verdammt kalt in diesen Tagen.« – »Diese Aufopferung wäre höchst rühmenswert für einen von uns alten Routiniers; aber Lord Grenville war jung und ... Engländer. So ein Engländer will doch immer den Sonderling spielen.« – »Bah!« antwortete d'Aiglemont, »solche Heldentaten sind immer auf die Frau zurückzuführen, die sie einflößt, und für meine wäre der arme Arthur gewiß nicht gestorben.«

2. Unbekannte Leiden

Zwischen dem kleinen Flusse Loing und der Seine erstreckt sich eine weite Ebene, an die der Wald von Fontainebleau und die Städte Moret, Nemours und Montereau grenzen. In diesem öden Land erheben sich nur vereinzelte Hügel; hier und dort zwischen den Feldern kleine Wäldchen, die dem Wild Zuflucht bieten; sonst, soweit das Auge blickt, endlose graue oder gelbliche Flächen, wie sie den Landschaften der Sologne, der Beauce und des Berri eigen sind. Mitten in dieser Ebene gewahrt der Reisende zwischen Moret und Montereau ein altes Schloß, das Saint-Lange heißt, dessen Umgebung es weder an Größe noch an Majestät fehlt. Da sind prächtige Ulmenalleen, Gräben, lange Wälle, ausgedehnte Gärten und die stattlichen Herrenhäuser, die nur dank der Steuererpressung, den Pachtgeldern, den behördlich genehmigten Erpressungen oder den großen aristokratischen Vermögen erbaut werden konnten, die heutzutage vom Hammer des Code civil zerschlagen worden sind. Wenn ein Künstler oder irgendein Träumer sich auf die Wege mit den tiefen Räderspuren oder die Äcker mit dem schweren Lehmboden, die den Zugang zu diesem Herrschaftssitz zu verteidigen scheinen, verirrte, dann fragt er sich, welche Laune wohl dieses romantische Schloß in diese Weizensteppe, in diese Wüste aus Kreide, Mergel und Sand verschlagen hat, wo der Frohsinn stirbt und die Traurigkeit unfehlbar geboren wird, wo die Seele mehr und mehr von einer lautlosen Einsamkeit, einem eintönigen Horizont und düsteren Schönheiten gepeinigt werden muß, die freilich Leiden, die keinen Trost verlangen, willkommen sein müssen.

Eine junge Frau, die in Paris durch ihre Anmut, ihre Schönheit, ihren Geist berühmt war und deren gesellschaftliche Stellung, deren Vermögen dieser Berühmtheit entsprachen, bezog zum großen Erstaunen des kleinen Dorfes, das etwa eine Meile von Saint-Lange entfernt lag, gegen Ende des Jahres 1821 das Schloß. Die Pächter und Bauern hatten seit Menschengedenken keine Herrschaft mehr im Schloß gesehen. Obgleich der Besitz ansehnliche Erträge brachte, war er seit langem einem Verwalter anvertraut und in der Obhut ehemaliger Diener. So erregte die Reise der Marquise eine gewisse Aufregung in der Gegend. Mehrere Personen standen gruppenweise am Ende des Dorfes vor einem elenden Wirtshaus, das an der Kreuzung der Straßen von Nemours und Moret lag, um die Kalesche vorbeifahren zu sehen. Sie fuhr ziemlich langsam, denn die Marquise hatte von Paris aus ihre eigenen Pferde benutzt. Auf dem Vordersitz des Wagens hielt die Zofe ein kleines Mädchen, das eher einen verträumten als einen heitern Eindruck machte. Die Mutter lag ausgestreckt im Fond und sah aus wie eine Todkranke, die von den Ärzten aufs Land geschickt wird. Der niedergeschlagene Ausdruck der zarten jungen Frau befriedigte die Dorfpolitiker sehr wenig, die bei der Kunde von ihrer Ankunft in Saint-Lange gehofft hatten, es werde nun in der Gemeinde etwas Abwechslung geben. Doch es war ersichtlich, daß jede Art von Bewegung offenbar dieser in ihren Schmerz versunkenen Frau widerwärtig war.

Der Allerschlauste von Saint-Lange erklärte am Abend im Honoratiorenzimmer des Wirtshauses, der traurige Gesichtsausdruck der Marquise lasse darauf schließen, daß sie ruiniert sein müsse. Während der Abwesenheit des Marquis, von dem die Zeitungen berichteten, er soll den Duc d'Angoulême nach Spanien begleiten, wollte sie jedenfalls in Saint-Lange die nötigen Summen zusammenbringen, um die infolge verfehlter Börsenspekulationen entstandenen Fehlbeträge zu begleichen. Der Marquis wäre einer der wildesten Spieler. Vielleicht würde der Besitz in Parzellen verkauft. Dabei könnte man einen guten Wurf tun. Es sollte nur jeder seine Taler zählen, sie aus dem Versteck holen und an all seine Mittel denken, um nicht leer auszugehen, wenn Saint-Lange ausgeschlachtet würde. Diese Aussicht schien so vielversprechend, daß jeder dieser ehrenwerten Männer es kaum abwarten konnte, zu erfahren, ob sie begründet wäre; jeder machte sich an die Leute im Schloß heran, um die Wahrheit herauszubekommen; aber keiner konnte Auskunft über das Unglück geben, das ihre Herrin im Anfang des Winters in ihr altes Schloß in Saint-Lange führte, während sie andere Besitzungen hatte, die durch ihre heitere Lage und die Schönheit ihrer Gärten berühmt waren. Der Bürgermeister ging aufs Schloß, um der Gnädigsten seine Aufwartung zu machen, aber er wurde nicht empfangen. Nach ihm versuchte es der Verwalter, ebenfalls ohne Erfolg.

Die Marquise verließ ihr Schlafzimmer nur, um es aufräumen zu lassen, und hielt sich dann in einem kleinen Salon nebenan auf, wo sie speiste, wenn man ›speisen‹ nennen darf, daß sie sich an einen Tisch setzte, die Gerichte, die darauf standen, mit Widerwillen ansah, und nur das wenige zu sich nahm, das nötig war, damit sie nicht verhungerte. Dann begab sie sich sofort wieder in den altertümlichen Lehnstuhl, in dem sie vom Morgen an an dem einzigen Fenster, von dem das Zimmer Licht empfing, saß. Sie sah ihre Tochter nur während der kurzen Augenblicke ihres trübseligen Mahles und schien sie auch da kaum ertragen zu können. Mußte das Leid nicht ungeheuerlich sein, um bei einer so jungen Frau die Muttergefühle zum Schweigen zu bringen? Keiner ihrer Leute hatte Zutritt zu ihr. Ihre Zofe war das einzige Wesen, deren Dienste sie duldete. Sie verlangte absolute Ruhe im Schloß; ihre Tochter mußte in einem entlegenen Teil des Hauses spielen. Es fiel ihr so schwer, das leiseste Geräusch zu ertragen, daß jede menschliche Stimme, selbst die ihres Kindes, ihr eine leidige Störung war. Die Leute in der Gegend beschäftigten sich anfangs viel mit ihren Absonderlichkeiten; dann aber, als die Vermutungen erschöpft waren, dachten weder die Bewohner der kleinen Städte der Umgebung noch die Bauern mehr an die kranke Frau.

Die Marquise war also sich selbst überlassen und konnte

inmitten des Schweigens, das sie um sich gebreitet hatte, in völliger Lautlosigkeit verharren; sie hatte keine Ursache, dieses mit Teppichen bespannte Gemach zu verlassen, in dem ihre Großmutter gestorben und in das sie jetzt gekommen war, um auch dort sterben zu können, in Ruhe, ohne Zeugen, ohne Belästigung, ohne die falschen Bezeugungen der sich mitleidig gebärdenden Selbstsucht ertragen zu müssen, die in den Städten das Sterben doppelt schwer macht. Diese Frau war sechsundzwanzig Jahre alt. In diesem Alter will ein Gemüt, das noch voll romantischer Illusionen ist, den Tod, wenn er ihm erwünscht ist, schlürfen und auskosten. Aber der Tod verfährt mit jungen Menschen kokett: bald kommt er, bald zieht er sich zurück, bald zeigt er sich, bald verbirgt er sich; seine Langsamkeit ernüchtert sie, und die Ungewißheit, die der jeweils folgende Tag verursacht, schleudert sie schließlich in die Welt zurück. Dort stoßen sie wieder unfehlbar auf das Leid, das unbarmherziger als der Tod ist und sie heimsucht, ohne auf sich warten zu lassen. Auch diese Frau, die nicht mehr weiterleben wollte, sollte in ihrer Einsamkeit die Bitternis dieses Zögerns zu spüren bekommen; sie sollte hier in einem seelischen Todeskampf, dem der Tod kein Ende machen würde, in einer furchtbaren Lehrzeit den Egoismus erlernen, der die Unschuld ihres Herzens vernichtete und es für die Welt herrichtete.

Diese grausame und traurige Lehre ist immer die Frucht unserer ersten Schmerzen. Die Marquise litt in der Tat vielleicht zum ersten und einzigen Mal in ihrem Leben. Ist es nicht fürwahr ein Irrtum, wenn man meint, die Gefühle könnten noch einmal wiederkehren? Existieren sie nicht immer, wenn sie erst einmal aufgetaucht sind, auf dem Grunde des Herzens? Dort kommen sie zur Ruhe und werden wieder wach gerüttelt, je nach den Wechselfällen des Lebens; aber sie bleiben dort, und ihr Dasein verändert notwendigerweise die Seele. Demzufolge hätte also jedes Gefühl nur einen einzigen großen Tag, den mehr oder weniger langen Tag seines ersten

Sturmes. Auch der Schmerz, das beharrlichste unserer Gefühle, wäre demnach nur bei seinem ersten Ansturm wirklich lebendig, und seine späteren Angriffe wären immer schwächer, entweder, weil wir uns an seine Anfälle gewöhnt hätten, oder auf Grund eines Gesetzes unserer Natur: um am Leben zu bleiben, stellt sie dieser Kraft der Zerstörung eine gleich starke Kraft der Trägheit entgegen, die in den Berechnungen des Egoismus gefunden wird. Aber welchem unter allen Leiden gebührt dieser Name Schmerz? Der Verlust der Eltern ist ein Kummer, auf den die Natur die Menschen vorbereitet hat; körperliche Qualen sind vorübergehend und greifen die Seele nicht an; und wenn sie nicht weichen, sind sie keine Qualen mehr, sondern der Tod. Wenn eine junge Frau ein Neugeborenes verliert, schenkt ihr die eheliche Liebe bald einen Ersatz. Auch diese Betrübnis ist vorübergehend. Kurz, diese Anfechtungen und viele andere ähnlicher Art sind gewissermaßen Schläge, Wunden; aber keine greift das Leben in seiner Wurzel an, und sie müssen ungewöhnlich heftig aufeinander folgen, um das Gefühl zu töten, das in uns nach Glück schreit. Der große, der wahre Schmerz muß also ein Leid sein, das so mörderisch ist, daß es Vergangenheit, Gegenwart und Zukunft zugleich auslöscht, kein Stückchen Leben heil läßt, den Gedanken für immer die Natürlichkeit raubt, sich unvertilgbar auf die Lippen, auf die Stirne schreibt, der Freude die Flügel bricht oder lähmt und der Seele einen grundlegenden Ekel an allen Dingen in der Welt einflößt. Weiterhin muß dieses Leid noch, um so ungeheuer zu sein, um so auf Seele und Leib zu lasten, sich in einem Augenblick des Lebens einstellen, wo alle Kräfte der Seele und des Körpers jung sind, und so ein Herz in seiner ganzen Lebensfülle zerschmettern. Dann schlägt es eine tiefe Wunde, die Qual ist groß, und kein Mensch kann aus dieser Krankheit ohne innere Wandlung hervorgehen: entweder schlägt er den Weg zum Himmel ein, oder er kehrt, wenn er hier unten bleibt, ins Getriebe der Welt zurück, um sich vor der Welt zu verstellen, um eine Rolle in ihr zu spielen; von jetzt ab kennt er die Kulissen, hinter die man sich zurückzieht, wenn man etwas bedenken, wenn man weinen oder sich vergnügen will. Nach dieser schweren Krise gibt es keine Geheimnisse mehr im Leben der Gesellschaft: das von da ab einem unerbittlichen Urteil unterzogen wird. Bei jungen Frauen im Alter der Marquise wird dieser erste, dieser marterndste aller Schmerzen immer von demselben Geschehnis bewirkt. Die Frau, und besonders die junge Frau, deren Seele ebenso schön ist wie ihr Leib, wird ihr Leben immer dort voll hingeben, wohin die Natur, das Gefühl und die Gesellschaft sie treiben. Wenn sie in diesem Leben Schiffbruch erleidet und sie auf Erden bleibt, steht sie aus dem gleichen Grund, der die erste Liebe zum schönsten aller Gefühle macht, die grausamsten Martern aus. Warum hat es für dieses Elend nie einen Maler, nie einen Dichter gegeben? Ja, kann es denn gemalt, kann es besungen werden? Nein, die Schmerzen, die ein solches Unglück hervorbringt, entziehen sich der Analyse und den Farben der Kunst. Und überdies werden diese Leiden niemals jemandem anvertraut; wer eine Frau trösten will, muß den Schmerz erraten können; denn immer wird das Leid in Bitterkeit gehüllt und inbrünstig empfunden, und so ruht es im Herzen wie eine Lawine, die, wenn sie ins Tal rollt, dort alles verwüstet, bevor sie liegenbleibt.

Die Marquise war eine Beute dieser Leiden, die lange im Dunkel bleiben, weil alle Welt sie verdammt, das gefühlvolle Herz hingegen hegt sie zärtlich, und das Gewissen einer wahrhaften Frau rechtfertigt sie immer. Mit diesen Schmerzen verhält es sich wie mit solchen Kindern, die vom Leben immer wieder zurückgestoßen werden und doch mit stärkeren Banden ans Herz der Mutter gefesselt sind als ihre mit mehr Glück begabten Kinder. Niemals vielleicht war eine solch furchtbare Katastrophe, die alles, was es an Leben um uns herum gibt, tötet, so stark, so vollständig, so durch die Umstände verschärft wie bei der Marquise. Ein junger, großherziger, geliebter Mann, dessen Wünsche, den Gesetzen der Gesellschaft gehorchend, sie nie erhört hatte, war gestorben, um ihr das zu erhalten, was die Welt ›die Ehre der Frau‹ nennt. Wem konnte sie sagen: ›Ich leide!‹ Ihre Tränen hätten ihren Gatten, der die erste Ursache der Katastrophe war, gekränkt. Die Gesetze, die Sitten verfemten ihre Klagen; einer Freundin hätten sie Behagen gemacht; ein Mann hätte sie spekuliert. Nein, diese arme Trauernde konnte nur in der Verlassenheit nach Herzenslust weinen; dort konnte sie ihr Leiden überwinden oder von ihm überwunden werden, sterben oder etwas in sich, vielleicht ihr Gewissen, töten. So starrte sie seit ein paar Tagen über die trostlose Öde dieser Landschaft, wo sie, wie in ihrem künftigen Leben, nichts zu suchen, nichts zu hoffen hatte, wo alles mit einem Blick zu sehen war und wo sie die Bilder der kalten Hoffnungslosigkeit sah, die ihr unablässig das Herz zerriß. Die Morgennebel, der matte Himmel, die tiefhängenden Wolken unter einem bleigrauen Firmament standen in Einklang mit der Krankheit ihres Gemüts. Ihr Herz krampfte sich nicht mehr zusammen, welkte nicht mehr dahin; nein, ihre frische, blühende Natur wurde durch die langsame Wirkung eines Schmerzes, der unerträglich, weil er endlos war, allmählich zu Stein. Sie litt durch sich und für sich. Muß ein derartiges Leid nicht zum Egoismus führen? Furchtbare Gedanken drangen in ihr Gewissen und verwundeten es. Sie ging ehrlich mit sich zu Rate und fand zwei Wesen in sich. Es gab in ihr eine Frau, die überlegte, und eine, die empfand; eine Frau, die litt, und eine, die nicht mehr leiden wollte. Sie versetzte sich in die Freuden ihrer Kindheit zurück, die verstrichen war, ohne daß sie ihr Glück empfunden hätte, und deren lichte Bilder in großer Anzahl auf sie eindrangen, wie um ihr die Enttäuschungen einer Ehe vorzuhalten, die in den Augen der Gesellschaft schicklich, in Wirklichkeit aber entsetzlich war. Was hatten ihr die schöne Keuschheit ihrer Jugend, die Wonnen, denen sie entsagt, die Opfer, die sie der Welt gebracht hatte, genutzt? Obwohl alles an ihr Liebe ausdrückte und Liebe erwartete, fragte sie sich doch, was ihr jetzt die Harmonie ihrer Bewegungen, ihr Lächeln und ihre Grazie sollten? Sowenig man einen Ton hören mag, der sinnlos und endlos immer wiederholt wird, so wenig liebte sie es jetzt mehr, daß sie in sich selbst Frische und Sinneslust verspürte. Selbst ihre Schönheit war ihr unerträglich, wie etwas Unnützes. Sie sah mit Entsetzen voraus, daß sie nie mehr ein ganzer Mensch sein würde. Hatte nicht ihr inneres Ich die Gabe verloren, die Eindrücke des Neuen, das so köstlich ist und so viel Heiterkeit in das Leben bringt, zu kosten? In Zukunft würden die meisten dieser Eindrücke oft so schnell verlöscht wie empfangen sein, und viele von ihnen, die sie früher bewegt hätten, würden ihr nun gleichgültig sein. Nach der Kindheit des Leibes kommt die Kindlichkeit des Herzens. Diese zweite Kindheit aber hatte ihr Geliebter mit ins Grab genommen. Ihre leiblichen Begierden waren noch jung, aber sie hatte nicht mehr die ganze Jugend der Seele, die allem im Leben seinen Wert und seinen Duft gibt. Würde sie nicht ein Spüren der Traurigkeit, des Mißtrauens in sich behalten, die ihren Regungen die spontane Frische, den unmittelbaren Schwung rauben würden? Denn nichts konnte ihr das Glück wiederbringen, das sie erhofft, das sie sich so herrlich erträumt hatte. Ihre ersten wirklichen Tränen hatten das himmlische Feuer, das die ersten Regungen des Herzens erwärmt, ausgelöscht; sie würde immer dafür büßen müssen, daß sie nicht war, was sie hätte sein können. Aus diesem Glauben muß der bittere Ekel entstehen, der einen dazu bringt, den Kopf abzuwenden, wenn sich von neuem das Glück einstellen will. Sie urteilte jetzt über das Leben wie ein Greis, der bereit ist, aus ihm zu scheiden. Sie fühlte sich jung, und doch lasteten ihr die unzähligen freudlosen Tage ihres Lebens auf der Seele, vernichteten sie und ließen sie vor der Zeit altern. Verzweifelt schrie sie der Welt die Frage zu, was sie ihr zum Ersatz für die Liebe, die ihr zu leben geholfen und die sie verloren hatte, geben könnte. Sie fragte sich, ob in ihrer entschwundenen Liebe, die so keusch und rein gewesen war, der Gedanke nicht strafbarer gewesen wäre als die Tat. Es bereitete ihr Genuß, sich schuldig zu sprechen, der Welt zu spotten und sich darüber hinwegzutrösten, daß sie mit dem, den sie beweinte, nicht die völlige Vereinigung gehabt hatte, welche zwei Seelen verschmilzt und den Schmerz der Seele, die zurückbleibt, lindert, weil sie sicher ist, das Glück völlig genossen, es ganz gegeben zu haben, und in sich das Bild dessen, der nicht mehr ist, bewahrt. Sie war unzufrieden wie eine Schauspielerin, die ihre Rolle verfehlt hat, denn dieser Schmerz griff all ihre Fibern, das Herz und den Kopf an. Wenn die Natur in ihren geheimsten Wünschen verwundet war, war ebensosehr auch die Eitelkeit, war auch die Großmut, die die Frau zur Selbstaufopferung treibt, verletzt. Sie warf alle Fragen auf, wühlte alle Tiefen der verschiedenen Wesen, die auf Grund der sozialen, geistigen und psychischen Natur in uns vereint sind, auf und schwächte dadurch so sehr die Kräfte ihrer Seele, daß sie vor lauter widersprüchlich auf sie einstürmenden Gedanken überhaupt nichts mehr fassen konnte. So stand sie manchmal, wenn der Nebel fiel, am offenen Fenster, blieb gedankenlos stehen und atmete nur mechanisch den feuchten, erdigen Duft, der in den Lüften lag. Sie stand unbeweglich und wie schwachsinnig, denn das Sausen ihres Schmerzes machte sie in gleicher Weise für die Harmonien der Natur wie für die Reize des Denkens taub.

Eines Tages trat gegen Mittag, als eben die Sonne den Himmel aufgehellt hatte, ihre Zofe ungerufen ein und meldete: »Jetzt ist schon zum viertenmal der Herr Pfarrer gekommen, um Madame einen Besuch abzustatten; und er besteht heute so beharrlich darauf, daß wir nicht wissen, was wir ihm antworten sollen.« »Er will zweifellos etwas Geld für die Armen der Gemeinde; übergeben Sie ihm in meinem Namen fünfundzwanzig Louisdor.«

Einen Augenblick später erschien die Zofe schon wieder.

»Madame«, sagte sie, »der Pfarrer weist das Geld zurück

und wünscht Sie zu sprechen.« – »So mag er kommen!« erwiderte die Marquise. Die mißlaunige Gebärde, die ihr dabei entschlüpfte, deutete an, daß der Priester, dessen Verfolgungen sie jedenfalls durch eine kurze und offene Erklärung ein Ende machen wollte, einen üblen Empfang finden würde.

Die Marquise hatte in jungen Jahren ihre Mutter verloren, und ihre Erziehung war natürlich durch die Lockerung der religiösen Bande in der Revolutionszeit beeinflußt worden. Die Frömmigkeit ist eine Frauentugend, die nur Frauen gut weiterzugeben verstehen, und die Marquise war ein Kind des achtzehnten Jahrhunderts, dessen philosophische Anschauungen von ihrem Vater geteilt wurden. Sie beobachtete keinerlei religiöse Bräuche. Für sie war ein Priester ein öffentlicher Beamter, dessen Nutzen ihr zweifelhaft schien. In ihrer Lage konnte die Stimme der Religion ihre Leiden nur verschlimmern; sie hatte zu den Dorfgeistlichen und ihrem Intellekt nur mäßiges Zutrauen; sie beschloß also, ihren Pfarrer ohne Schärfe zurückzuweisen und ihn nach Art reicher Leute durch einen Akt der Wohltätigkeit loszuwerden. Der Geistliche kam, und sein Anblick änderte die Meinung der Marquise nicht. Sie sah ein dickes Männchen mit einem vorspringenden Bauch und einem rötlichen, aber alten und runzligen Gesicht, das zu einem Lächeln verzogen war, was ihm aber schlecht gelang; sein kahler, von zahlreichen Querfalten durchfurchter Schädel fiel in Form eines Quadranten auf sein Gesicht und verkleinerte es; ein paar weiße Haare schmückten seinen Hinterkopf über dem Nacken und setzten sich vorn bis zu den Ohren fort. Trotzdem verriet die Physiognomie dieses Priesters einen Mann von heiterem Naturell. Seine dicken Lippen, seine leicht aufgestülpte Nase, sein faltiges Doppelkinn, all das sprach von einem glücklichen Temperament. Die Marquise bemerkte zunächst nur diese Hauptzüge; aber beim ersten Wort, das der Priester sprach, fiel ihr auf, wie sanft diese Stimme war; sie sah ihn aufmerksamer an und fand unter seinen halbergrauten Brauen Augen, die das Weinen kannten, und nun sah sie, daß die Wangenlinien im Profil seinem Kopf einen erhabenen Ausdruck des Schmerzes gaben: sie entdeckte in diesem Pfarrer einen Menschen.

»Madame, die Reichen gehören uns nur, wenn sie leiden; und die Leiden einer verheirateten Frau, die jung, schön und reich ist, die weder Kinder noch Eltern verloren hat, lassen sich erraten; sie sind durch Verletzungen entstanden, deren Schmerz nur die Religion lindern kann. Ihre Seele ist in Gefahr, Madame la Marquise. Ich spreche Ihnen jetzt nicht von unserm künftigen Leben. Nein, ich bin nicht im Beichtstuhl. Aber gehört es nicht zu meiner Pflicht, Sie über die Zukunft Ihrer gesellschaftlichen Stellung aufzuklären? Sie werden also einem alten Mann die Zudringlichkeit verzeihen; es handelt sich um Ihr Glück.« – »Das Glück, Monsieur le Curè, ist nicht mehr für mich. Ich werde Ihnen bald, wie Sie sagen, gehören, aber für immer.« – »Nein, Madame, Sie werden an dem Schmerz, der Sie niederdrückt und der aus Ihren Zügen spricht, nicht sterben. Wenn Sie daran hätten sterben sollen, wären Sie nicht in Saint-Lange. Wir gehen weniger an einem gewissen Kummer als an enttäuschten Hoffnungen zugrunde. Ich habe unerträglichere, furchtbarere Schmerzen gekannt, die nicht zum Tode geführt haben.«

Die Marquise machte eine Bewegung des Zweifels.

»Madame, ich kenne einen Mann, dessen Unglück so groß war, daß Ihre Qualen Ihnen im Vergleich mit seinen gering scheinen müßten ...«

Mochte nun ihre lange Einsamkeit anfangen auf ihr zu lasten, mochte ihr die Aussicht Anteilnahme einflößen, in ein freundliches Herz ihre schmerzlichen Stimmungen ausschütten zu können, kurz, sie sah den Geistlichen mit einem nicht mißzuverstehenden fragenden Blick an.

»Madame«, fuhr der Priester fort, »der Mann, von dem ich spreche, war ein Vater, dem von einer früher zahlreichen Familie nur drei Kinder blieben. Er hatte hintereinander seine

Eltern, dann eine Tochter und seine Frau, die er beide sehr liebte, verloren. Er blieb allein irgendwo in der Provinz auf einem kleinen Anwesen, wo er lange Zeit glücklich gewesen war. Seine drei Söhne waren bei der Armee, und jeder von ihnen hatte einen seinen Dienstjahren entsprechenden Rang. In den Hundert Tagen ging der älteste zur Garde über und wurde Oberst; der zweite war Bataillonschef bei der Artillerie und der jüngste Eskadronschef bei den Dragonern. Madame, diese drei Kinder liebten ihren Vater ebenso innig, wie sie von ihm geliebt wurden. Wenn Sie die Unbekümmertheit der jungen Leute kennen, die sich ihren Leidenschaften überlassen und nie Zeit für Familienzärtlichkeiten haben, würden Sie an einem einzigen Zuge merken, wie lebhaft ihre Liebe zu einem einsamen alten Mann war, der nur noch durch sie und für sie lebte. Es verging keine Woche, wo er nicht einen Brief von einem seiner Kinder erhielt. Aber er war auch nie gegen sie schwach gewesen, wodurch die Kinder den Respekt verlieren, noch unbillig streng, was sie verletzt, und geizte auch nicht mit Opfern, womit man sie sich entfremdet. Nein, er war mehr als ein Vater gewesen, er hatte sich zu ihrem Bruder, ihrem Freund gemacht. Kurz, er sagte ihnen in Paris Lebewohl, als sie zum Zuge nach Belgien aufbrachen; er wollte sehen, ob sie gute Pferde hatten, ob ihnen nichts fehlte. Sie zogen ab, und der Vater kehrte nach Hause zurück. Der Krieg fängt an, er erhält Briefe von ihnen aus Fleurus, aus Ligny; alles ging gut. Die Schlacht von Waterloo wird geschlagen; was dann kam, wissen Sie. Frankreich wurde mit einem Schlage in Trauer versetzt. Alle Familien waren in der furchtbarsten Angst. Er, Madame, das verstehen Sie wohl, wartete voller Aufregung; er hatte keine Rast und keine Ruhe mehr; er las die Zeitungen, er ging jeden Tag selbst auf die Post. Eines Abends meldete man ihm den Burschen seines Sohnes, des Obersten. Er sieht diesen Mann auf dem Pferde seines Herrn sitzen, und es war keine Frage mehr nötig: der Oberst war tot, eine Kartätsche hatte ihn auseinandergerissen. Am späten

Abend kam der Bursche des jüngsten zu Fuß; der jüngste war am Tage nach der Schlacht ums Leben gekommen. Um Mitternacht endlich kam ein Artillerist an und meldete ihm den Tod des letzten Kindes, auf dessen Haupt der arme Vater in den paar Stunden sein ganzes Leben gesetzt hatte. Ja, Madame, sie waren alle gefallen!«

Nach einer Pause, in der der Priester seine Bewegung niedergekämpft hatte, fuhr er mit sanfter Stimme fort: »Und der Vater ist am Leben geblieben. Er hat begriffen, daß er, wenn Gott ihn auf Erden ließ, eben hienieden weiter leiden sollte, und das tut er; aber er hat sich in den Schoß der Religion geflüchtet. Was konnte aus ihm werden?«

Die Marquise richtete den Blick auf das Gesicht dieses Pfarrers, das in Leid und Entsagung erhaben schön geworden war. Sie wartete auf das Wort, das ihre Tränen zum Fließen bringen würde.

»Priester, Madame; die Tränen hatten ihn geweiht, ehe er vor dem Altar die Weihen erhielt.«

Es herrschte eine Weile Schweigen. Die Marquise und der Pfarrer sahen durch das Fenster in die nebelverhangene Ferne, als ob sie die sehen könnten, die nicht mehr waren.

»Nicht Priester in einer Stadt, sondern ein schlichter Dorfpfarrer«, fügte er noch hinzu. »In Saint-Lange«, sagte sie und trocknete sich die Tränen. »Ja, Madame.«

Niemals hatte sich die Majestät des Schmerzes Julie erhabener gezeigt; und dieses ›Ja, Madame‹ fiel mit dem Gewicht eines unendlichen Schmerzes auf ihr Herz. Diese Stimme, die im Ohr so sanft klang, erschütterte sie bis ins Innerste. Oh, das war die Stimme des Elends, diese volle, schwere Stimme, die sie unwiderstehlich in ihren Bann zu ziehen schien.

»Monsieur«, sagte die Marquise fast ehrerbietig, »wenn ich nun nicht sterbe, was soll dann aus mir werden?« – »Madame, haben Sie nicht ein Kind?« – »O ja«, antwortete sie kalt.

Der Pfarrer warf dieser Frau einen Blick zu, wie ihn ein Arzt auf einen Schwerkranken wirft. Er beschloß, alles aufzubieten, um sie dem Geist des Bösen zu entreißen, der schon die Hand nach ihr ausstreckte.

»Sie sehen, Madame, wir müssen mit unsern Schmerzen leben, und nur die Religion kann uns wahren Trost gewähren. Wollen Sie mir erlauben, wiederzukommen und Sie die Stimme eines Mannes hören zu lassen, der mit allem Leid mitfühlen kann und der, glaube ich, nicht gerade etwas Abstoßendes an sich hat?« – »Ja, Monsieur, kommen Sie. Ich danke Ihnen, daß Sie an mich gedacht haben.« – »Dann, Madame, auf Wiedersehen!«

Dieser Besuch entspannte die Seele der Marquise, deren Kräfte durch den Kummer und die Einsamkeit zu heftig gereizt worden waren. Der Priester hatte Balsam in ihr Herz geträufelt und den heilsamen Klang religiöser Worte dort zurückgelassen. Sie empfand jene Genugtuung, die den Gefangenen tröstet, wenn er erst erkannt hat, wie tief seine Verlassenheit und wie schwer seine Ketten sind, und nun einen Nachbar findet, der an die Wand klopft und mit dem er durch Klopfzeichen seine Gedanken austauschen kann. Sie hatte einen unverhofften Vertrauten. Aber bald fiel sie in ihre bitteren Betrachtungen zurück und sagte sich wie der Gefangene, ein Leidensgefährte könnte weder ihre Fesseln noch ihre Zukunft erleichtern. Der Pfarrer hatte bei einem ersten Besuch einen völlig selbstsüchtigen Schmerz nicht zu sehr aufwühlen wollen; aber er hoffte, seiner Geschicklichkeit würde es bei einem zweiten Besuch gelingen, sie der Religion geneigter zu machen. Am übernächsten Tage kam er also, und der Empfang durch die Marquise zeigte ihm, daß sein Besuch erwünscht war.

»Nun, Madame la Marquise«, fragte der Greis, »haben Sie über die Fülle der menschlichen Leiden etwas nachgedacht? Haben Sie die Augen gen Himmel gerichtet? Haben Sie dort die Unendlichkeit von Welten gesehen, die unsere Wichtigkeit vermindert, unsere Eitelkeit vernichtet und dadurch unsern

Schmerz lindert?« – »Nein, Monsieur«, war ihre Antwort; »die Gesetze der Gesellschaft lasten mir zu stark auf dem Herzen und zerreißen es mir zu heftig, als daß ich mich zu den Himmeln erheben könnte. Aber die Gesetze sind vielleicht weniger grausam als die Bräuche der Gesellschaft. Oh, die Gesellschaft!« – »Wir sollen dem einen wie dem andern gehorchen: das Gesetz ist das Wort, und die Bräuche sind die Handlungen der Gesellschaft.« – »Der Gesellschaft gehorchen? ...« versetzte die Marquise mit einer Gebärde des Abscheus. »Oh, Monsieur, daher stammen all unsere Übel und Leiden. Gott hat nicht ein einziges Gesetz des Unglücks gemacht; aber die Menschen haben, als sie sich zusammenschlossen, sein Werk verfälscht. Wir Frauen werden von der Zivilisation mehr mißhandelt, als die Natur es tun würde. Die Natur legt uns physische Qualen auf, die ihr nicht gemildert habt, und die Zivilisation hat Gefühle zur Entfaltung gebracht, die ihr unaufhörlich täuscht. Die Natur unterdrückt die schwachen Geschöpfe, ihr verurteilt sie zu leben, um sie dauerndem Unglück auszuliefern. Die Ehe, diese Einrichtung, auf die sich die Gesellschaft heute stützt, läßt uns allein ihre ganze Last fühlen; für den Mann die Freiheit, für die Frau Pflichten. Wir sind euch unser ganzes Leben schuldig; ihr schuldet uns von eurem nur seltene Augenblicke. Kurz, der Mann hat die Wahl, wo wir uns blind unterwerfen. Oh, Monsieur, Ihnen kann ich alles sagen! Hören Sie! Die Ehe, wie sie heute ist, scheint mir eine gesetzliche Prostitution zu sein. Darin liegt die Quelle meiner Leiden. Aber ich allein unter all den unglücklichen Geschöpfen, die so unselig verkuppelt sind, muß schweigen! Ich allein bin schuld an meinem Unglück, ich habe meine Ehe gewollt.«

Sie brach ab, vergoß bittere Tränen und schwieg.

»In diesem tiefen Elend, in diesem Ozean des Wehs«, fing sie dann wieder an, »hatte ich eine kleine Sandbank gefunden, auf die ich die Füße setzen konnte, wo ich leiden konnte, wie mirs ums Herz war; ein Orkan hat alles weggerissen. Nun bin ich allein, ohne Stütze, zu schwach gegen die Stürme.« – »Wir sind nie schwach, wenn Gott mit uns ist«, sagte der Priester; »und wenn Sie übrigens keine zärtlichen Bande haben, die Sie an die Erde fesseln, haben Sie keine Pflichten zu erfüllen?« – »Pflichten und immer Pflichten!« rief sie ungeduldig; »aber wo sind für mich die Gefühle, die uns die Kraft geben, sie zu erfüllen? Monsieur, für nichts gibt es nichts, und von nichts kommt nichts; das ist eins der gerechtesten Gesetze in der moralischen und physischen Welt. Verlangen Sie von diesen Bäumen, sie sollten ihre Blätter ohne den Saft erzeugen, der sie zur Entfaltung bringt? Die Seele hat auch ihren Saft! Bei mir ist der Saft in seiner Quelle vertrocknet.« – »Ich will Ihnen nicht von den religiösen Empfindungen sprechen, welche die Entsagung hervorbringen«, sagte der Pfarrer; »aber, Madame, sollte nicht die Mutterschaft ...« – »Hören Sie auf!« unterbrach ihn die Marquise; »zu Ihnen werde ich wahr sein. Ach, ich kann es künftig zu niemandem sein. Ich bin zur Falschheit verurteilt; die Welt verlangt Masken und befiehlt, wenn wir uns nicht ihren Tadel zuziehen wollen, ihren Konventionen zu gehorchen. Es gibt zweierlei Mutterschaft, Monsieur. Früher habe ich von diesem Unterschied nichts gewußt; heute kenne ich ihn. Ich bin nur zur Hälfte Mutter; es wäre besser, es gar nicht zu sein. Hélène ist nicht von ihm! Oh, schrecken Sie nicht zurück! Saint-Lange ist ein Schlund, in dem viele falsche Empfindungen versunken sind, wo das Unheil seinen Schatten wirft, und wo die Kartenhäuser unnatürlicher Gesetze in sich zusammenfielen. Ich habe ein Kind, gut; ich bin Mutter, das Gesetz will es. Aber Sie, Monsieur, der Sie eine Seele haben, die so zart mitfühlen kann, vielleicht können Sie den Aufschrei einer armen Frau verstehen, die kein unechtes Gefühl in ihr Herz hat eindringen lassen. Gott wird über mich richten, aber ich glaube seinen Gesetzen zuwiderzuhandeln, wenn ich den Gefühlen nachgebe, die er in meine Seele gepflanzt hat. Hören Sie, wie es in meiner Seele aussieht! Ist nicht ein Kind das Ebenbild zweier

Menschen, die Frucht zweier, aus freiem Willen vereinter Leidenschaften? Wenn man nicht mit allen Regungen des Körpers und mit aller Zärtlichkeit des Herzens an ihm hängt; wenn es nicht an köstliche Liebesstunden, an die Tage, die Plätze erinnert, wo diese beiden Menschen glücklich waren, wo ihre Sprache von Musik, ihre Gedanken von süßer Heiterkeit erfüllt waren, dann ist es eine verfehlte Schöpfung. Ja, es muß für sie eine entzückende Miniatur sein, in der aller Zauber ihres geheimen Doppellebens liegt; es muß ihnen eine Quelle fruchtbarer Empfindungen, muß zugleich ihre ganze Vergangenheit, ihre ganze Zukunft sein. Meine arme kleine Hélène ist das Kind ihres Vaters, das Kind der Pflicht und des Zufalls; sie findet in mir nur den weiblichen Instinkt, das Gesetz, das uns unweigerlich zwingt, das Geschöpf zu schützen, das in unserm Leibe gewachsen ist. Vom Standpunkt der Gesellschaft aus bin ich frei von Vorwurf. Habe ich dem Mädchen nicht mein Leben und mein Glück zum Opfer gebracht? Sein Schreien zerreißt mir das Herz; wenn es ins Wasser fiele, würde ich mich hineinstürzen, um es herauszuholen. Aber in meinem Herzen ist es nicht. Ach! die Liebe ist schuld, daß mir von einer höheren, von einer vollkommeneren Mutterschaft träumte; in einem Traum, der jetzt erloschen ist, liebkoste ich das Kind, das die Sehnsucht empfing, noch ehe es erzeugt wurde, die köstliche Blüte, die in der Seele wächst, bevor sie das Licht der Welt erblickt. Ich bin für Hélène, was im Reich der Natur eine Mutter für ihre Jungen sein muß. Wenn sie mich nicht mehr braucht, wird alles erledigt sein; wenn die Ursache schwindet, hören auch die Wirkungen auf. Wenn die Frau das herrliche Vorrecht hat, ihre Mutterschaft auf das ganze Leben ihres Kindes auszudehnen, muß man diese himmlische Dauer des Gefühls nicht auf die Ausstrahlungen ihrer seelischen Empfängnis zurückführen? Wenn nicht die Seele seiner Mutter die erste Hülle des Kindes gewesen ist, dann hört die Mutterschaft in ihrem Herzen auf wie bei den Tieren. Das ist die Wahrheit, ich fühle es: je mehr meine arme Kleine heranwächst, je kälter wird mein Herz. Die Opfer, die ich ihr gebracht habe, haben mich schon von ihr abgewandt, während mein Herz für ein anderes Kind, das fühle ich, unerschöpflich gewesen wäre; für jenes andere wäre nichts Opfer, wäre alles Lust gewesen. Hier, Monsieur, vermag die Vernunft, die Religion, alles, was in mir ist, nichts gegen meine Empfindungen. Hat die Frau, die nicht Mutter und nicht Gattin ist und die, zu ihrem Unglück, die Liebe in ihrer unsäglichen Schönheit, die Mutterschaft in ihrer grenzenlosen Wonne geschaut hat, hat sie unrecht, daß sie sterben will? Was kann aus ihr werden? Ich kann Ihnen sagen, was sie durchmacht! Hundertmal am Tag, hundertmal bei Nacht überläuft ein Schauder mir Kopf und Herz und den ganzen Körper, wenn eine zu zaghaft niedergezwungene Erinnerung das Bild eines Glückes bringt, das ich vielleicht schöner erträume, als es ist. Unter diesen grausamen Phantasien erlischt all mein Gefühl, und ich frage mich: ›Wie wäre mein Leben verlaufen, wenn ...?‹«

Sie schlug die Hände vors Gesicht und brach in Tränen aus.

»So sieht es in meinem Herzen aus!« fuhr sie dann fort. »Für ein Kind von *ihm* hätte ich die schrecklichsten Qualen erduldet! Der Gott, der alle Sünden der Erde auf sich nahm und am Kreuze starb, wird mir den Gedanken verzeihen, der für mich tödlich ist; aber die Gesellschaft, das weiß ich, ist unversöhnlich, für sie sind meine Worte Lästerungen; ich spreche all ihren Gesetzen Hohn. Oh, ich wollte dieser Welt den Krieg erklären, um ihre Gesetze und Bräuche zu erneuern, um sie zu zerbrechen! Hat sie mich nicht in all meinen Gedanken, in all meinen Fibern, in all meinen Empfindungen, in all meinem Wollen, in all meinen Hoffnungen, in Zukunft, Gegenwart und Vergangenheit getroffen? Für mich ist der Tag voller Finsternis, das Denken ein Schwert, mein Herz eine Wunde, mein Kind eine Verneinung. Ja, wenn Hélène zu mir spricht, möchte ich, sie hätte eine andere Stimme; wenn sie mich ansieht, möchte ich, sie hätte andere Augen. Sie ist nur da, um mir vor Augen zu halten, was sein sollte und was nicht ist. Sie ist mir unerträglich! Ich lächle sie an, ich suche sie für die Empfindungen, die ich ihr raube, zu entschädigen. Ich leide! Oh, Monsieur, ich leide zu sehr, um weiterleben zu können! Und ich werde für eine tugendhafte Frau gelten! Ich habe keinen Fehltritt begangen! Man wird mich ehren! Ich habe die unfreiwillige Liebe, der ich nicht nachgeben durfte, bekämpft; aber wenn ich körperlich treu geblieben bin, habe ich mein Herz gewahrt? Das hier« – damit legte sie die Hand auf die Brust – »hat nur einem einzigen Menschen gehört. Mein Kind täuscht sich auch nicht darüber. Mütter haben Blicke, eine Stimme, Gebärden, deren Gewalt die Kinderseele formt; meine arme Kleine aber fühlt nicht, wie mein Arm bebt, wie meine Stimme zittert, wie meine Augen glänzen, wenn ich sie ansehe, wenn ich zu ihr spreche oder wenn ich sie aufnehme. Sie wirft mir anklagende Blicke zu, die ich nicht aushalte! Manchmal erzittere ich vor Furcht, in ihr ein Gericht zu finden, das mich verurteilt, ohne mich zu hören. Gebe der Himmel, daß sich nicht eines Tages der Haß zwischen uns stellt! Großer Gott, öffne mir vorher mein Grab! Laß mich in Saint-Lange sterben! Ich will in jene Welt gehen, wo ich meine zweite Seele treffe, wo ich völlig Mutter sein kann! Verzeihen Sie, Monsieur, ich bin wahnsinnig. Ich wäre an diesen Worten erstickt, wenn ich sie nicht gesprochen hätte. Ah, Sie weinen auch! Sie verachten mich nicht. – Hélène! Hélène! mein Kind, komm!« rief sie verzweifelt, als sie das Mädchen vom Spaziergang zurückkehren hörte.

Die Kleine kam lachend und plappernd herein; sie trug einen Schmetterling in der Hand, den sie gefangen hatte; aber als sie ihre Mutter in Tränen sah, wurde sie still, blieb bei ihr stehen und ließ sich auf die Stirne küssen.

»Sie wird sehr schön werden«, sagte der Priester. »Sie ist ganz ihr Vater«, erwiderte die Marquise. Sie umarmte das Kind stürmisch, als gelte es, eine Schuld einzulösen oder einen

Gewissensbiß abzuwehren. »Du bist heiß, Mama.« – »Geh nun, laß uns, mein Engel«, antwortete die Marquise.

Das Kind ging unbekümmert hinaus; es sah seine Mutter nicht an und schien fast glücklich, ihr vergrämtes Gesicht nicht mehr zu sehen; es verstand schon, daß die Gefühle, die auf ihm geschrieben standen, ihm feindselig waren. Das Lächeln ist die Mitgift, es ist die Sprache und der Ausdruck der Mutterschaft. Die Marquise konnte nicht lächeln. Sie wurde rot und sah den Priester an: sie hatte gehofft, sich als Mutter zeigen zu können, aber weder sie noch ihr Kind verstanden sich aufs Lügen. Die Küsse einer aufrichtigen Frau bergen wirklich einen göttlichen Honig in sich, der in diese Liebkosung eine Seele, ein zartes Feuer bringt, das bis ins Herz dringt. Küsse, denen diese köstliche Weihe fehlt, sind herb und trocken. Der Priester fühlte diesen Unterschied wohl: er konnte den Abgrund ermessen, der sich zwischen der fleischlichen und der seelischen Mutterschaft auftut. Nach einem durchdringenden Blick auf die Frau vor ihm sagte er schließlich: »Sie haben recht, Madame, für Sie wäre es besser, Sie wären tot ...« – »Ah! Sie verstehen meine Leiden, ich sehe es«, antwortete sie, »da Sie, ein christlicher Priester, die unheilvollen Entschlüsse, zu denen sie mich gebracht haben, erraten und billigen. Ja denn, ich habe mich töten wollen; aber der Mut hat mir gefehlt, mein Vorhaben auszuführen. Mein Körper war feig, wenn meine Seele mutig war, und wenn mir die Hand nicht zitterte, erbebte die Seele! Ich weiß nicht, welches Geheimnis hinter diesem Schwanken und Kämpfen liegt. Ich bin wohl ganz einfach ein elendes Weib, habe keinen festen Willen und hätte nur in der Liebe stark sein können. Ich verachte mich! Am Abend, wenn meine Leute schliefen, ging ich tapfer an den Teich; aber wenn ich am Ufer stand, schauderte meiner schwachen Natur vor der Vernichtung. Ich gestehe Ihnen, wie schwach ich bin. Wenn ich wieder im Bett war, schämte ich mich vor mir und wurde wieder mutig. In einem solchen Augenblick habe ich Laudanum genommen;

ich habe schreckliche Qualen ausgestanden, aber ich bin nicht gestorben. Ich glaubte, ich hätte das ganze Fläschchen ausgetrunken; aber ich hatte die Hälfte darin gelassen.« – »Sie sind verloren; Frau Marquise«, sagte der Pfarrer ernst und mit tränenerstickter Stimme; »Sie werden in die Welt zurückkehren und werden die Welt betrügen. Sie werden eine Entschädigung für Ihre Leiden haben wollen und werden etwas suchen und etwas finden, was Sie dafür ansehen; und eines Tages werden Sie für Ihre Lüste zu büßen haben ...« – »Ich«, rief sie, »ich sollte dem ersten besten Schelm, der die Posse der Verliebtheit spielen kann, die letzten, kostbarsten Schätze meines Herzens überliefern und mein Leben für einen Augenblick zweifelhafter Lust zugrunde richten? Nein! Meine Seele wird von einer reinen Flamme verzehrt werden. Monsieur, alle Männer haben die Sinne ihres Geschlechts; aber einer, der eine Seele hat und so allen Forderungen unserer Natur genugtut, deren sanfte Harmonie sich nur unter dem Druck der Gefühle aufschwingt, so einer tritt nicht zweimal in unser Dasein. Meine Zukunft ist furchtbar, ich weiß es: die Frau ist nichts ohne Liebe; die Schönheit ist nichts ohne Lust; aber würde nicht die Gesellschaft mein Glück verdammen, wenn es noch einmal zu mir käme? Ich schulde meiner Tochter eine ehrbare Mutter. Oh, ich bin in einem Teufelskreis, und nie kann ich ohne Schmach aus ihm erlöst werden. Die Pflichten gegen die Familie, für deren Erfüllung es keinen Lohn gibt, werden mich langweilen; ich werde das Leben verfluchen; aber meine Tochter soll wenigstens dem Anschein nach eine Mutter haben. Ich werde ihr Schätze an Tugend hinterlassen für die Schätze der Mutterliebe, um die ich sie bringen muß. Ich habe nicht einmal den Wunsch zu leben, um nach Art der Mütter an dem Glück des Kindes Freude zu haben. Ich glaube nicht ans Glück. Was wird Hélènes Los sein? Ohne Zweifel dasselbe wie meins. Was können die Mütter tun, um sicher zu sein, daß der Mann, dem ihre Töchter sich preisgeben, der Gatte ihres Herzens sein wird? Ihr schmäht arme Geschöpfe, die sich für ein paar Taler an einen Mann, den sie auf der Straße treffen, verkaufen: diese flüchtigen Paarungen werden vom Hunger und der Not entschuldigt; aber die Gesellschaft duldet und ermutigt die in ganz anderer Art gräßliche Verbindung eines jungen unschuldigen Mädchens mit einem Mann, den sie noch keine drei Monate gesehen hat; es ist auf Zeit seines Lebens verkauft. Wahrlich, der Preis ist hoch! Wenn ihr Männer, die ihr einer Frau keinerlei Entschädigung für ihr Unglück gewährt, sie wenigstens ehrtet! Aber nein, die Gesellschaft verleumdet die tugendhaftesten unter uns! Das sind die zwei Seiten unseres Schicksals: öffentliche Prostitution und Schande auf der einen, geheime Prostitution und Unglück auf der andern Seite. Und die armen Mädchen ohne Mitgift verderben und sterben; für sie gibt es kein Mitleid. Schönheit und Tugend haben in eurem Menschenbasar keinen Wert, und diese Lasterhöhle des Egoismus nennt ihr Gesellschaft! Enterbt doch die Frauen! Dann würdet ihr doch wenigstens ein Naturgesetz bei der Wahl eurer Gefährtinnen erfüllen und würdet eure Gattinnen nach der Stimme eures Herzens wählen.« – »Madame, Ihre Reden beweisen mir, daß der Geist der Familie so wenig in Ihnen lebt wie der Geist der Religion. Daher werden Sie auch zwischen dem Egoismus der Gesellschaft, der Sie verwundet, und dem Egoismus des Individuums, der Ihnen Lust und Genuß vorspiegelt, nicht schwanken ...« – »Gibt es denn eine Familie, Monsieur? Ich leugne die Familie in einer Gesellschaft, die beim Tode des Vaters oder der Mutter den Besitz teilt und jeden seiner Wege schickt. Die Familie ist eine vorübergehende und zufällige Vereinigung, die der Tod ohne weiteres auflöst. Unsere Gesetze haben die Besitzungen, das Erbeigentum, den Fortbestand der Ideale und der Traditionen zunichte gemacht. Ich sehe nur Trümmerhaufen um mich.« – »Madame, Sie werden erst zu Gott zurückkehren, wenn seine Hand schwer auf Ihnen ruhen wird, und ich wünsche, Sie möchten Zeit genug haben, Ihren Frieden mit ihm zu machen.

Sie suchen darin Ihren Trost, daß Sie die Augen zur Erde richten, anstatt sie zum Himmel emporzuheben. Die weltliche Philosophiererei und das persönliche Interesse haben von Ihrem Herzen Besitz ergriffen; Sie sind taub für die Stimme der Religion, wie es die Kinder dieses Jahrhunderts sind, dem der Glaube fehlt! Die Freuden der Welt können nur Leiden erzeugen. Sie werden Ihre Schmerzen nur vertauschen, das ist das einzige, wozu Sie es bringen.« – »Ich werde Ihre Prophezeiungen Lügen strafen«, erwiderte sie mit bitterem Lächeln, »ich werde dem treu bleiben, der für mich gestorben ist.« – »Der Schmerz«, antwortete er, »ist nur in den Seelen, die der Religion zugänglich waren, lebensfähig.«

Er senkte respektvoll die Augen, um die Zweifel nicht sehen zu lassen, die vielleicht in seinem Blick lagen. Die Energie der Klagen, welche die Marquise vorbrachte, hatte ihn traurig gestimmt. Er kannte das Ich des Menschen, wie es sich in tausend Formen versteckt, und hatte keine Hoffnung, dieses Herz zu besänftigen, das das Unglück ausgedörrt hatte, anstatt es zu erweichen, dieses Herz, in dem das Samenkorn des himmlischen Sämanns nicht aufkeimen konnte, weil seine sanfte Stimme von dem lauten, fürchterlichen Schrei des Egoismus übertönt wurde. Trotzdem war er hartnäckig wie ein Apostel und kam mehrere Male wieder; er wollte die Hoffnung lange nicht aufgeben, diese edle und stolze Seele zu Gott zurückzuführen; aber als er eines Tages merkte, daß die Marquise nur gerne mit ihm plauderte, weil es ihr wohltat, von dem zu reden, der nicht mehr unter den Lebenden weilte, sank sein Mut. Sein heiliges Amt wollte er nicht damit herabwürdigen, daß er sich zum Diener einer Leidenschaft machte; er stellte diese Gespräche ein und beschränkte sich nach und nach auf die üblichen Redensarten und Gemeinplätze der Konversation. So kam der Frühling heran. Die Marquise fand Beschäftigungen, die sie von ihrem tiefen Kummer ablenkten; zur Zerstreuung gab sie sich mit ihrer Besitzung ab, auf der sie diese und jene Arbeiten anordnete. Im Oktober verließ sie dann ihr altes Schloß Saint-Lange; sie war inzwischen in dem untätigen Bebrüten eines Kummers, der zuerst heftig wie ein Wurfgeschoß gewesen war, das mit starker Hand fortgeschleudert wird, schließlich aber in Melancholie geendet hatte, wie ein Diskus nach immer schwächer werdenden Schwingungen endlich zum Stehen kommt, frisch und strahlend geworden. Die Melancholie setzt sich aus einer Reihe ähnlicher seelischer Schwingungen zusammen, deren erste an die Verzweiflung, deren letzte aber an die Lust grenzt: in der Jugend ist sie die Morgendämmerung, im Alter das Abendrot.

Als ihre Equipage durchs Dorf fuhr, wurde die Marquise von dem Pfarrer gegrüßt, der gerade aus der Kirche ins Pfarrhaus ging; sie erwiderte den Gruß, hob aber die Augen nicht und wandte den Kopf, um ihn nicht noch einmal zu sehen. Der Priester hatte gegen diese arme Artemisia von Ephesus nur allzu recht behalten.

3. Mit dreißig Jahren

Ein hoffnungsvoller junger Mann, der zu einer der historischen Familien gehörte, deren Namen immer, entgegenstehenden Gesetzen zum Trotz, mit Frankreichs Ruhm innig verknüpft sein werden, befand sich auf dem Ball bei Madame Firmiani. Die Dame hatte ihm ein paar Empfehlungsbriefe an zwei oder drei Freundinnen in Neapel gegeben. Charles de Vandenesse – so hieß der junge Mann – wollte ihr dafür danken und sich verabschieden. Vandenesse, der sich schon mehrerer Aufgaben geschickt entledigt hatte, war unlängst Attaché eines unserer zum Kongreß nach Laibach entsandten Bevollmächtigten geworden und wollte seine Reise benutzen, um Italien kennenzulernen. Dieses Fest war also ein Abschiednehmen von den Genüssen von Paris, von diesem stürmischen Leben, diesem Wirbel von Gedanken und Vergnügungen, den man so oft schmäht und dem man sich doch so gern hingibt. Charles de Vandenesse war seit drei Jahren daran gewöhnt, je nach den Wechselfällen seiner diplomatischen Laufbahn, die Hauptstädte Europas zu begrüßen und wieder zu verlassen; er gab indessen in Paris nicht viel auf, was zurückzulassen er hätte bedauern müssen. Die Frauen machten auf ihn fast keinen Eindruck mehr; es mag dahingestellt bleiben, ob er der Meinung war, eine wahre Leidenschaft nehme im Leben eines Politikers zuviel Platz ein, oder ob die Armseligkeiten der oberflächlichen Galanterie ihn für eine starke Seele zu eitel dünkten. Wir geben alle vor, mit einer starken Seele begabt zu sein. In Frankreich will kein Mensch, sei er noch so mittelmäßig, lediglich für geistreich gelten. So hatte Charles sich, wiewohl er noch jung war – er zählte kaum dreißig Jahre –, schon an die philosophische Art gewöhnt, dort Ideen, Resultate, Mittel festzustellen, wo die Männer seines Alters Gefühle, Freuden und Illusionen sehen. Er verbannte die Wärme und den Überschwang, die den jungen

Leuten natürlich sind, in die Tiefe seiner Seele, die von Natur aus edel war. Er bemühte sich, einen kalten Rechner aus sich zu machen: in Manieren, liebenswürdige Formen, Verführungskünste zu verwandeln, was ihm die Natur an seelischen Schätzen verliehen hatte; so übte er sich in der eigentlichen Aufgabe des Ehrgeizigen, in der tristen Rolle, die dem Zwecke dient, eine glänzende Karriere zu machen. Er warf einen letzten, raschen Blick in die Salons, in denen man tanzte. Offenbar wollte er, ehe er den Ball verließ, einen Gesamteindruck mitnehmen, wie kein Zuschauer seine Loge in der Großen Oper verläßt, ohne das Schlußbild anzusehen. Aus einer begreiflichen Laune betrachtete Monsieur de Vandenesse das echt französische Treiben, den Glanz und die lachenden Gesichter dieses Pariser Festes und stellte sie in Gedanken neben die neuen Gesichter, die malerischen Szenen, die ihn in Neapel erwarteten; dort wollte er, ehe er sich auf seinen Posten begab, ein paar Tage zubringen. Er schien das so verschiedenartige und doch so wohlbekannte Frankreich mit einem Lande vergleichen zu wollen, dessen Sitten und Landschaften ihm nur aus widerspruchsvollen Berichten oder aus meistens schlecht geschriebenen Büchern bekannt waren. Etliche poetische, inzwischen jedoch ziemlich allgemein gewordene Gedanken gingen ihm durch den Kopf; sie gaben, vielleicht unbewußt, Antwort auf die geheimen Wünsche seines Herzens, das eher anspruchsvoll als abgestumpft, eher unausgefüllt als verbraucht war.

›Da sind nun‹, sagte er sich, ›die elegantesten, reichsten und vornehmsten Frauen von Paris. Hier sind die Tagesberühmtheiten, die Helden des politischen Geschehens, die Repräsentanten der Aristokratie und der Literatur; dort die Künstler und die Männer von Macht und Einfluß. Und doch sehe ich nichts als kleine Intrigen, totgeborene Liebe, nichtssagendes Lächeln, grundlosen Hochmut, glutlose Blicke, viel Geist, der ziellos verschwendet wird. All diese weißen und rosigen Gesichter suchen weniger die wirkliche Freude als platte Zerstreuung. Kein wahres Gefühl. Wollt ihr nur gutgesteckte Federn, duftigen Tüll, hübsche Toiletten, zierliche Frauen sehen; ist das Leben für euch nur eitel Oberfläche, die ihr streift, so ist das hier eure Welt. Begnügt euch mit nichtigen Phrasen, entzückenden Grimassen und verlangt kein Herz in der Brust. Mich aber ekelt vor diesen durchsichtigen Machenschaften, die mit der Hochzeit, mit einer Unterpräfektur oder einem fetten Posten oder, wenn es sich um die Liebe handelt, mit geheimen Übereinkünften enden; so sehr schämt man sich, den Anschein eines echten Empfindens zu zeigen. Ich sehe nicht ein einziges wahres Gesicht, dessen beredte Züge von einer Seele künden, die sich einer Idee und einem quälenden Gewissen in gleicher Weise hingeben kann. Kummer und Leid verbergen sich hier schamhaft unter Tändelei. Ich sehe keine einzige von den Frauen, mit denen ich kämpfen möchte und die einen in einen Abgrund reißen. Wo ist in Paris noch Willenskraft zu finden? Ein Dolch ist hier ein Kuriosum, das man an einen goldenen Nagel hängt oder in ein hübsches Futteral steckt. Weiber, Ideen, Empfindungen, alles gleicht einander. Es gibt hier keine Leidenschaften mehr, weil die Persönlichkeiten verschwunden sind. Rang, Geist, Vermögen, alles ist gleichgemacht worden; wir haben alle den schwarzen Rock angezogen, als wollten wir um das gestorbene Frankreich Trauer tragen. Wir lieben unsersgleichen nicht. Zwischen zwei Liebenden müssen Unterschiede getilgt, Klüfte ausgefüllt werden. Dieser Zauber der Liebe ist anno 1789 zugrunde gegangen! Unsere Langeweile, unsere faden Sitten sind das Ergebnis des politischen Systems. In Italien hat wenigstens alles noch grelle Farben. Dort sind die Frauen noch Raubtiere, gefährliche Sirenen ohne Vernunft; ihre ganze Logik besteht in ihrem Geschmack, ihren Gelüsten, und man muß vor ihnen auf der Hut sein wie vor Tigern ...‹

Madame Firmiani unterbrach diesen Monolog, dessen tausend einander widersprechende, unfertige, wirre Einfälle nicht wiederzugeben sind. Der ganze Wert der Träumerei liegt in ihrer Unbestimmtheit; ist sie nicht eine Art geistigen Nebels?

»Ich will Sie«, sagte sie und legte ihm die Hand auf den Arm, »einer Frau vorstellen, die nach dem, was sie von Ihnen gehört hat, den lebhaftesten Wunsch hat, Sie kennenzulernen.«

Sie führte ihn in einen anstoßenden Salon und wies mit einer Gebärde, einem Lächeln und einem Blick, die echt pariserisch waren, auf eine Frau, die am Kamin saß.

»Wer ist das?« fragte der Comte de Vandenesse lebhaft. »Eine Frau, über die Sie sich gewiß mehr als einmal unterhalten haben, um sie zu rühmen oder zu lästern; eine Frau, die ein einsames Leben führt und die wahrhaft geheimnisvoll ist.« – »Wenn Sie je im Leben gnädig gewesen sind, nennen Sie mir ihren Namen!« – »Die Marquise d'Aiglemont.« – »Ich will Unterricht bei ihr nehmen: sie hat aus einem sehr mittelmäßigen Mann einen Pair von Frankreich, aus einer Null einen Mann von politischer Bedeutung zu machen verstanden. Aber sagen Sie mir, glauben Sie, daß Lord Grenville für sie gestorben ist? Einige Frauen behaupten es.« – »Vielleicht. Seit diesem Erlebnis, wenn es eins war, hat sich die arme Frau sehr verändert. Sie ist nicht in Gesellschaft gegangen. Das will in Paris etwas heißen, eine vierjährige Treue. Sie sehen sie hier nur …«

Madame Firmiani unterbrach sich und fügte dann feinsinnig hinzu: »Ich vergaß, daß ich schweigen muß. Plaudern Sie mit ihr!«

Charles blieb für einen Augenblick unbeweglich; er lehnte sich leicht an den Türrahmen und ganz in Betrachtung der Frau vertieft, die berühmt geworden war, ohne daß jemand hätte sagen können, worauf sich diese Berühmtheit gründete. Es gibt viele solche Seltsamkeiten in der Welt. Der Ruf von Madame d'Aiglemont war sicherlich nicht ungewöhnlicher als der mancher Männer, die immer mit einer unbekannten

Arbeit beschäftigt sind: Statistiker, die auf Grund von Berechnungen, die sie sich hüten je zu veröffentlichen, für grundgelehrt gehalten werden; Politiker, die von einem Zeitungsartikel zehren; Schriftsteller oder Künstler, deren Werk immer in der Mappe bleibt; Gelehrte in den Augen derer, die nichts von der Wissenschaft verstehen, wie Sganarelle bei solchen, die nicht Lateinisch können, ein großer Latinist ist; Männer, denen man in einem bestimmten Punkt eine ausgemachte Fähigkeit zubilligt, etwa eine führende Rolle in der Kunst oder eine wichtige Mission. Das wunderbare Wort: ›Das ist seine Spezialität‹ scheint für diese Art politischer oder literarischer Abnormitäten geschaffen worden zu sein. Charles blieb länger in Betrachtung versunken, als er wollte; er war unzufrieden, daß ihn eine Frau so stark beschäftigen konnte; aber die Anwesenheit dieser Frau widerlegte auch die Gedanken, die der junge Mann bei der Betrachtung der Ballgesellschaft einen Augenblick vorher gehabt hatte.

Die Marquise, die jetzt dreißig Jahre zählte, war schön, obwohl ihre Gestalt sehr schlank und überaus zart war. Ihr größter Zauber lag auf dem Antlitz, dessen Ruhe von einer wunderbaren Seelentiefe sprach. Ihre Augen, die strahlend waren und doch von einem ständigen Gedanken wie verschleiert schienen, verrieten ein fieberhaftes Leben und die stärkste Entsagung. Ihre Lider, die fast immer keusch zur Erde gesenkt waren, hoben sich selten. Sah sie einmal um sich, so war es eine Regung der Trauer; man konnte den Eindruck haben, sie bewahre das Feuer ihrer Blicke für geheime Betrachtungen. So kam es, daß sich jeder bedeutende Mann zu dieser stillen, sanften Frau seltsam hingezogen fühlte. Der Verstand suchte die Geheimnisse des fortwährenden Rückzugs dieser Frau aus der Gegenwart in die Vergangenheit, aus der Gesellschaft in ihre Einsamkeit zu ergründen, und die Seele war nicht minder begierig, die Geheimnisse eines Herzens aufzuspüren, das sich mit seinen Leiden zu brüsten schien. Und nichts an ihr strafte die Eindrücke, die sie zuerst hervorrief, Lügen. Wie fast alle Frauen mit üppigem Haarwuchs, war sie blaß und hatte einen überaus reinen und zarten Teint, der – das Symptom trügt selten – eine echte Empfindsamkeit anzeigte. Davon sprachen auch ihre Züge, die ganz die zauberhafte Vollendung hatten, die die chinesischen Maler ihren phantastischen Frauengesichtern geben. Ihr Hals war vielleicht etwas lang; aber ein solcher Hals ist besonders grazil und verleiht dem weiblichen Kopf eine gewisse Ähnlichkeit mit den magischen Bewegungen der Schlange. Gäbe es kein einziges der tausend Anzeichen, in denen sich dem Beobachter die verborgensten Naturen offenbaren, so könnte es ihm genügen, die mannigfachen Bewegungen des Kopfes und die Wendungen des Halses, die so überaus ausdrucksvoll sind, zu studieren, um eine Frau zu beurteilen. Bei der Marquise d'Aiglemont stand die äußere Erscheinung in Einklang mit dem innern Leben, das ihre Person beherrschte. Die reichen Flechten ihres Haares bildeten einen hohen Kranz auf ihrem Kopf, den kein weiterer Schmuck zierte: sie schien den Toilettekünsten für immer den Abschied gegeben zu haben. So konnte man an ihr keine der koketten kleinen Berechnungen entdecken, die so viele Frauen verdirbt. So bescheiden indessen auch ihr Mieder war, es konnte ihre zierliche, anmutige Taille nicht verbergen. Der Luxus ihres langen Kleides bestand in einem überaus vornehmen Schnitt; und wenn man von der Anordnung eines Stoffes auf bestimmte Ideen schließen darf, könnte man sagen, daß die zahlreichen schlichten Falten ihres Gewandes ihr einen stolzen Adel verliehen. Die unzerstörbaren Schwächen der Frau verriet sie vielleicht trotzdem durch die peinliche Sorgfalt, die sie auf ihre Hände und ihre Füße verwandte; obwohl sie diese indessen mit einem gewissen Vergnügen zeigte, wäre es der boshaftesten Rivalin schwergefallen, ihre Handbewegungen affektiert zu finden; sie schienen völlig unwillkürlich oder kindlichen Gewohnheiten zu entstammen. Dieser Rest von Koketterie wurde überdies aufgewogen durch die anmutigste Unbekümmertheit. Diese Vielzahl von Eigenschaften, diese Gesamtheit von Details, die eine Frau häßlich oder schön, anziehend oder abstoßend machen, können nur angedeutet werden, besonders wenn, wie bei Madame d'Aiglemont, die Seele das Band aller Einzelheiten ist und ihnen eine entzückende Einheit aufprägt. So stimmte auch ihre Haltung völlig zu dem Charakter ihres Gesichtes und ihrer äußeren Erscheinung. Nur in einem gewissen Alter können die Frauen, und auch da nur einige auserwählte, ihren Bewegungen eine Art Sprache geben. Ist es der Kummer, ist es das Glück, das der Frau von dreißig Jahren, der glücklichen oder unglücklichen Frau, das Geheimnis dieser beredten Haltung verleiht? Das wird immer ein lebendiges Rätsel sein, das jeder nach seinen Wünschen, seinen Hoffnungen oder seinem System zu lösen versucht. Die Art, wie die Marquise ihre Ellbogen auf die Stuhllehnen stützte und die Fingerspitzen der beiden Hände wie spielerisch zusammenlegte; die Biegung ihres Halses, das Sich-gehen-Lassen ihres müden, aber geschmeidigen Körpers, der wie zerbrochen zart in dem Sessel lag; die ungezwungene Stellung ihrer Beine, ihre ganze lässige Haltung, ihre matten Bewegungen, alles offenbarte eine Frau, die kein Interesse im Leben hat, die die Wonnen der Liebe nicht gekannt, aber von ihnen geträumt hat, und die sich unter der Last ihrer Erinnerungen beugt; eine Frau, die seit langem an der Zukunft oder an sich selber verzweifelt ist; eine Frau ohne Beschäftigung, die die Leere für das Nichts nimmt. Charles de Vandenesse bewunderte dieses prächtige Bild, aber wie das Erzeugnis einer geschickteren Manier, als man sie bei gewöhnlichen Frauen antrifft. Er kannte d'Aiglemont. Beim ersten Blick auf diese Frau, die er noch nicht gesehen hatte, erkannte der junge Diplomat ein zu starkes Mißverhältnis, eine zu ausgeprägte Unvereinbarkeit (gebrauchen wir den juristischen Ausdruck) zwischen diesen beiden Menschen, als daß es der Marquise möglich sein konnte, ihren Gatten zu lieben. Indessen, Madame d'Aiglemont führte einen untadeligen Lebenswandel, und ihre Tugend verlieh allen Geheimnissen, die ein Beobachter hinter ihr suchen konnte, einen noch höheren Preis. Als seine erste Überraschung überwunden war, suchte Vandenesse nach der besten Art, Madame d'Aiglemont anzusprechen, und nahm sich mit einer nicht allzu ungewöhnlichen Diplomatenlist vor, sie in Verlegenheit zu setzen, um zu erfahren, wie sie eine Keckheit aufnehmen würde.

»Madame«, sagte er, indem er sich zu ihr setzte, »eine glückliche Indiskretion hat mich wissen lassen, daß ich, ich weiß nicht durch welchen Vorzug, das Glück habe, von Ihnen ausgezeichnet zu werden. Ich bin Ihnen um so größeren Dank schuldig, als ich niemals Gegenstand einer solchen Gunst geworden bin. Sie werden also für einen Fehler von mir verantwortlich sein. Von jetzt an will ich nicht mehr bescheiden sein ...« – »Da hätten Sie unrecht«, erwiderte sie heiter; »die Eitelkeit muß man denen überlassen, die nichts anderes aufzuweisen haben.«

Es entspann sich nunmehr zwischen der Marquise und dem jungen Mann ein Gespräch, das, wie üblich, in einem Zug eine Menge Gegenstände berührte: Malerei, Musik, Literatur, Politik, Männer, Ereignisse und Sachen. Dann kamen sie mit unmerklicher Wendung auf das ewige Thema aller Plaudereien in Frankreich und im Ausland: Liebe, Empfindung und Frauen.

»Wir sind Sklavinnen.« – »Sie sind Königinnen.«

Die mehr oder weniger geistreichen Reden, die Charles und die Marquise austauschten, konnten auf diesen einfachen Ausdruck aller gegenwärtigen und künftigen Gespräche über diesen Gegenstand zurückgeführt werden. Und diese zwei Sätze besagen in einem bestimmten Moment nie etwas anderes als: ›Lieben Sie mich. – Ich werde Sie lieben.‹

»Madame«, rief Charles de Vandenesse verhalten, »Sie lassen es mich lebhaft bedauern, daß ich Paris verlassen muß. Ich werde gewiß in Italien keine so geistvolle Stunde finden, wie es diese gewesen ist.« – »Vielleicht treffen Sie das Glück dort, und das ist mehr wert als all die wahren oder falschen geistreichen Gedanken, die allabendlich in Paris ausgesprochen werden.«

Als Charles sich von der Marquise trennte, hatte er die Erlaubnis, sie zu besuchen, um sich von ihr zu verabschieden. Er schätzte sich, als er sich zur Ruhe begab, sehr glücklich, sein Begehren in aufrichtiger Form vorgebracht zu haben, und tags darauf war es ihm den ganzen Tag über unmöglich, das Bild dieser Frau zu verjagen. Bald fragte er sich, warum die Marquise ihn ausgezeichnet hatte; was für Absichten hinter ihrem Verlangen, ihn wiederzusehen, steckten; und er versuchte sich in unerschöpflichen Erklärungen. Bald glaubte er, die Motive dieses Interesses gefunden zu haben; er berauschte sich an Hoffnungen und ernüchterte sich wieder, je nach der Art, wie er diesen höflichen Wunsch, der in Paris so üblich ist, auslegte. Bald bedeutete er alles, bald nichts. Kurz, er wollte der Neigung, die ihn zu Madame d'Aiglemont zog, widerstehen; aber er ging hin. Es gibt Gedanken, denen wir gehorchen, ohne sie zu kennen; sie sind in uns, und wir wissen es nicht. Diese Erwägung mag mehr paradox als wahr scheinen; aber wer ehrlich ist, findet tausend Beweise für sie in seinem Leben. Als Charles sich zur Marquise begab, gehorchte er einem der von vornherein feststehenden Pläne, die in unserer Erfahrung und der bewußten Errungenschaft unseres Geistes nachher bloß zu ihrer deutlichen Entwicklung gelangen. Eine Frau von dreißig Jahren besitzt für einen jungen Mann unwiderstehlichen Zauber; daher ist nichts natürlicher, nichts stärker gesponnen und fester vorherbestimmt als die tiefe Neigung zwischen einer Frau wie der Marquise und einem jungen Mann wie Vandenesse, für die wir in der Gesellschaft so viele Beispiele finden. Ein junges Mädchen hat in der Tat zu viele Illusionen, zuviel Unerfahrenheit, und zuviel hat mit ihrer Liebe das Geschlecht zu tun, als daß diese Liebe einem jungen Mann schmeicheln könnte; eine Frau aber kennt die ganze Tragweite der Opfer, die sie bringt. Wo die eine von der Neugier, von Verlockungen, die nichts mit der Liebe zu tun haben, getrieben wird, gehorcht die andere einem bewußten Gefühl. Die eine gibt nach, die andere wählt. Ist nicht diese Wahl schon eine außerordentliche Schmeichelei? Die geprüfte Frau, die mit einem Wissen ausgerüstet ist, das sie fast immer teuer, mit ihrem Unglück, erkauft hat, scheint, wenn sie sich hingibt, mehr als sich selbst zu geben; das junge Mädchen hingegen, das noch unwissend und gläubig ist, weiß von nichts, kann nichts vergleichen, nichts recht einschätzen; sie empfängt die Liebe und studiert sie. Die eine leitet und lehrt uns in einem Alter, wo man sich gerne führen läßt, wo der Gehorsam ein Vergnügen ist; die andere will alles erfahren und zeigt sich da naiv, wo die erste zärtlich ist. Jene gewährt dem Manne nur einen einzigen Triumph; diese zwingt ihn zu unaufhörlichen Kämpfen. Die erste hat nur Tränen und Wonnen, die andere hat Wollust und Reue. Damit ein junges Mädchen Geliebte wird, muß sie ganz verdorben sein, und der Mann verläßt sie mit Abscheu, während eine Frau tausend Mittel hat, um zugleich ihre Macht und ihre Würde zu behaupten. Die eine ist zu unterwürfig und gewährt dem Manne die eintönige Sicherheit der Ruhe, die andere hat zuviel zu verlieren, um nicht die tausend Verwandlungen der Liebe zu fordern. Die eine entehrt sich ganz allein, die andere tötet euch zuliebe eine ganze Familie. Das junge Mädchen hat eine einzige Koketterie und glaubt alles getan zu haben, wenn es seine Kleider ablegt; die Frau hingegen hat ihrer unzählige und verbirgt sich unter tausend Schleiern; kurz, sie schmeichelt allen Formen der Eitelkeit, während die Anfängerin nur eine einzige befriedigt. Der junge Mann erregt sich überdies über das Zögern, die Angst, das Bangen, die Verwirrung und den Sturm bei der Frau von dreißig Jahren, die er alle niemals in der Liebe eines jungen Mädchens antrifft. Hat eine Frau dieses Alter erreicht, so verlangt sie von dem jungen Mann, er solle ihr die Achtung wiedergeben, die sie ihm geopfert hat; sie lebt für ihn, beschäftigt sich mit seiner Zukunft, will sein Leben glänzend gestalten, befiehlt ihm, Ruhm zu erlangen; sie gehorcht, bittet und befiehlt, erniedrigt sich und steht über ihm; bei tausend Gelegenheiten kann sie Trost spenden, wo das junge Mädchen nichts kann als jammern. Schließlich kann sich die Frau von dreißig Jahren, abgesehen von den Vorzügen ihrer gesellschaftlichen Stellung, zum jungen Mädchen machen, kann alle Rollen spielen, kann züchtig und schamhaft sein und kann selbst durch ein Unglück schöner werden. Zwischen diesen beiden klafft der unermeßliche Abstand des Vorhergesehenen und des Ungeahnten, der Kraft und der Schwäche. Die Frau von dreißig Jahren befriedigt alles, während das junge Mädchen aus Angst, keines mehr zu sein, nichts gewähren darf. Diese Gedanken und Stimmungen kommen im Herzen eines jungen Mannes hoch und fügen sich in ihm zur stärksten Leidenschaft: sie vereinigt in sich die künstlichen Empfindungen, die von den Sitten erzeugt werden, mit den wirklichen Empfindungen der Natur.

Der wichtigste und entscheidendste Schritt im Leben der Frauen ist gerade der, den eine Frau immer als den unbedeutendsten ansieht. Wenn sie verheiratet ist, gehört sie sich nicht mehr, sie ist Königin und Sklavin des häuslichen Herdes. Die Heiligkeit der Frau ist unvereinbar mit den Pflichten und den Freiheiten der großen Welt. Die Frauen emanzipieren heißt sie verderben. Einem Fremden erlauben, in das Heiligtum der Häuslichkeit einzutreten, heißt das nicht sich auf Gnade oder Ungnade ausliefern? Wenn aber eine Frau ihn hinzieht, ist das nicht ein Fehltritt oder, genauer gesagt, der Anfang eines Fehltritts? Man muß diese Theorie in ihrer ganzen Strenge akzeptieren oder die Leidenschaften freigeben. Bis zum heutigen Tag hat die Gesellschaft in Frankreich sich mit einem ›mezzo termine‹ beholfen: sie macht sich über das Unglück lustig. Wie die Spartaner, die nur die Ungeschicklichkeit bestraften, scheint sie den Betrug zuzulassen. Vielleicht indessen ist dieses System sehr klug. Die allgemeine Verachtung ist die furchtbarste aller Strafen, weil sie die Frau ins Herz trifft. Das allerwichtigste für die Frauen ist, daß sie respektiert werden, denn ohne Achtung existieren sie nicht mehr: darum ist Achtung das erste, was sie von der Liebe verlangen. Die Verderbteste unter ihnen verlangt vor allem andern Absolution für die Vergangenheit, wenn sie ihre Zukunft verkauft; sie versucht ihrem Liebhaber beizubringen, daß sie die Ehren, die die Welt ihr verweigern wird, gegen unwiderstehliche Wonnen eintauscht. Jeder Frau, die zum erstenmal einen jungen Mann bei sich empfängt und sich mit ihm allein sieht, muß die eine oder andere dieser Betrachtungen kommen, besonders wenn er, wie Charles de Vandenesse, von schöner Gestalt oder geistvoll ist. Und dementsprechend wird es kaum einen jungen Mann geben, der nicht irgendwelche geheimen Wünsche hätte, die sich auf eine von tausend Vorstellungen gründen, die die angeborene Liebe zu einer so schönen, geistvollen und unglücklichen Frau, wie es die Marquise d'Aiglemont war, rechtfertigen. So war denn die Marquise, als ihr Monsieur de Vandenesse gemeldet wurde, verwirrt genug; und er war, trotz der Sicherheit, die bei den Diplomaten fast eine Art Kleidungsstück ist, voller Scham. Jedoch zeigte die Marquise bald jenes wohlwollende Wesen, hinter dem die Frauen sich gegen die Deutungen der Eitelkeit verschanzen. Diese Haltung schließt jeden Hintergedanken aus und hält das Gefühl sozusagen in Grenzen, indem sie dieses in die Formen der Höflichkeit zwängt. Die Frauen halten sich dann so lange, wie sie wollen, in dieser zweideutigen Situation wie an einem Kreuzweg auf, von dem die Straßen je nachdem zur Achtung, zur Gleichgültigkeit, zum Erstaunen oder zur Leidenschaft führen. Nur mit dreißig Jahren kann eine Frau die Vorteile dieser Situation beherrschen. Sie versteht es dann zu lachen, zu scherzen, gerührt zu sein, ohne sich etwas zu vergeben. Sie besitzt nunmehr den nötigen Takt, um bei einem Manne alle Saiten der Empfindung anzuschlagen und auf die Töne zu lauschen, die sie aus ihm hervorlockt. Ihr Schweigen ist ebenso gefährlich wie ihre Worte. Ihr erratet nie, ob sie in diesem Alter aufrichtig oder falsch ist, ob sie sich verstellt oder ob sie es mit ihren Geständnissen ehrlich meint. Nachdem sie euch zunächst das Recht eingeräumt hat, mit ihr zu kämpfen, beschließt sie dann plötzlich das Geplänkel mit einem Wort, einem Blick, einer der Gebärden, deren Stärke ihr vertraut ist; sie entläßt euch und hütet euer Geheimnis wohl; sie steht in gleicher Weise unter dem Schutz ihrer Schwäche wie dem eurer Stärke und hat die Freiheit, euch mit einem Scherzwort zu opfern oder sich mit euch abzugeben. Obwohl die Marquise sich bei diesem ersten Besuch auf dieses neutrale Gebiet begab, verstand sie es doch, dabei die hohe Würde der Frau völlig zu bewahren. Ihre geheimen Leiden schwebten immer über ihrer künstlichen Heiterkeit wie ein leichtes Gewölk, das die Sonne nicht völlig verbirgt. Vandenesse schien es, als er ging, er hätte in dieser Unterhaltung ungekannte Wonnen gekostet; aber er blieb überzeugt, daß die Marquise eine der Frauen war, deren Eroberung einem zu teuer zu stehen kommt, als daß man es wagen darf, sie zu lieben.

›Das wäre‹, sagte er sich beim Fortgehen, ›eine unabsehbare Liebe aus der Ferne, ein Briefwechsel, der jeden ehrgeizigen zweitrangigen Beamten ermüden würde! Freilich, wenn ich wollte …‹

Dieses ›wenn ich wollte‹ ist immer das Verhängnis der Eigensinnigen gewesen. In Frankreich führt die Eigenliebe zur Leidenschaft.

Charles besuchte Madame d'Aiglemont zum zweitenmal und glaubte zu bemerken, daß sie an seiner Unterhaltung Gefallen fand. Anstatt sich unbefangen dem Liebesglück hinzugeben, wollte er eine Doppelrolle spielen. Er versuchte leidenschaftlich zu erscheinen und danach kaltblütig den Fortgang dieses Liebeshandels zu analysieren, zugleich Liebender und Diplomat zu sein; aber er war jung und großherzig, und diese Prüfung mußte ihn in eine grenzenlose Liebe treiben; denn ob sie nun arglistig oder aufrichtig war, die Marquise war ihm immer überlegen. Jedesmal, wenn er Madame d'Aiglemont verließ, beharrte Charles in seinem Mißtrauen und unterwarf die fortschreitenden Stadien, die seine Seele durchliefen, einer strengen Prüfung, die seine eigenen Empfindungen tötete.

›Heute‹, sagte er sich nach dem dritten Besuch, ›hat sie mir zu verstehen gegeben, daß sie sehr unglücklich ist und allein im Leben steht, daß sie, wenn ihre Tochter nicht wäre, sehnlichst zu sterben begehrte. Sie war völlig entsagungsvoll. Ich bin aber doch weder ihr Bruder noch ihr Beichtvater, warum hat sie mir ihren Kummer anvertraut? Sie liebt mich.‹

Zwei Tage später griff er beim Fortgehen die Sitten unserer Zeit scharf an: ›Die Liebe nimmt die Farbe jedes Jahrhunderts an. Im Jahre 1822 ist sie doktrinär. Anstatt sie wie früher durch Tatsachen zu beweisen, diskutiert und erörtert man sie jetzt und hält von der Tribüne herab über sie Reden. Die Frauen verfügen über drei Mittel: erstens stellen sie unsere Leidenschaft in Frage, bestreiten uns die Kraft, so stark zu lieben wie sie. Koketterie! Die Marquise hat mich heute abend regelrecht herausgefordert. Zweitens stellen sie sich als sehr unglücklich hin, um unsern natürlichen Edelmut oder unsere Eigenliebe zu erregen. Schmeichelt es einem jungen Menschen nicht, über ein großes Mißgeschick hinwegzutrösten? Und schließlich haben sie die Manie der Jungfräulichkeit! Sie hat glauben müssen, ich hielte sie für ganz unberührt. Meine Gutgläubigkeit wird allen Berechnungen vortrefflich zustatten kommen.‹

Eines Tages aber, nachdem er all seinen Vorrat an Mißtrauen erschöpft hatte, fragte er sich, ob nicht die Marquise aufrichtig sein könnte; warum Entsagung heucheln, wenn so viele Leiden gespielt werden könnten. Sie lebte in so tiefer Einsamkeit, sie verbarg schweigend Kümmernisse, die sie kaum in dem Ton eines mehr oder minder unterdrückten

Ausrufs ahnen ließ. Von diesem Augenblick an nahm Charles ein lebhaftes Interesse an Madame d'Aiglemont. Als er jedoch zu dem gewohnten Rendezvous kam, das ihnen beiden unentbehrlich geworden war – es war ihm wie in instinktiver, stillschweigender Verabredung eine bestimmte Stunde reserviert –, fand Vandenesse seine Freundin immer noch eher gewandt als wahrhaft, und sein letztes Wort war: ›Auf mein Wort, die Frau ist äußerst schlau.‹ Diesmal trat er ein und fand die Marquise in ihrer Lieblingshaltung, einer Haltung voller Schwermut; sie hob, ohne sich zu rühren, die Augen zu ihm auf und schaute ihn mit einem jener warmen Blicke an, die für ein Lächeln gelten. Madame d'Aiglemont drückte Vertrauen, drückte wahrhafte Freundschaft aus, aber nicht Liebe. Charles setzte sich und konnte nichts sagen. Er war von einem Gefühl gepackt, das er nicht in Worte fassen konnte.

»Was haben Sie?« fragte sie ihn mit weicher Stimme. »Nichts ... Oder doch, ich denke an etwas, was Sie noch nicht gekümmert hat.« – »Woran denn?« – »Ja ... der Kongreß ist vorbei.« – »Ach so«, versetzte sie, »Sie mußten also zum Kongreß fahren?«

Eine aufrichtige Antwort wäre die beredteste und zarteste Erwiderung gewesen; aber Charles gab sie nicht. In der Miene Madame d'Aiglemonts lag eine unbefangene Freundschaft, die alle Berechnungen der Eitelkeit, alle Hoffnungen der Liebe, alle Listen des Diplomaten zerstörte, sie wußte nichts davon oder schien nichts davon zu wissen, daß sie geliebt wurde; und als Charles sich nach seiner Verwirrung wieder gesammelt hatte, mußte er sich gestehen, daß er nichts getan und nichts gesagt hatte, was diese Frau berechtigte, es anzunehmen. Monsieur de Vandenesse fand die Marquise an diesem Abend, wie sie immer war: schlicht und herzlich, wahrhaft in ihrem Kummer, glücklich, einen Freund zu haben, stolz darauf, eine Seele getroffen zu haben, die die ihre verstehen konnte; sie ging nicht darüber hinaus und schien nicht daran zu denken, daß eine Frau sich zweimal verführen lassen konnte; aber sie hatte die Liebe kennengelernt und schien sie noch frisch in der Tiefe ihres verwundeten Herzens zu tragen. Offenbar konnte sie sich nicht vorstellen, daß das Glück einer Frau seinen berauschenden Zauber zweimal bringen kann; denn sie glaubte nicht nur an den Geist, sondern vielmehr an die Seele; und für sie war die Liebe keine Verführung, sondern barg alle edlen Verführungen in sich. In diesem Augenblick verwandelte sich Charles wieder in den jungen Mann, er wurde von der Ausstrahlung eines so stolzen Charakters bezwungen und wollte in alle Geheimnisse dieses Frauenlebens eingeweiht sein, das mehr durch den Zufall als durch einen Fehltritt gebrochen zu sein schien. Madame d'Aiglemont warf ihrem Freund, als er sie nach dem Ausmaß des Kummers fragte, der ihrer Schönheit den Reiz der Trauer verlieh, nur einen Blick zu, aber dieser eindringliche Blick war wie das Siegel unter ein feierliches Abkommen.

»Stellen Sie mir solche Fragen nicht mehr!« erwiderte sie. »Genau heute vor drei Jahren ist der, der mich liebte, der einzige Mann, dessen Glück ich alles, bis auf meine Selbstachtung, geopfert hätte, gestorben; ist gestorben, um meine Ehre zu retten. Diese Liebe ist jung, rein, voller Illusionen zu Grabe gegangen. Ehe ich mich dieser Leidenschaft hingeben konnte, in die mich ein Verhängnis ohnegleichen hineintrieb, war ich durch etwas verführt worden, was so viele junge Mädchen ins Verderben stürzt: durch einen unbedeutenden, aber gutaussehenden Mann. Die Ehe hat meine Hoffnungen eine nach der andern zerpflückt. Heute habe ich das gesetzliche Glück und das Glück, das man strafbar nennt, verloren, ohne das Glück kennengelernt zu haben. Es bleibt mir nichts. Wenn ich schon nicht zu sterben verstand, will ich wenigstens meinen Erinnerungen treu bleiben.«

Bei diesen Worten weinte sie nicht, sie hielt die Augen gesenkt und preßte nervös ihre Finger, die sie wie gewohnt übereinandergelegt hatte. Das alles wurde ganz schlicht gesagt, aber der Ton ihrer Stimme sprach von einer Verzweiflung, die so tief wurzeln mußte wie ihre Liebe, und ließ Charles keinerlei Hoffnung. Dieses furchtbare Dasein, das sich in diesen drei Sätzen, untermalt von einem schwachen Händeringen, kundtat, dieser gewaltige Schmerz einer zarten Frau, dieser Abgrund hinter der Stirn einer schönen Frau, die Trostlosigkeit und die Tränen einer dreijährigen Witwenschaft – all das bezauberte Vandenesse. Er blieb schweigsam und fühlte sich klein vor dieser großen und edlen Frau: er sah nicht mehr ihre erlesene und vollendete körperliche Schönheit, nur noch die unvergleichliche Empfindsamkeit ihrer Seele. Endlich traf er das ideale Geschöpf, von dem alle, die das Leben auf die Leidenschaft gründen, die glühend nach ihr suchen und oft sterben, ohne all ihre ersehnten Schätze genossen zu haben, so schwärmerisch träumen, das Geschöpf, das sie so sehnsüchtig begehren.

Angesichts dieser Sprache und dieser erhabenen Schönheit fand Charles seine Gedanken dürftig. Er sah sich außerstande, Worte zu finden, die dieser schlichten und doch ergreifenden Szene angemessen waren, und griff zu Gemeinplätzen über das Schicksal der Frauen.

»Madame«, sagte er, »man muß seine Schmerzen vergessen können; sonst schaufelt man sich selbst das Grab.«

Aber die Vernunft wirkt gegenüber dem Gefühl immer jämmerlich, ihr sind, wie allem, was wirklich ist, Grenzen gesteckt, während die Empfindung unendlich ist. Schwunglosen Seelen ist es eigen, die Vernunft walten zu lassen, wo es zu empfinden gilt. Vandenesse schwieg also, sah Madame d'Aiglemont lange an und ging. Bislang unbekannte Gedanken rissen ihn mit sich fort und verklärten das Bild der Frau; so war er wie ein Maler, der erst die gewöhnlichen Modelle seines Ateliers als typisch genommen und dann plötzlich die ›Mnemosyne‹ des Museums entdecken sollte, die schönste und am wenigsten geschätzte der antiken Statuen. Charles war tief bewegt. Er liebte Madame d'Aiglemont mit der Treuherzigkeit der Jugend, mit der Glut, die der ersten Leidenschaft eine unsägliche Anmut und Unschuld verleiht, welche der Mann, wenn er später wieder liebt, nur noch in Trümmern wiederfindet; köstlich ist diese erste Liebe, und die Frauen, die sie hervorrufen, kosten sie fast immer mit Wonne aus, denn in diesem schönen Alter von dreißig Jahren, dem romantischen Gipfel im Leben einer Frau, können sie den ganzen Lauf dieses Lebens überschauen und in Vergangenheit und Zukunft zugleich blicken. Die Frauen kennen dann den ganzen Preis der Liebe und genießen sie in der Furcht, sie zu verlieren: noch verschönt die schwindende Jugend ihre Seele, und die Bilder einer drohenden Zukunft lassen ihre Liebe tiefer und leidenschaftlicher werden.

›Ich liebe‹, sagte diesmal Vandenesse, als er die Marquise verließ, ›und zu meinem Unglück eine Frau, die an Erinnerungen gefesselt ist. Der Kampf gegen einen Toten, der nicht mehr da ist, der keine Torheiten mehr begehen kann, der sich niemals mißliebig macht und nur noch Vorzüge besitzt, ist schwer. Heißt das nicht die Vollkommenheit in Person entthronen wollen, wenn man versucht, den Zauber der Erinnerung und die Hoffnungen zu töten, die einen verlorenen Geliebten überleben, weil er nämlich nichts als Sehnsucht erweckt hat, gerade das Schönste also und das Verführerischste, was die Liebe zu bieten hat?‹

Diese düstere Erwägung, die der Mutlosigkeit und der Furcht, kein Glück zu haben, entsprang – so fangen alle wahren Leidenschaften an –, war die letzte Berechnung seiner sterbenden Diplomatie. Von nun an hatte er keine Hintergedanken mehr, wurde der Spielball seiner Liebe und gab sich ganz den Nichtigkeiten dieses unbeschreiblichen Glückes hin, das sich von einem Wort, einem Schweigen, einer unbestimmten Hoffnung nährt. Er wollte platonisch lieben, kam Tag für Tag, um die Luft zu atmen, die Madame d'Aiglemont atmete, setzte sich in ihrem Hause fest und begleitete sie mit der Tyrannei einer Leidenschaft, die ihren Egoismus mit der völligsten Hingabe verschmilzt, überallhin. Die Liebe hat ihren Instinkt, sie findet den Weg zum Herzen, wie das winzigste Insekt mit einem unwiderstehlichen Willen, der vor nichts zurückschreckt, auf seine Blume lossteuert. So ist denn das Geschick einer Empfindung, wenn sie wahrhaftig ist, nicht zweifelhaft. Wird nicht eine Frau allen schrecklichsten Ängsten preisgegeben, wenn sie denken muß, daß ihr Leben von der mehr oder weniger großen Aufrichtigkeit, Kraft, Ausdauer abhängt, mit denen ihr Liebhaber an seinen Wünschen festhält? Es ist einer Frau, einer Gattin, einer Mutter unmöglich, sich der Liebe eines jungen Mannes zu erwehren; das einzige, was in ihrer Macht steht, ist, ihn von dem Augenblick an, wo sie das Geheimnis des Herzens errät – und eine Frau errät es immer –, nicht mehr zu sehen. Aber ein solcher Entschluß scheint zu entscheidend, als daß er einer Frau in einem Alter zugetraut werden könnte, wo die Ehe drückt, ermüdet, zur Last fällt, wo die eheliche Neigung kaum noch lau zu nennen ist, wenn sich nicht gar der Mann schon von ihr abgewandt hat. Sind die Frauen häßlich, so schmeichelt ihnen eine Liebe, die sie schön macht; sind sie jung und reizvoll, so muß die Verführung ihren eigenen Verführungskünsten ebenbürtig sein und ist dann unwiderstehlich; sind sie tugendhaft, so bringt ein erdenfrommes Gefühl sie dazu, gerade in der Größe der Opfer, die sie ihrem Geliebten bringen, und der Glorie, die sie in diesem schweren Kampf erringen, ihre Rechtfertigung zu finden. Alles ist ein Fallstrick. Und so ist gegen so starke Versuchung keine Lehre stark genug. Die strenge Einschließung, die der Frau in Griechenland und im Orient geboten war und die jetzt in England Mode wird, ist für die häusliche Moral die einzige Schutzwehr; aber die Lustbarkeiten der Welt gehen unter der Herrschaft dieses Systems zugrunde: Gesellschaft, Umgangsformen, Eleganz des guten Tones sind alsdann nicht mehr möglich. Die Völker haben zu wählen.

Einige Monate nachdem Madame d'Aiglemont Vandenesse kennengelernt hatte, fand sie denn also ihr Leben mit dem dieses jungen Mannes aufs engste verknüpft; ohne allzu verwirrt zu sein, ja sogar mit einem gewissen Vergnügen, staunte sie, daß sie seinen Geschmack und seine Gedanken teilte. Hatte sie das Gedankenleben Vandenesses angenommen, oder hatte sich Vandenesse all ihren Einfällen angepaßt? Sie grübelte nicht darüber. Die wunderbare Frau war schon vom Strudel der Leidenschaft ergriffen und redete sich immer noch mit der irreführenden Gutgläubigkeit der Angst ein: ›O nein! Ich will dem treu bleiben, der für mich gestorben ist.‹

Pascal hat gesagt: ›An Gott zweifeln heißt an ihn glauben.‹ Ebenso wehrt sich eine Frau nur, wenn sie gefangen ist. An dem Tage, an dem die Marquise sich eingestand, daß sie geliebt wurde, schwankte sie zwischen tausend widerstreitenden Empfindungen. Die abergläubischen Ängste der Erfahrung wollten sich einmischen. Würde sie glücklich sein? Konnte sie das Glück außerhalb der Gesetze finden, auf die die Gesellschaft, zu Recht oder Unrecht, ihre Moral gegründet hat? Bisher hatte ihr das Leben nur Bitternis zu kosten gegeben. Konnten die Bande, die zwei Wesen vereinten, zwischen denen die Konventionen der Gesellschaft eine Schranke errichteten, glücklich verknotet werden? Jedoch, kann das Glück je zu teuer erkauft werden? Vielleicht, daß sie endlich das Glück fände, das sie so glühend gewollt hatte, nach dem zu suchen doch auch so natürlich ist! Die Neugier verficht immer die Sache der Liebenden. Gerade als die Marquise sich diesen geheimen Betrachtungen hingab, trat Vandenesse ein. In seiner Gegenwart versank der metaphysische Spuk der Vernunft. Wenn ein Gefühl bei einem jungen Mann und bei einer Frau von dreißig Jahren in gleicher Heftigkeit ununterbrochen aufeinanderfolgende Wandlungen durchläuft, so kommt immer ein Augenblick, wo Gründe und Gegengründe sich in einer einzigen, letzten Erwägung aufheben, die in einen Wunsch mündet und diesen untermauert. Je länger der Widerstand währte, desto mächtiger ist dann die Stimme der Liebe. Hier hört denn also der Unterricht oder, besser gesagt, die Studie am ›Muskelmodell‹ auf, wenn es einer Geschichte, die die Gefahren und den Mechanismus der Liebe mehr erklären als malen will, erlaubt ist, der Malerei einen ihrer bildhaftesten Ausdrücke zu entlehnen. Von diesem Augenblick an trug jeder Tag dem Skelett neue Farben auf, bekleidete es mit den Reizen der Jugend, umgab es wieder mit Fleisch und Blut, belebte seine Bewegungen, lieh ihm den Glanz, die Schönheit, den Zauber der Empfindung und die Reize des Lebens. Charles fand Madame d'Aiglemont nachdenklich; und als er sie in dem eindringlichen Ton, der die süßen Zauberkräfte des Herzens so überzeugend macht, fragte: »Was haben Sie?«, hütete sie sich zu antworten. Diese köstliche Frage sprach von einem völligen Einklang der Seelen, und die Marquise wußte mit dem wunderbaren Instinkt des Weibes, daß Klagen oder Aussprechen ihres Leides ein gewisses Entgegenkommen gewesen wäre. Wenn schon jedes Wort eine Bedeutung hatte, die sie alle beide verstanden, welchem Abgrund schritt sie entgegen? Sie las klar und scharf in ihrem eigenen Innern und schwieg. Auch Vandenesse sprach kein Wort.

»Ich bin leidend«, begann sie endlich. Die Bedeutung des Augenblicks, in dem die Sprache der Augen ein völliger Ersatz für die Ohnmacht der Rede war, machte ihr bange.

»Madame«, erwiderte Charles mit zärtlicher, aber heftig bewegter Stimme, »Seele und Leib, alles hängt zusammen. Wenn Sie glücklich wären; wären Sie jung und blühend. Warum lehnen Sie es ab, von der Liebe all das zu begehren, was die Liebe Ihnen geraubt hat? Sie halten das Leben in einem Augenblick für beschlossen, wo es für Sie erst beginnt. Vertrauen Sie sich der Obhut eines Freundes an. Es ist so süß, geliebt zu werden!«

»Ich bin schon alt«, versetzte sie, »nichts könnte mich also entschuldigen, daß ich nicht so fortfahre zu leiden, wie ich gelitten habe. Überdies, Sie sagen, man muß lieben! Ich aber muß nicht, und ich kann nicht! Außer Ihnen, dessen Freundschaft meinem armen Leben ein bißchen guttut, gefällt mir kein Mensch, und keiner könnte meine Erinnerungen auslöschen. Ich nehme den Freund an, ich will keinen Liebhaber. Wäre es edelmütig von mir, ein welkes Herz für ein junges zum Tausch zu geben, Illusionen zu empfangen, die ich nicht teilen kann, ein Glück zu erzeugen, an das ich nicht glauben möchte oder das zu verlieren ich zitterte? Vielleicht, daß ich seine Hingabe nur mit Egoismus erwidern könnte; daß ich kühl erwöge, wo er glühte; meine Erinnerungen würden die Lebhaftigkeit seiner Wünsche kränken. Nein, sehen Sie, für eine erste Liebe gibt es keinen Ersatz. Schließlich, welcher Mann wollte mein Herz um diesen Preis?«

Diese Worte, in denen eine furchtbare Koketterie lag, waren die letzte Verteidigung der Klugheit.

›Wenn er den Mut verliert, gut; dann bleibe ich allein und treu.‹ Dieser Gedanke flog ihr durchs Herz und war für sie der Strohhalm, nach dem ein Ertrinkender greift, ehe ihn die Wogen fortreißen.

Als Vandenesse dieses Urteil hörte, entrang sich ihm ein unwillkürliches Beben, das der Marquise stärker ans Herz griff als all sein bisheriges getreues Werben. In uns Zartgefühl oder Empfindungen zu treffen, die so erlesen sind wie ihre eigenen: das rührt die Frauen am meisten; denn für sie sind Feinheit und Anmut der Seele die Kennzeichen des ›Wahren‹. Charles' Bewegung verriet wahre Liebe. Madame d'Aiglemont ermaß die Stärke von Vandenesses Zuneigung an der Stärke seines Schmerzes. Der junge Mann versetzte kalt: »Sie haben vielleicht recht. Neue Liebe, neues Leid.«

Dann wechselte er den Gesprächsstoff und unterhielt sie von gleichgültigen Dingen; aber er war sichtlich erregt und betrachtete Madame d'Aiglemont mit so gespannter Aufmerksamkeit, als sähe er sie zum letztenmal. Schließlich erhob er sich und sagte bewegt: »Leben Sie wohl, Madame!« – »Auf Wiedersehen?« gab sie mit der feinen Koketterie zurück, deren Geheimnis nur wenigen Frauen gegeben ist.

Er antwortete nicht und ging.

Als Charles nicht mehr da war, als sein leerer Stuhl statt seiner sprach, empfand sie tausendfache Reue und machte sich Vorwürfe. Die Leidenschaft macht in einer Frau, die wenig großherzig gehandelt oder ein edles Herz verwundet zu haben glaubt, in diesem Augenblick einen mächtigen Schritt vorwärts. Niemals soll man sich in der Liebe vor Verstimmungen hüten; sie sind sehr heilsam; die Frauen erliegen nur dem Angriff einer Tugend. Das Wort: ›Der Weg zur Hölle ist mit guten Vorsätzen gepflastert‹ ist kein Paradox eines Bußpredigers. Vandenesse ließ sich mehrere Tage nicht sehen. An jedem Abend zu der Stunde, wo sie sonst beisammen waren, erwartete ihn die Marquise voll Ungeduld und Reue. Schreiben wäre ein Geständnis gewesen; überdies sagte ihr der Instinkt, er würde wiederkommen. Am sechsten Tage meldete ihr Kammerdiener ihn an. Nie hatte sie diesen Namen mit größerer Freude gehört. Ihr Jubel erschreckte sie.

»Sie haben mich schwer bestraft!« redete sie ihn an. Vandenesse sah sie verständnislos an.

»Bestraft!« gab er zurück. »Und wofür?«

Charles hatte die Marquise sehr wohl verstanden; aber er wollte sich für die Qualen rächen, denen er von dem Augenblick an ausgeliefert war, als sie diese ahnte.

»Warum sind Sie nicht mehr zu mir gekommen?« fragte sie lächelnd. »Haben Sie niemanden empfangen?« Er gab diese Frage zurück, um einer direkten Antwort auszuweichen. »Monsieur de Ronquerolles und Monsieur de Marsay, der kleine Esgrignon, waren hier, der eine gestern, der andere heute vormittag, etwa zwei Stunden. Ich habe, glaube ich, auch Madame Firmiani und Ihre Schwester, Madame de Listomère, bei mir gesehen.«

Noch ein Schmerz! Diese Qual können nur die verstehen, die mit solcher wilden und despotischen Leidenschaft lieben, daß sie immer zu wahnsinniger Eifersucht neigen und das geliebte Wesen jedem fremden Einfluß entziehen wollen.

›Wie!‹ sagte sich Vandenesse, ›sie hat Gäste empfangen, sie hat zufriedene Leute bei sich gesehen und hat mit ihnen geplaudert, während ich mich in Einsamkeit vergrub und unglücklich war!‹

Er unterdrückte seinen Kummer und barg seine Liebe in der Tiefe seines Herzens wie einen Sarg im Meer. Solche Gedanken äußert man nicht, sie haben die Geschwindigkeit von Säuren, die beim Verdunsten den Tod bringen. Seine Stirn jedoch umwölkte sich, und Madame d'Aiglemont gehorchte dem Instinkt des Weibes: sie teilte seine Trauer, ohne sie zu begreifen. Sie wußte nicht, was sie Schlimmes getan hatte, und Vandenesse merkte es wohl. Er sprach von seiner Verfassung und seiner Eifersucht, als sei es eine der Hypothesen, die Liebende gern erörtern. Die Marquise begriff alles und wurde davon so lebhaft gerührt, daß sie ihre Tränen nicht zurückhalten konnte. Das war der Augenblick, wo für sie der Himmel der Liebe begann. Himmel und Hölle sind zwei große Symbole und bezeichnen die beiden einzigen Punkte, um die sich unser Dasein dreht: Lust und Schmerz. Ist nicht der Himmel allezeit ein Bild für die Unendlichkeit unserer Empfindungen, das immer nur in Bruchstücken gemalt werden kann, weil das Glück ein Ganzes ist? Und stellt nicht die Hölle die unendlichen Martern unserer Schmerzen dar, aus denen wir ein Werk der Dichtung machen können, weil sie so verschiedenartig sind?

Eines Abends saßen die beiden Liebenden schweigend beieinander; sie schauten aufs Firmament, nach dem klaren Abendhimmel, auf den die letzten Strahlen, der untergehenden Sonne goldene und purpurne Töne warfen. In dieser Stunde scheint das langsame Abnehmen des Lichts sanfte Gefühle zu erwecken; unsere Leidenschaft schwingt sanft in uns nach, und inmitten der Ruhe genießen wir den Aufruhr einer ungekannten Gewalt. Die Natur zeigt uns in vagen Bildern das Glück und fordert uns auf, es zu genießen, wenn es uns nahe ist, oder bringt uns zur Reue, wenn es geflohen ist.

In diesen wonnetrunkenen Augenblicken, unter einem Baldachin von Licht, dessen zarte Harmonien mit geheimem Begehren verschmelzen, ist es schwer, den Wünschen des Herzens zu widerstehen, die jetzt ihren ganzen Zauber entfalten; der Kummer versinkt, die Freude wird zum Rausch, der Schmerz drückt nieder. Die Pracht des Abends ruft die Wünsche aus ihrem Versteck und macht ihnen Mut. Das Schweigen wird gefährlicher als das Reden, die Augen bekommen die ganze Gewalt der Himmelsweite, die sie widerspiegeln. Wenn man spricht, trägt das kleinste Wort eine unwiderstehliche Gewalt in sich. Ist jetzt nicht Licht in der Stimme, Purpurglanz im Blick? Ist es nicht, als ob der Himmel in uns oder wir im Himmel wären? So sprachen denn nun Charles und Juliette miteinander – seit einigen Tagen ließ sie sich so vertraulich von ihm anreden und nannte ihn Charles –, aber der ursprüngliche Gegenstand ihrer Unterhaltung war ihnen ganz entrückt; sie wußten kaum, wovon sie sprachen, und lauschten nur mit Entzücken auf die geheimen Gedanken, die von den Worten verhüllt wurden. Die Marquise überließ Vandenesse ihre Hand und hatte nicht mehr die Empfindung dabei, daß das eine Gunst sei.

Sie neigten sich zueinander, um eine der majestätischen Landschaften voller Schnee, Gletscher und grauer Schatten zu betrachten, die an den Abhängen phantastischer Wolkenungetüme lagen; eines der Gemälde voll heftiger Gegensätze von den roten Flammen bis zu den schwarzen Tönen, die, den Himmel mit einer unnachahmlichen flüchtigen Poesie schmücken: die prachtvollen Wolkentücher, die die Sonne bei ihrer Geburt umfangen und in die sie sterbend ihre letzten Strahlen gießt. In diesem Augenblicke streiften Julies Haare die Wangen Vandenesses: sie spürte die leichte Berührung und schauerte zusammen, und er noch mehr; alle beide waren allmählich auf eine der unerklärlichen, entscheidenden Stufen gelangt, wo die Stille die Sinne so empfindlich macht, daß die schwächste Erschütterung Tränen hervorruft und die

Trauer zum Überströmen bringt, wenn das Herz in schwermütige Stimmungen versenkt ist oder unsagbare Wonnen auslöst, wenn es im Taumel der Liebe verstrickt ist. Julie drückte fast unwillkürlich die Hand ihres Freundes. Dieser beredte Händedruck gab der Schüchternheit des Liebenden Mut. Die Wonne dieses Augenblicks und die Hoffnungen auf die Zukunft, alles schmolz zusammen zu einer ersten Zärtlichkeit, zu dem keuschen und bescheidenen Kuß, den Madame d'Aiglemont sich auf die Wange geben ließ. Je schwächer die Gunst war, um so mächtiger, um so gefährlicher war sie. Zu ihrer beider Unglück war kein Schein und kein Falsch darin. Es war das Einvernehmen zweier schöner Seelen, die von allem, was Gesetz ist, getrennt und von allem, was Verführung in der Natur ist, zueinandergeführt wurden. In diesem Augenblick trat der General d'Aiglemont ein.

»Das Ministerium ist umgebildet«, sagte er; »Ihr Onkel gehört dem neuen Kabinett an. Sie haben also die besten Aussichten, Botschafter zu werden, Vandenesse.«

Charles und Julie sahen sich an und erröteten. Diese gemeinsam empfundene Scham war wiederum ein Band. Sie hatten beide den nämlichen Gedanken, denselben Gewissensbiß; das ist ein furchtbares Band, das zwei Räuber, die eben einen Menschen umgebracht haben, ebenso stark aneinanderkettet wie zwei Liebende, die sich eines Kusses schuldig gemacht haben. Der Marquis mußte eine Antwort bekommen.

»Ich will Paris nicht mehr verlassen«, erwiderte Charles de Vandenesse. »Wir wissen warum«, versetzte der General und heuchelte die Schlauheit eines Mannes, der ein Geheimnis errät; »Sie wollen Ihren Onkel nicht verlassen, damit Sie Erbe seiner Pairswürde werden.«

Die Marquise flüchtete in ihr Schlafzimmer und fällte bei sich dieses vernichtende Urteil über ihren Gatten: ›Er ist aber auch zu dumm!‹

4. *Der Finger Gottes*

Zwischen der Barrière d'Italie und der Barrière de la Santé, auf dem innern Boulevard, der zum Jardin des Plantes führt, gibt es einen Ausblick, der jeden Künstler und selbst einen vom Genuß des Schauens bereits abgestumpften Reisenden, hellauf entzückt. Wenn sie eine kleine Anhöhe erreicht haben, von der aus sich der Boulevard im Schatten mächtiger dichtbelaubter Bäume mit der Anmut einer stillen, grünen Waldstraße hinabwindet, sehen sie vor sich zu ihren Füßen ein tiefes Tal, in dem ländlich anmutende Fabriken stehen; dazwischen grüne Matten; durchzogen von den braunen Wassern der Bièvre und des Gobelinflüßchens. Auf dem gegenüberliegenden Abhang drängen sich Tausende von Dächern wie die Köpfe einer Menschenmenge zusammen und verbergen das Elend des Faubourg Saint-Marceau. Die prächtige Kuppel des Panthéon, der düstere und melancholische Dom des Val-de-Grâce überragen stolz eine ganze Stadt, die wie ein Amphitheater aussieht, dessen Stufen die krummen Straßen bizarr abzeichnen. Von dieser Stelle erscheinen die beiden Bauwerke gigantisch; sie erdrücken die armseligen Wohnhäuser und überragen die höchsten Pappeln des Tales. Zur Linken taucht wie ein schwarzes fleischloses Gespenst die Sternwarte auf, durch deren Fenster und Galerien das Licht sonderbare Gestalten annimmt. In der Ferne funkelt die elegante Dachkrönung des Hôtel des Invalides zwischen den bläulichen Massen des Luxembourg und den grauen Türmen von Saint-Sulpice. Von da aus gesehen, verschmelzen die Linien der Gebäude mit Laubwerk und Schatten, sind den Launen eines Himmels preisgegeben, dessen Farbe, Licht und Aussehen fortwährend wechseln. Schieben sich in weiter Ferne die Häuser in den Himmel, so schlängeln sich in ihrer Nähe ländliche Fußwege durch rauschende Baumreihen. Zur Rechten gewahrt man in einer weiten Ausbuchtung dieser seltsamen Landschaft den langen hellen Wasserstreifen des Canal-Saint-Martin, den rote Steine säumen und dessen Ufer Linden schmücken. Ihn begrenzen die wahrhaft römischen Bauwerke der Getreidemagazine. Im Hintergrund verschwimmen die dunstigen Hügel von Belleville, auf denen Häuser und Mühlen stehen, mit den Wolken. Zwischen der Reihe der Dächer jedoch, die das Tal einfassen, und diesem Horizont, der so vage ist wie die Erinnerung eines Kindes, liegt eine Stadt, die man nicht sieht, eine ungeheure Stadt, die wie in einem Abgrund zwischen den Dächern des Spitals de la Pitié und den Mauern des Ostkirchhofs liegt: zwischen Krankheit und Tod. Man hört nur ein dumpfes Brausen, ähnlich dem Dröhnen des Ozeans, der hinter den Klippen schäumt, als wollte er sagen: ›Ich bin da.‹ Wenn die Sonne ihre Lichtströme auf dieses Antlitz von Paris wirft, wenn sie seine Linien verschönt und vergeistigt; wenn sie einige Scheiben ins Glühen bringt, den Ziegelsteinen heitere Farben verleiht, auf den goldenen Kreuzen funkelt, die Mauern wie mit Silber bekleidet und die Luft in einen Gazeschleier verwandelt; wenn sie die starken Gegensätze von Licht und phantastischen Schatten hervorbringt; wenn der Himmel blau ist und die Erde braust, wenn die Glocken reden: dann kann man von dort oben ein sprechendes Märchenbild bewundern, das die Phantasie nie wieder vergißt und in das man gerade so vernarrt ist wie in einen wundervollen Blick von Neapel, Stambul oder Florida. Kein Ton fehlt diesem harmonischen Konzert. Man vernimmt das Getriebe der Welt und den romantischen Frieden der Einsamkeit, die Stimme von einer Million Menschen und die Stimme Gottes. Da ruht eine Riesenstadt unter den friedlichen Zypressen des Père-Lachaise.

An einem Frühlingsmorgen, gerade als die Sonne alle Schönheiten dieser Landschaft strahlen ließ, lehnte ich, vom Zauber dieses Bildes befangen, am Stamm einer starken Ulme, die ihre gelben Blüten dem Wind überließ. Beim Anblick dieses reichen, herrlichen Gemäldes dachte ich mit

Bitterkeit an die Verachtung, die wir heutzutage selbst in unsern Büchern für unser Land bekunden. Ich verfluchte die armseligen Reichen, die unser schönes Frankreich satt haben und sich für schweres Geld das Recht erkaufen, ihr Vaterland zu verachten, wenn sie im Galopp durch Italien reisen und dessen Landschaften, die so gewöhnlich geworden sind, durchs Lorgnon betrachten. Ich betrachtete voller Liebe das moderne Paris und träumte, als plötzlich der Laut eines Kusses meine Einsamkeit störte und die grüblerischen Gedanken verscheuchte. Von der Seitenallee, die sich auf dem steilen Abhang entlangwindet, zu dessen Fuß der Bach plätschernd dahineilt, erblickte ich jenseits der Gobelinbrücke eine Frau, die mir noch recht jung vorkam. Sie war mit höchst eleganter Einfachheit gekleidet, und in ihrer sanften Miene schien sich das heitere Glück der Landschaft widerzuspiegeln. Ein schöner junger Mann setzte eben den hübschesten kleinen Jungen, den man sich denken konnte, nieder, so daß ich nie erfahren habe, ob der schallende Kuß auf die Wange der Mutter oder die des Kindes gegeben worden war. Der nämliche zarte und feurige Gedanke strahlte in den Augen, den Gebärden, dem Lächeln der beiden jungen Menschen. Geschwind und fröhlich hatten sie ihre Arme ineinander verschlungen und näherten sich in einem so wundervollen Gleichklang der Bewegungen, daß sie, nur sich hingegeben, meine Anwesenheit überhaupt nicht bemerkten. Aber ein anderes Kind, das mürrisch und trotzig dreinblickte und ihnen den Rücken kehrte, warf mir einen ergreifenden Blick zu. Dieses Kind, das genauso gekleidet war wie das andere, das ebenso anmutig, aber zarter von Gestalt war, ließ seinen Bruder bald hinter, bald vor seiner Mutter und dem jungen Mann allein sich tummeln und blieb stumm, regungslos und in der Haltung einer erstarrten Schlange. Es war ein Mädchen. Der Spaziergang der schönen Frau und ihres Gefährten hatte, ich möchte fast sagen, etwas Mechanisches an sich. Sie begnügten sich, vielleicht in Zerstreutheit, den kleinen Raum zwischen dem Steg und einem

Wagen, der an der Biegung des Boulevards hielt, zu durchmessen, und begannen immer wieder denselben kurzen Gang, blieben stehen, sahen sich an, lachten wohl auch, je nach dem Verlauf der Unterhaltung, die bald lebhaft, bald schleppend, bald ausgelassen, bald ernst zu sein schien.

Verdeckt von der mächtigen Ulme konnte ich in aller Ruhe diese reizende Szene beobachten, deren Geheimnisse ich übrigens ohne Zweifel geachtet hätte, wenn ich nicht auf dem Gesicht des träumerischen und verschlossenen Mädchens die Spuren ernster Gedanken bemerkt hätte, die seinem Alter nicht angemessen waren. Sooft ihre Mutter und der junge Mann, nachdem sie bis in ihre Nähe gekommen waren, wieder umkehrten, senkte sie tückisch den Kopf und warf ihnen und ihrem Bruder einen verstohlenen Blick zu, der wirklich ungewöhnlich war. Aber nun erst die durchdringende Schlauheit, die boshafte Naivität, die wilde Aufmerksamkeit, die dieses kindliche Gesicht mit den zarten Schatten unter den Augen belebten, wenn die schöne Frau oder ihr Begleiter die blonden Locken des kleinen Jungen streichelten oder ihm über den rosigen Nacken und den weißen Kragen fuhren, wenn er mit seinen Kinderschritten versuchte, neben ihnen herzugehen! Es lag eine wahrhaft männliche Leidenschaft auf dem schmächtigen Gesicht dieses sonderbaren Mädchens. Sie litt oder grübelte. Was kündet bei einem so blühenden Wesen sicherer den Tod an? Das Leiden, das im Körper wohnt, oder das vorzeitige Denken, das seine kaum aufgeblühte Seele verzehrt? Eine Mutter weiß es vielleicht. Ich für mein Teil kenne jetzt nichts Schrecklicheres als den Gedanken eines Greises auf einer Kinderstirn; ein Lästerwort auf den Lippen einer Jungfrau ist weniger gräßlich. Auch die beinahe stupide Haltung dieses schon denkgewohnten Kindes, die Sparsamkeit seiner Bewegungen, alles interessierte mich. Ich beobachtete sie neugierig. Aus einer den Beobachtern eigenen Laune heraus verglich ich sie mit ihrem Bruder und suchte ihre Ähnlichkeiten und Unterschiede herauszufinden. Das Mädchen hatte braune Haare, schwarze Augen und eine frühreife Gestalt; was einen lebhaften Kontrast zu dem blonden Haar, den meergrünen Augen und der schwächlichen Zartheit ihres jüngeren Bruders bildete. Die Schwester mochte etwa sieben bis acht, das Brüderchen kaum sechs Jahre alt sein. Sie waren gleich gekleidet. Als ich sie jedoch aufmerksam ansah, bemerkte ich an ihren Halskragen einen recht unbedeutenden Unterschied, der mir aber später einen ganzen Roman in der Vergangenheit, ein ganzes Drama in der Zukunft enthüllte. Es war eigentlich nur eine Geringfügigkeit. Ein einfacher Saum umschloß den Kragen des brünetten Mädchens, während der Kragen des Knaben mit hübschen Stickereien verziert war, die ein Geheimnis des Herzens, eine verschwiegene Vorliebe verrieten, welche die Kinder in der Seele ihrer Mütter lesen, wie wenn der Geist Gottes in ihnen wäre. Der sorglose, muntere Blondkopf sah mit seinem frischen Teint, seinen anmutigen Bewegungen, seiner sanften Miene wie ein Mädchen aus; wohingegen die Ältere, trotz ihrer Kraft, trotz der Schönheit ihrer Züge und ihrer scheinbar gesunden Gesichtsfarbe den Eindruck eines kränklichen Jungen machte. Ihre lebhaften Augen, denen der feuchte Glanz fehlte, der den Kinderaugen so viel Zauber verleiht, schienen, wie die der Höflinge, von einem innern Feuer ausgedörrt. Außerdem hatte das Weiß ihrer Haut einen matten Schimmer, einen Olivton, was auf einen starken Charakter hindeutet. Schon zweimal hatte der Bruder ihr mit rührender Anmut, einem reizenden Blick und einer ausdrucksvollen Miene, die Charlet entzückt hätte, das kleine Jagdhorn hingestreckt, in das er ab und zu blies; aber beidemal hatte sie auf seine mit einschmeichelnder Stimme vorgebrachte Aufforderung: »Da, Hélène, willst du es?« nur mit einem wilden Blick geantwortet. Das Mädchen schien unter seiner scheinbar gleichmütigen Miene düster und wütend zu sein; ja, sie zitterte und errötete merklich, wenn ihr Bruder zu ihr trat; aber der Junge schien die finstere Laune seiner Schwester nicht zu bemerken, und seine mit Teilnahme gemischte Sorglosigkeit stellte vollends den Gegensatz her zwischen dem echt kindlichen Wesen und dem sorgenvollen Wissen des Erwachsenen, das schon auf dem Antlitz des Mädchens ausgeprägt war und es mit seinen düstern Wolken umschattete.

»Mama, Hélène will nicht spielen!« rief der Kleine. Er benutzte für seine Klage einen Augenblick, in dem seine Mutter und der junge Mann schweigend auf der Brücke stehengeblieben waren. »Laß sie, Charles! Du weißt ja, daß sie immer mürrisch ist.«

Diese Worte, die von der Mutter, die sich brüsk mit dem jungen Mann abwandte, nur so hingesprochen wurden, trieben Hélène Tränen in die Augen. Sie schluckte sie schweigend hinunter, warf ihrem Bruder einen der bohrenden Blicke zu, die mir unerklärlich schienen, und sah zuerst mit einer düstern Klarheit im Blick den Abhang hinunter, auf dem sie stand, dann auf das Flüßchen Bièvre, die Brücke, die Landschaft und auf mich.

Ich fürchtete, von dem frohen Paar bemerkt zu werden und seine Unterhaltung zu stören; ich zog mich also sachte zurück und verbarg mich hinter einer Holunderhecke, deren Laub mich allen Blicken völlig entzog. Ich setzte mich still auf die Böschung und sah schweigend bald auf die wechselnde Schönheit der Landschaft, bald auf das wilde Mädchen, das ich noch durch die Lücken des Buschwerks und zwischen den Stämmchen der Holundersträucher, an denen mein Kopf ruhte und die sich fast in gleicher Höhe mit dem Boulevard befanden, sehen konnte. Als Hélène mich nicht mehr erblickte, schien sie unruhig; ihre schwarzen Augen suchten mich mit unbeschreiblicher Neugier im entfernteren Teil der Allee und hinter den Bäumen. Was war ich denn für sie? In diesem Augenblick ertönte das unschuldige Lachen des kleinen Charles wie ein Vogelgezwitscher in das Schweigen. Der schöne, junge Mann, der blond wie das Kind war, ließ es in seinen Armen tanzen und küßte es; dabei überhäufte er es mit einer Fülle dieser kleinen, bunt aufeinanderfolgenden und ihres eigentlichen Sinnzusammenhangs beraubten Worte, mit denen wir uns liebevoll an die Kinder wenden. Die Mutter lächelte bei diesem traulichen Spiel und richtete zweifellos von Zeit zu Zeit leise einige aus dem Herzen kommende Worte an ihn; denn ihr Gefährte blieb glückstrahlend stehen und sah sie mit seinen blauen Augen feurig und mit abgöttischer Verehrung an. Ihre Stimmen im Verein mit der des Kindes hatten einen wundersam schmeichlerischen Reiz. Sie waren alle drei entzückend. Diese liebliche Szene in der himmlischen Landschaft breitete eine unglaublich anmutige Stimmung um sich. Eine schöne, strahlende, lachende Frau, ein Kind der Liebe, ein Mann, hinreißend in seiner Jugend, ein klarer Himmel, alle Harmonien der Natur vereinigten sich, um die Seele zu erquicken. Ich ertappte mich bei einem Lächeln, als wäre dieses Glück das meine. Der schöne junge Mann hörte neun Uhr schlagen. Er küßte seine Begleiterin, die nun ernst und fast traurig geworden war, zärtlich und bestieg seinen Tilbury, der, von einem alten Diener gelenkt, langsam vorfuhr. Der kleine Liebling plapperte immer weiter, während ihm der junge Mann die letzten Küsse gab. Als dieser dann in seinen Tilbury gestiegen war, die unbeweglich dastehende Frau dem rasselnden Wagen nachhorchte und der Staubwolke, die dieser in der grünen Allee des Boulevard aufwirbelte, mit den Blicken folgte, lief Charles zu seiner Schwester, die bei der Brücke stand, und ich hörte, wie er mit silberheller Stimme zu ihr sagte: »Warum hast du denn meinem guten Freund nicht adieu gesagt?«

Hélène warf ihrem Bruder, der auf der Böschung stand, den fürchterlichsten Blick zu, der in den Augen eines Kindes je aufgeflammt ist, und stieß ihn wütend von sich. Charles glitt auf dem abschüssigen Ufer aus, prallte auf Wurzeln, die ihn hart auf die scharfen Steine der Mauer schleuderten, er schlug sich daran die Stirn auf und stürzte blutend in das schlammige Wasser des Baches. Unter seinem hübschen blonden Köpfchen teilte sich die Welle in tausend braune Wasserspritzer. Ich hörte die gellenden Schreie des armen Kleinen; aber bald verloren sich die Rufe und erstickten im Schlamm, wo er mit einem dumpfen Ton, wie wenn ein Stein aufklatscht, verschwand. Das Kind war schneller als ein Blitz ins Wasser gefallen. Ich sprang rasch auf und eilte hinab. Hélène war außer sich und schrie durchdringend: »Mama! Mama!«

Die Mutter war zugleich mit mir da. Sie war mit der Schnelligkeit eines Vogels herbeigeflogen. Aber weder die Augen der Mutter noch meine konnten genau die Stelle erkennen, wo das Kind versunken war. Das dunkle Wasser war weithin aufgerührt worden. Das Bett der Bièvre hat an dieser Stelle zehn Fuß tiefen Schlamm. Das Kind mußte darin zugrunde gehen, es war unmöglich, ihm zu helfen. Zu dieser Stunde, es war ein Sonntag, ruhte alles. Auf der Bièvre gibt es keine Boote und keine Fischer. Ich sah keine Stange, um in dem stinkenden Wasser zu wühlen, und ringsum keinen Menschen. Warum hätte ich von diesem unheimlichen Vorfall reden oder das Geheimnis dieses Unglücksfalls aufdecken sollen? Hélène hatte vielleicht ihren Vater gerächt. Ihre Eifersucht war gewiß das Schwert Gottes. Aber ich schauderte, wenn ich die Mutter ansah. Welch furchtbarem Verhör würde ihr Gatte, ihr ewiger Richter sie unterziehen? Sie hatte einen unbestechlichen Zeugen bei sich. Die Kindheit kann nichts hinter ihrer Stirn verbergen, ihre Haut ist durchsichtig; und die Lüge ist in ihr wie eine Fackel, die alles, selbst den Blick, in Flammen setzt. Die unglückliche Frau dachte noch nicht an das Strafgericht, das zu Hause auf sie wartete. Sie starrte in die Bièvre.

Solch ein Ereignis mußte im Leben einer Frau furchtbare Wirkungen zeitigen. Hier sei eine der schrecklichen Episoden aufgezeichnet, die von Zeit zu Zeit, wie ein Echo dieses tragischen Vorfalls, Julies Liebesglück störten.

Zwei oder drei Jahre später befand sich eines Abends nach dem Essen beim Marquis de Vandenesse, der damals um seinen Vater trauerte und eine Erbschaft zu regeln hatte, ein Notar. Dieser Notar war nicht der kleine Notar, den man von Sterne her kennt, sondern ein vierschrötiger, dicker Notar von Paris, einer der Ehrenmänner, die ihre Dummheiten mit Gemessenheit begehen, den Fuß schwer und fest auf eine unbekannte Wunde setzen und dann verwundert fragen, warum man sich beklagt. Wenn sie zufällig das Warum ihrer mörderischen Torheit erfahren, sagen sie: »Meiner Treu, ich hatte keine Ahnung!« Kurz, es war ein Notar, der in allen Ehren ein Schafskopf war und nie im Leben über seine Akten hinausgeblickt hatte. Der Diplomat hatte Madame d'Aiglemont zu Besuch. Der General hatte sich, noch ehe das Diner zu Ende war, höflich verabschiedet, um mit seinen beiden Kindern ins Theater zu gehen, auf die Boulevards, ins Ambigu-Comique oder in die Gaieté. Die Melodramen sind zwar übertrieben gefühlsselig, aber in Paris ist man der Meinung, sie eigneten sich für Kinder und seien unschädlich, weil in ihnen immer die Unschuld siegt. Der Vater war also gegangen, ohne das Dessert abzuwarten; seine Tochter und sein Sohn hatten ihn gar zu sehr geplagt, um noch vor Beginn ins Theater zu kommen.

Der Notar, der unerschütterliche Notar, der nicht fähig war, sich zu fragen, warum wohl Madame d'Aiglemont ihre Kinder und ihren Mann ins Theater schickte, ohne mit ihnen zu gehen, saß also seit dem Diner wie auf seinen Stuhl festgeschraubt. Eine Debatte hatte das Dessert in die Länge gezogen, und die Diener hatten erst spät den Kaffee serviert. Diese Zwischenfälle, die eine ersichtlich kostbare Zeit raubten, hatten der schönen Frau Zeichen der Ungeduld entlockt, bei denen man an ein edles Pferd denken konnte, das vor dem Rennen ungebärdig stampft. Der Notar, der sich auf Frauen so wenig wie auf Pferde verstand, meinte lediglich, die Marquise wäre eine lebhafte, ausgelassene Frau. Er war entzückt, in Gesellschaft einer vornehmen Dame, die eine große Rolle in der Gesellschaft spielte, und eines berühmten Politikers zu sein, und bemühte sich, seinen Geist zu zeigen; das erzwungene Lächeln der Marquise, der er beträchtlich auf die Nerven fiel, nahm er als Zustimmung und fuhr unbeirrt in seiner Rede fort. Schon hatte der Herr des Hauses, dem es geradeso ging wie seiner Gefährtin, sich erlaubt, mehrere Male schweigend zu verharren, wo der Notar ein anerkennendes Beipflichten erwartet hatte; aber während dieses vielsagenden Stillschweigens sah der verfluchte Kerl ins Feuer und sann auf Anekdoten. Dann nahm der Diplomat die Zuflucht zu seiner Taschenuhr. Schließlich hatte die schöne Frau ihren Hut aufgesetzt, um fortzugehen, und war nicht gegangen. Der Notar sah und hörte nichts; er war entzückt von sich und zweifelte nicht daran, daß er die Marquise dermaßen interessierte, daß sie das Fortgehen vergaß.

›Diese Dame wird ganz sicher meine Klientin‹, sagte er sich.

Die Marquise stand, zog ihre Handschuhe an, spielte nervös mit den Fingern und sah abwechselnd auf den Marquis de Vandenesse, der ihre Ungeduld teilte, und auf den Notar, der jeden geistreichen Einfall breit auswalzte. Bei jeder Pause, die dieser würdige Mann einlegte, atmete das schöne Paar auf und nickte sich verheißungsvoll zu: ›Endlich geht er!‹ Aber er dachte nicht daran. Er war wie ein Alpdruck, der schließlich die leidenschaftlichen zwei Menschen, auf die er wirkte wie die Schlange auf die Vögel, aufs äußerste reizte und sie zu einer Unhöflichkeit zwang. Mitten in der schönsten Erzählung von den schändlichen Wegen, auf denen du Tillet, ein Geschäftsmann, der damals in Gunst stand, zu seinem Vermögen gekommen war, während sich der geistreiche Notar in den kleinsten Einzelheiten dieser Schmutzereien erging, hörte der Diplomat auf seiner Standuhr neun schlagen; er sah, daß sein Notar ganz entschieden ein alberner Tropf war, den man kurzerhand verabschieden mußte, und unterbrach ihn entschlossen mit einer Handbewegung.

»Wünschen Sie die Feuerzange, Monsieur le Marquis?«

fragte der Notar und reichte sie seinem Klienten. »Nein, aber ich muß Sie jetzt verabschieden. Madame möchte ihre Kinder abholen, und ich werde die Ehre haben, sie zu begleiten.« – »Schon neun Uhr! Die Zeit vergeht doch in angenehmer Gesellschaft wie im Nu«, meinte der Notar, der seit einer Stunde die Unterhaltung allein bestritten hatte.

Er suchte seinen Hut, dann pflanzte er sich vor dem Kamin auf, unterdrückte mit Mühe ein Aufstoßen und sagte, ohne die niederschmetternden Blicke der Marquise zu beachten, zu seinem Klienten: »Fassen wir also zusammen, Monsieur le Marquis. Die Geschäfte gehen allem andern vor. Morgen werden wir also, Monsieur, Ihrem Bruder eine Ladung zustellen, um ihn in Verzug zu setzen; wir beginnen mit der Vermögensaufnahme, und dann möchte ich doch ...«

Der Notar hatte die Absichten seines Klienten so wenig verstanden, daß er den Instruktionen, die der Marquis ihm gegeben hatte, geradewegs zuwiderhandeln wollte. Diese Angelegenheit war zu heikel, Vandenesse mußte also die Auffassung des tölpelhaften Notars richtigstellen, und es ergab sich daraus eine Aussprache, die eine gewisse Zeit in Anspruch nahm.

»Hören Sie«, sagte der Diplomat endlich, nachdem ihm die junge Frau ein Zeichen gemacht hatte, »Sie gehen mir auf die Nerven, kommen Sie morgen um neun Uhr mit meinem Anwalt.«

»Aber ich muß Sie gehorsamst darauf hinweisen, Monsieur le Marquis, daß wir nicht sicher sind, Monsieur Desroches morgen zu treffen, und wenn die Verzugsetzung nicht bis morgen mittag zugestellt ist, läuft die Frist ab und ...«

In diesem Augenblick fuhr ein Wagen in den Hof. Als die arme Frau ihn hörte, wandte sie sich rasch ab, um die Tränen zu verbergen, die ihr in die Augen gestiegen waren. Der Marquis klingelte, um sagen zu lassen, er sei nicht zu Hause; aber der General, der unerwarteterweise aus der Gaieté zurückgekehrt war, kam dem Kammerdiener zuvor. Er führte an der einen Hand seine Tochter, deren Augen gerötet waren, und an der andern seinen Knaben, der ganz mürrisch und ärgerlich aussah.

»Was ist denn geschehen?« fragte die Frau ihren Gatten. »Wir werden später davon sprechen«, versetzte der General. Er ging in ein benachbartes Boudoir, dessen Tür geöffnet war und in dem er Zeitungen liegen sah.

Die Marquise, deren Geduld nun am Ende war, warf sich verzweifelt auf ein Sofa.

Der Notar hielt sich für verpflichtet, zu den Kindern freundlich zu sein, er nahm einen onkelhaften Ton an und fragte den Jungen: »Nun, junger Herr, was gab man im Theater?« – »›Das Tal des Wildbachs‹«, antwortete Gustave brummig. »Meiner Treu«, meinte der Notar, »die Schriftsteller sind heutzutage halb verrückt! ›Das Tal des Wildbachs‹! Warum nicht ›Der Wildbach des Tals‹? Es ist möglich, daß ein Tal keinen Wildbach hat; so hätten also die Verfasser, wenn sie ›Der Wildbach des Tals‹ gesagt hätten, etwas Rundes, Klares, Bestimmtes, Sinnvolles ausgedrückt. Aber lassen wir das. Wie kann indessen ein Drama in einem Sturzbach und in einem Tale spielen? Sie werden dagegenhalten, daß heutzutage der Hauptreiz dieser Art Schaustücke in den Dekorationen liege, und dieser Titel verspricht ausnehmend prächtige. Haben Sie sich gut unterhalten?« Dabei setzte er sich behaglich neben das Kind.

In dem Augenblick, wo der Notar gefragt hatte, was für ein Drama in einem wilden Bach spielen könnte, hatte sich die Tochter der Marquise langsam umgedreht und unaufhaltsam zu weinen begonnen. Die Mutter war derart aufgebracht, daß sie die Bewegung ihrer Tochter nicht wahrnahm.

»O ja, ich habe mich gut unterhalten«, antwortete der Kleine. »Es kam ein kleiner hübscher Junge in dem Stück vor, der ganz allein auf der Welt war, weil sein Papa nicht sein Vater sein konnte. Und da wirft ihn, wie er oben auf der Brücke steht, die über den Wildbach führt, ein großer bärtiger

Kerl, der ganz schwarz angezogen ist, ins Wasser. Da hat Hélène angefangen, zu weinen und zu heulen; alle Zuhörer haben über uns geschimpft, und mein Vater hat uns ganz schnell, ganz schnell weggeführt ...«

Monsieur de Vandenesse und die Marquise waren beide wie vom Donner gerührt, wie von einem Schmerz ergriffen, der ihnen die Kraft, zu denken und zu handeln, nahm.

»Gustave, sei still!« rief der General; »ich habe dir verboten, von dem zu sprechen, was im Theater vorgefallen ist, und schon vergißt du meine Ermahnungen.« – »Euer Gnaden verzeihen«, meinte der Notar, »ich habe das Unrecht begangen, ihn zu fragen, aber ich wußte nicht, wie ernst...« – »Er durfte nicht antworten«, sagte der Vater und sah seinen Sohn böse an.

Die Ursache der plötzlichen Heimkehr der Kinder und ihres Vaters mußte jetzt dem Diplomaten und der Marquise bekannt sein. Die Mutter sah ihre Tochter an, erblickte sie in Tränen und stand auf, um zu ihr zu gehen; aber dann verschloß sich ihr Gesicht jäh, und es zeigte sich auf ihm eine durch nichts gemilderte Strenge.

»Es ist genug, Hélène«, sagte sie zu ihr, »geh ins Boudoir und trockne dir deine Tränen!« – »Was hat denn die arme Kleine getan?« fragte der Notar, der zugleich den Zorn der Mutter und die Tränen der Tochter besänftigen wollte; »sie ist so hübsch, daß sie das artigste Kind der Welt sein muß, und ich bin sicher, Madame, daß sie Ihnen nur Freude macht. Nicht wahr, meine Kleine?«

Hélène sah ihre Mutter zitternd an, trocknete ihre Tränen, versuchte eine ruhige Miene aufzusetzen und flüchtete ins Boudoir.

»Und gewiß, Madame«, fuhr der Notar fort, der sich nicht beirren ließ, »Sie sind gewiß eine so gute Mutter, daß Sie Ihre Kinder alle gleich liebhaben. Dazu sind Sie viel zu tugendhaft, als daß Sie Ihre Kinder nicht ohne diese traurigen Bevorzugungen lieben, deren unheilvolle Wirkungen ganz besonders wir Notare kennenlernen. Die Gesellschaft läuft durch unsere Hände; wir sehen ihre Leidenschaften in ihrer häßlichsten Gestalt: dem Eigennutz. Da will eine Mutter die Kinder ihres Mannes zugunsten der Kinder, die sie ihnen vorzieht, enterben, während der Gatte hinwieder manchmal sein Vermögen dem Kinde zukommen lassen will, das den Haß der Mutter verdient hat. Und dann gibt es Kämpfe, Ängste, Akten, Gegenverschreibungen, fingierte Verkäufe, Fideikommisse; kurz, ein erbärmlicher Schmutz, mein Wort darauf, ganz erbärmlich! Dort bringen Väter ihr Leben damit zu, ihre Kinder zu enterben, indem sie ihren Ehefrauen das Vermögen stehlen ... Jawohl, stehlen, das ist das rechte Wort! Wir sprachen von Dramen: oh! ich versichere Sie, wenn wir das Geheimnis mancher Schenkungen ausplaudern dürften, unsere Schriftsteller könnten furchtbare bürgerliche Tragödien daraus machen. Ich weiß nicht, was die Frauen für eine Macht gebrauchen, um zu tun, was sie wollen; denn gegen alle Wahrscheinlichkeit und trotz ihrer Schwäche tragen sie immer den Sieg davon. Aber mir streuen sie keinen Sand in die Augen, mir nicht! Ich errate immer, warum ein Kind ihr besonderer Liebling ist, wenn man auch in der Gesellschaft von unerklärlichen Regungen spricht! Aber die Männer kommen nie dahinter, das muß man ihnen der Gerechtigkeit halber lassen. Sie mögen mir einwenden, es sei eine besondere Gunst, zu ...«

Hélène, die mit ihrem Vater aus dem Boudoir wieder in den Salon gekommen war, hörte dem Notar aufmerksam zu und verstand seine Worte so gut, daß sie einen furchtsamen Blick auf ihre Mutter warf; sie fühlte mit dem ganzen Instinkt der Jugend voraus, daß dieser Vorfall die strenge Behandlung, der sie ausgesetzt war, verdoppeln würde. Die Marquise erblaßte; mit einem ängstlichen Wink machte sie Vandenesse auf ihren Gatten aufmerksam, der nachdenklich die Blumen des Teppichs studierte. Jetzt konnte sich der Diplomat trotz seiner guten Lebensart nicht länger zurückhalten und warf dem Notar einen vernichtenden Blick zu. »Kommen Sie mit mir!« sagte er zu ihm und schritt schnell dem Gemach zu, das vor dem Salon lag.

Der Notar folgte ihm zitternd, ohne seinen Satz zu Ende zu bringen.

»Monsieur«, sagte der Marquis de Vandenesse jetzt mit kaum verhaltener Wut zu ihm, nachdem er die Tür zum Salon, wo er die Gattin und den Gatten zurückließ, heftig geschlossen hatte, »seit dem Diner haben Sie hier nichts als Torheiten gemacht und Dummheiten gesagt. In Gottes Namen, gehen Sie! Sie wären imstande, das größte Unglück anzurichten. Wenn Sie ein tüchtiger Notar sind, dann bleiben Sie in Ihrem Bureau; aber wenn Sie zufällig in Gesellschaft kommen, dann versuchen Sie, etwas weniger täppisch zu sein ...«

Er kehrte in den Salon zurück und verließ den Notar, ohne sich von ihm zu verabschieden. Der Biedermann blieb ganz verdattert stehen; er war wie vor den Kopf geschlagen, er wußte nicht mehr, woran er war. Als sein Ohrensausen sich etwas gegeben hatte, glaubte er Stöhnen zu hören, im Salon war ein eiliges Kommen und Gehen, die Klingel wurde heftig gezogen. Er fürchtete sich davor, den Marquis de Vandenesse noch einmal zu sehen, und nahm die Beine in die Hand, um sich aus dem Staube zu machen und die Treppe hinunterzukommen; an der Tür aber stieß er mit den Dienern zusammen, die in den Salon eilten, um die Befehle ihres Herrn zu vernehmen.

›So sind die Herrschaften alle‹, sagte er schließlich für sich selbst, als er auf der Straße war und nach einer Droschke suchte, ›sie fordern einen zum Sprechen heraus, sie machen einem mit allerlei Komplimenten Mut; man glaubt sie gut zu unterhalten; nichts damit! Sie benehmen sich unverschämt, kehren uns gegenüber Distanz heraus und setzen einen sogar ganz ungeniert vor die Tür. Und dabei war ich sehr geistreich; ich habe nichts gesagt, was nicht vernünftig und geziemend war und Hand und Fuß hatte. Meiner Treu, er empfiehlt mir, ich soll nicht täppisch sein! Das braucht's bei mir nicht. Was, zum Teufel, bin ich nicht Notar und Mitglied der Notariatskammer? Ach was, das ist so eine Botschaftergrille; diesen Leuten ist nichts heilig. Morgen soll er mir erklären, wieso ich nichts als Torheiten gemacht und Dummheiten gesagt habe. Er soll mir Rede stehen, das heißt, er soll vernünftig mit mir reden und mir die Sache erklären. Alles in allem, vielleicht hab ich unrecht ... Meiner Treu, ich bin ein Esel, daß ich mir den Kopf zerbreche! Was liegt mir denn daran?‹

Der Notar kam nach Hause und legte das Rätsel seiner Notarin vor, indem er ihr Punkt für Punkt die Ereignisse des Abends berichtete.

»Lieber Crottat, Seine Exzellenz hat völlig recht gehabt, als er dir sagte, du hättest nur Torheiten gemacht und Dummheiten gesagt.« – »Wieso?« – »Lieber Mann, das würde ich dir sagen, wenn es dich dazu brächte, es morgen nicht wieder gerade so zu machen. Ich rate dir nur, in Gesellschaft nie von etwas anderm als von Geschäften zu sprechen.« – »Wenn du es mir nicht sagen willst, frage ich morgen den ...« – »Du lieber Himmel, die dümmsten Leute geben sich Mühe, solche Sachen verborgen zu halten, und du glaubst, ein Botschafter würde sie dir sagen! Aber Crottat, ich habe dich nie so einfältig gesehen.« – »Danke, meine Teure!«

5. *Die zwei Begegnungen*

Ein Ordonnanzoffizier Napoleons, den wir nur den Marquis oder den General nennen werden und der es unter der Restauration zu einem großen Vermögen gebracht hatte, war nach Versailles gekommen, um dort die schöne Jahreszeit zu verbringen. Er wohnte in einem Landhaus, das zwischen der Kirche und dem Tor von Montreuil liegt, an dem Wege, der zur Straße nach Saint-Cloud führt. Sein Dienst am Hofe erlaubte ihm nicht, sich von Paris zu entfernen.

Dieser Pavillon, einst gebaut, um den flüchtigen Liebschaften eines großen Herrn Unterschlupf zu gewähren, lag auf einem weiträumigen Grundstück. Die Gärten, die ihn umgaben, hielten ihn rechts und links in gleichem Abstand von den ersten Häusern von Montreuil und den Hütten, die um das Stadttor herum standen, fern; so genossen die Bewohner dieser Besitzung, ohne zu sehr von der Welt abgeschieden zu sein, unmittelbar vor der Stadt alle Freuden der Einsamkeit. Es war ein seltsamer Widerspruch, daß die Fassade und das Eingangstor des Gartenhauses unmittelbar am Weg lagen, der vielleicht früher wenig benutzt war. Diese Annahme erscheint wahrscheinlich, wenn man bedenkt, daß er an dem köstlichen Pavillon endigt, den Ludwig XV. für Mademoiselle de Romans erbaute, und daß die Besucher von Versailles, ehe sie dahin kommen, hier und da mehr als ein ›Kasino‹ sehen können, dessen innere und äußere Ausstattung von den geschmackvollen Ausschweifungen unserer Vorfahren erzählt, die bei all der Zügellosigkeit, deren man sie beschuldigt, trotzdem das Dunkel und das Geheimnis suchten.

An einem Winterabend waren der Marquis, seine Frau und seine Kinder allein in diesem einsamen Haus. Ihre Diener hatten die Erlaubnis erhalten, in Versailles die Hochzeit eines der Ihren zu begehen; und in der Annahme, daß die Weihnachtsfeier, die sie mit diesem Feste verbanden, sie bei ihrer

Herrschaft genügend entschuldigen würde, machten sie sich keine Skrupel, etwas länger bei dem Fest zu verweilen, als die Hausordnung ihnen erlaubte. Da indessen der General als ein Mann bekannt war, der sein Wort mit unbeugsamer Redlichkeit hielt, waren die Säumigen nicht ohne Gewissensbisse bei ihrem Tanze, als die Stunde der Heimkehr gekommen war. Es hatte elf Uhr geschlagen, und noch war keiner der Dienstboten heimgekommen. In dem tiefen Schweigen, das auf dem Lande herrschte, hörte man den Nordwind durch die schwarzen Äste der Bäume pfeifen, um das Haus toben oder die langen Wege durchbrausen. Der Frost hatte die Luft so rein, den Boden so hart gemacht und das Straßenpflaster durchdrungen, daß alles jenen spröden klirrenden Klang hatte, der uns immer wieder überrascht. Der schwere Schritt eines verspäteten Zechers oder das Rasseln einer Kutsche, die nach Paris zurückfuhr, hallte lauter und war aus größerer Entfernung zu hören als sonst. Das welke Laub, das durch plötzliche Windstöße aufgewirbelt wurde, raschelte auf den Steinen im Hofe und lieh der Nacht, wenn sie verstummen wollte, eine Stimme. Kurz, es war eine der bitterkalten Nächte, wo unser Egoismus sich ein nutzloses Bedauern der Armen oder der zu dieser Zeit Reisenden abzwingt und die uns den Kaminwinkel so behaglich machen. In diesem Augenblick kümmerte sich die Familie, die im Salon beisammen war, weder um die Abwesenheit der Dienerschaft noch um die Obdachlosen, noch um die Poesie, die solch ein langer Winterabend in sich birgt. Ohne überflüssiges Philosophieren überließen sich Frau und Kinder, die sich in der Obhut eines alten Soldaten wohlgeborgen fühlten, der angenehmen Stimmung, die das häusliche Leben erzeugt, wenn die Gefühle nichts bedrückt und Zuneigung und Aufrichtigkeit die Reden, die Blicke und die Spiele beleben.

Der General saß oder, besser gesagt, hatte sich in einem hohen, behaglichen Lehnstuhl vergraben, der am Kamin stand. Ein lebhaftes Feuer brannte und verbreitete jene prikkelnde Hitze, welche von einer bitteren Kälte draußen kündet. Der Kopf des wackern Vaters lag, leicht zur Seite geneigt, auf der Rückenlehne des Stuhles; seine entspannte Haltung zeugte von einer völlig friedlichen Stimmung, von einer sanft erblühenden Freude. Seine Arme, die halb eingeschlafen waren und lässig über die Lehnen herabhingen, vervollständigten den Eindruck ruhigen Glücks. Er betrachtete das jüngste seiner Kinder, einen kaum fünfjährigen Knaben, der halb nackt sich von seiner Mutter nicht ausziehen lassen wollte. Der kleine Kerl rannte vor dem Nachtkittel oder der Nachtmütze, mit denen die Mutter ihm ab und zu drohte, davon; er behielt seinen gestickten Kragen an und lachte, wenn seine Mutter ihn rief, weil er merkte, daß sie selbst über diese kindliche Rebellion lachen mußte; dann fing er wieder an mit seiner Schwester zu spielen, die ebenso ausgelassen, aber mutwilliger war und schon deutlicher sprechen konnte als er, dessen Kauderwelsch und wirre Einfälle kaum seine Eltern verstehen konnten. Die kleine, zwei Jahre ältere Moina brachte ihn durch ihre schon ganz weiblichen Neckereien zu nicht enden wollendem Gelächter, das scheinbar grundlos, wie eine Salve losbrach; aber wenn die Eltern sie beide so vor dem Feuer sahen, wie sie sich herumwälzten und ohne Scheu ihre reizenden runden Körper, ihre weiße, zarte Haut zeigten, wie ihre schwarzen und blonden Locken ineinanderflossen, ihre rosigen Gesichter, in die das unschuldige Kinderlachen herzige Grübchen zeichnete, aneinanderstießen, dann verstand wohl ein Vater und vor allem eine Mutter diese Kinderseelen, die für sie schon Charakter und Leidenschaften besaßen. Diese beiden Engel stellten mit den lebhaften Farben ihrer feuchtglänzenden Augen, ihren strahlenden Wangen, ihrer weißen Haut die Blumen des weichen Teppichs, dieses Schauplatzes ihrer Lust, auf dem sie sich ungefährdet tummelten, übereinanderkullerten, sich balgten und wälzten, in den Schatten. Die Mutter saß zwischen verstreut umherliegenden Kleidungsstücken auf einem Sofa, auf der andern

Seite des Kamins, ihrem Mann gegenüber; sie hielt einen roten Schuh in der Hand, ihre Haltung war völlig ungezwungen. Um ihre Lippen spielte ein sanftes Lächeln, in dem ihre unentschlossene Strenge dahinstarb. Ungefähr sechsunddreißig Jahre alt, war sie, dank der seltenen Vollendung der Linien ihres Gesichts, dem die Wärme, das Licht und das Glück in diesem Augenblick einen übernatürlichen Glanz verliehen, immer noch schön. Oft wandte sie den Blick von ihren Kindern ab, um ihre Augen zärtlich dem ernsten Gesicht ihres Mannes zuzuwenden, und oft tauschten die Blicke der beiden Gatten stille Freude und ernstes Sinnen aus. Der General hatte ein von der Sonne tief verbranntes Gesicht. Auf seine breite, klare Stirn fielen ein paar Strähnen ergrauenden Haares. Das männliche Blitzen seiner blauen Augen, die Tapferkeit, die in den Furchen seiner welken Wangen eingegraben war, bewiesen, daß er sich das rote Band, das sein Knopfloch zierte, in harten Kämpfen erworben hatte. In diesen Stunden spiegelten sich die unschuldigen Freuden der beiden Kinder auf seinem energischen, entschlossenen Gesicht und gaben ihm ein unsagbar gutmütiges, treuherziges Aussehen. Dieser alte Hauptmann war ohne große Mühe wieder zum Kind geworden. Haben die Soldaten, die die Schläge des Schicksals genügend erfahren haben, um das Elend der Kraft und das Vorrecht der Schwäche erkennen zu können, nicht immer eine besondere Liebe zur Kindheit? Weiter entfernt saß an einem runden Tisch, der von Astrallampen erhellt wurde, deren lebhaftes Leuchten mit dem blassen Schein der auf dem Kaminsims stehenden Kerzen wetteiferte, ein dreizehnjähriger Bursche und blätterte hastig in einem dicken Buche. Das Geschrei seines Bruders oder seiner Schwester konnten ihn nicht ablenken, sein Gesicht zeigte die ganze Wißbegierde der Jugend. Dieses völlige Beschäftigtsein war gerechtfertigt durch die spannenden Wundergeschichten aus ›Tausendundeine Nacht‹ sowie durch die Uniform des Gymnasiasten. Er saß unbeweglich, in Gedanken versunken, einen Ellbogen auf den Tisch und den Kopf auf die Hand gestützt, da und wühlte mit den weißen Fingern in seinem braunen Haar. Das Licht fiel hell auf sein Gesicht, sein übriger Körper blieb im Dunkel, so glich er jenen dunklen Porträts, auf denen Raffael sich selbst, aufmerksam, leicht nach vorn geneigt, in die Zukunft sinnend, gemalt hat. Zwischen diesem Tisch und der Marquise saß ein großes, schönes, junges Mädchen und arbeitete an einem Stickrahmen, über den es abwechselnd seinen Kopf hob und senkte, so daß auf dem kunstvoll glattgekämmten, tiefschwarzen Haar die Reflexe des Lichtes spielten. Schon allein Hélène war ein Schauspiel. Ihre Schönheit zeichnete sich durch die seltene Vereinigung von Kraft und Zierlichkeit aus. Obwohl ihre Haare, zum Kranz hochgesteckt, die lebendigen Züge ihres Gesichts hervorhoben, war ihre Flut so mächtig, daß sie dem Kamm entquollen und sich widerspenstig im Nacken ringelten. Ihre sehr dichten, schön geschwungenen Brauen hoben sich von ihrer reinen weißen Stirn ab. Selbst auf der Oberlippe, unter einer griechischen Nase, deren Linien vollendet waren, wies ein schwarzer Hauch auf einen entschiedenen Charakter hin. Aber die bezaubernde Rundung der Formen, der offenherzige Ausdruck in ihren sonstigen Zügen, die feine durchsichtige Haut, die weichen, sinnlichen Lippen, das vollkommene Oval ihres Gesichts und besonders ihr verklärter, unschuldiger Blick, das alles verlieh dieser kraftvollen Schönheit die weibliche Anmut, die betörende Sittsamkeit, die wir bei diesen Engeln des Friedens und der Liebe zu finden wünschen. Gebrechliches freilich war nichts an diesem jungen Mädchen, und ihr Herz mußte so zart, ihre Seele so stark sein, wie ihre Formen prachtvoll und ihr Antlitz liebreizend waren. Sie schwieg still wie ihr Bruder, der Gymnasiast, und schien sich einer der mädchenhaften Betrachtungen des menschlichen Geschicks zu überlassen, die sich oft dem prüfenden Auge eines Vaters und sogar dem Scharfblick der Mütter entziehen; und so war es unmöglich zu entscheiden, ob die eigenwilligen Schatten auf ihrem Gesicht, die wie leichtes Gewölk an einem klaren Himmel kamen und gingen, dem Spiel des Lichts oder geheimem Kummer zuzuschreiben waren.

Die beiden Ältesten waren in diesem Augenblick von den Eltern völlig vergessen. Mehrmals jedoch hatte der forschende Blick des Generals die stumme Szene gestreift, die im Hintergrund des Zimmers die Hoffnungen, wie sie sich in dem kindlichen Treiben im Vordergrund dieses Familienbildes ausdrückten, in lieblicher Erfüllung zu zeigen schienen. Wenn man das menschliche Leben als Abfolge unmerklicher Stufen erklären wollte, dann fügten sich diese Gestalten wie zu einem lebendigen Gedicht zusammen. Der Luxus aller Kleinigkeiten, die den Salon schmückten, die Verschiedenart der Haltungen, die Gegensätze der ganz verschiedenfarbigen Gewänder, die Kontraste der Gesichter, hervorgerufen durch das unterschiedliche Alter und durch die vom Licht betonten Konturen, entfalteten auf diesen Seiten aus dem Buch des menschlichen Lebens ihre reiche Mannigfaltigkeit, die man von Bildhauern, Malern oder Schriftstellern verlangt. Schließlich verliehen die Stille und der Winter, die Einsamkeit und die Nacht diesem reinen, erhabenen Bild ihre Hoheit – ein Wunderwerk der Natur. Das eheliche Leben hat viele solche heilige Stunden, deren unbeschreiblicher Reiz vielleicht der Erinnerung an eine bessere Welt entstammt. Gewiß fallen himmlische Strahlen auf diese Szenen, die dazu dienen, dem Menschen einen Teil seiner Kümmernisse aufzuwiegen, ihm das Dasein erträglich zu machen. Es scheint, als läge das ganze Universum in einer verführerischen Gestalt vor uns, als entrolle es seine gewaltigen Pläne sozialer Ordnung, als träte das gesellschaftliche Leben für seine Gesetze ein, indem es uns ein Bild der Zukunft zeigte.

Trotz des gerührten Blicks aber, den Hélène auf Abel und Moina warf, sooft ihr Lachen wieder einmal losbrach; trotz des Glücks, das auf ihrem Gesicht leuchtete, wenn sie ihren Vater verstohlen ansah, drückte sich in ihren Gebärden, ihrer

Haltung und vor allem in ihren Augen, die von langen Wimpern verschleiert wurden, eine tiefe Schwermut aus. Ihre weißen kräftigen Hände, denen das Licht, das darüber hinglitt, eine durchsichtige, fast fließende Röte verlieh, nun ja, diese Hände zitterten. Ein einziges Mal trafen sich die Blicke Hélènes und der Marquise, ohne sich scheu voneinander abzuwenden. Da verstanden sich die beiden Frauen mit einem Blick, der auf Hélènes Seite ausdruckslos, kalt und achtungsvoll, auf seiten der Mutter düster und drohend war. Hélène beugte sich schnell wieder über den Stickrahmen, ließ die Nadel fliegen und hob ihren Kopf, der ihr zu schwer geworden schien, lange nicht mehr. War die Mutter gegen ihre Tochter zu streng, und hielt sie diese Strenge für notwendig? War sie eifersüchtig auf Hélènes Schönheit, der sie immer noch, aber freilich nur durch das Aufgebot aller Toilettenkünste, standhalten konnte? Oder hatte die Tochter, wie viele Mädchen, wenn sie einen schärferen Blick bekommen, Geheimnisse erraten, die diese Frau, die dem äußern Anschein nach ihren Pflichten so getreulich nachkam, in den Tiefen ihres Herzens wie in einem Grab geborgen zu haben glaubte?

Hélène war in einem Alter angelangt, wo die Reinheit der Seele zu einer Strenge führt, die das richtige Maß, in dem die Gefühle bleiben sollen, überschreitet. In manchen Köpfen nehmen Fehler die Ausmaße eines Verbrechens an; die Phantasie wirkt dann auf das Gewissen zurück; die jungen Mädchen übertreiben die Strafe je nach der Bedeutung, die sie dem Vergehen beimessen. Hélène glaubte, daß sie keines Menschen würdig sei. Ein Geheimnis ihres vergangenen Lebens, etwas Zufälliges vielleicht, das, anfangs unverstanden, sich in ihrem eindrucksfähigen Verstand, der unter dem Einfluß religiöser Ideen stand, noch steigerte, schien sie seit kurzem in der exaltierten Art, wie Hélène es betrachtete, vor sich selbst förmlich erniedrigt zu haben. Diese Veränderung in ihrem Betragen begann an dem Tage, als sie in der neuen Übersetzung der ausländischen Theaterstücke das schöne Schauspiel ›Wilhelm Tell‹ von Schiller gelesen hatte. Das Buch war ihren Händen entfallen, und die Mutter hatte sie ob dieses Versehens gescholten; durch diesen kleinen Zwischenfall wurde die Marquise darauf aufmerksam, daß die Verheerung, die diese Lektüre in Hélènes Seele angerichtet hatte, von der Szene herrührte, wo der Dichter zwischen Wilhelm Tell, der das Blut eines Mannes vergießt, um ein ganzes Volk zu retten, und Johannes Parricida eine Art Freundschaftsbund begründet. Hélène hatte ein demütiges, frommes, in sich gekehrtes Wesen angenommen und wollte keine Bälle mehr besuchen. Niemals war sie so zärtlich gegen ihren Vater gewesen; besonders wenn ihre Mutter nicht zugegen war, überhäufte sie ihn mit ihren mädchenhaften Liebkosungen. Jedoch wenn zwischen Hélène und ihrer Mutter eine gewisse Entfremdung eingetreten war, so tat sie sich auf eine so heimliche Weise kund, daß der General, der eifersüchtig über die Eintracht in seiner Familie wachte, nichts davon gewahr wurde. Kein Mann wäre scharfsichtig genug gewesen, um die Tiefe dieser beiden weiblichen Herzen zu ergründen: das eine war jung und großmütig, das andere empfindlich und stolz; das erste voller Nachsicht, das zweite voller Hinterhältigkeit und Leidenschaft. Wenn die Mutter die Tochter durch einen geschickten weiblichen Despotismus quälte, so wurde dies einzig dem Opfer fühlbar. Im übrigen hat erst das folgende Ereignis diese rätselhaften Mutmaßungen hervorgerufen. Bis zu dieser Nacht aber war kein Strahl, dessen Licht anklagend gewesen wäre, von den beiden Seelen ausgegangen; aber zwischen ihnen und Gott waltete sicherlich ein finsteres Geheimnis.

»Komm, Abel«, rief die Marquise in einem Augenblick, als Moina und ihr Bruder, müde geworden, still dasaßen; »komm, mein Sohn, ich muß dich zu Bett bringen ...« Und mit einem gebieterischen Blick zog sie ihn entschlossen auf ihren Schoß. »Wie«, sagte der General, »es ist halb elf Uhr, und noch ist keiner von den Dienstboten nach Hause gekommen? O die liederlichen Kerle!« Zu seinem Sohn gewandt fuhr er fort: »Gustave, ich habe dir dieses Buch nur unter der Bedingung gegeben, daß du um zehn Uhr mit Lesen aufhörst; du hättest es von selber um diese Zeit schließen und, wie du mir versprochen hattest, schlafen gehen sollen. Wenn du ein tüchtiger Mann werden willst, dann mußt du aus deinem Wort eine zweite Religion machen und daran festhalten wie an deiner Ehre. Fox, einer der größten Redner Englands, zeichnete sich vor allem durch die Vortrefflichkeit seines Charakters aus. Eine seiner bemerkenswertesten Eigenschaften war die Treue gegenüber seinem Wort. In seiner Kindheit hatte ihm sein Vater, ein Engländer von altem Schrot und Korn, eine so kräftige Lektion erteilt, daß sie auf Lebenszeit in dem Gemüt des Knaben nachwirkte. Als er so alt war wie du, kam Fox in den Ferien zu seinem Vater, welcher, wie alle reichen Engländer, einen ansehnlichen Park besaß, in dem sein Schloß stand. In dem Park befand sich ein alter Pavillon, der abgerissen und an einer Stelle wieder aufgebaut werden sollte, die ein besonders schöner Aussichtspunkt war. Kinder haben eine Freude daran, zuzusehen, wie etwas niedergerissen wird. Der kleine Fox wollte noch ein paar Tage länger Ferien haben, um bei dem Abbruch des Pavillons zugegen zu sein; aber sein Vater wünschte, daß er am Tag des Unterrichtsbeginns dorthin zurückkehre; darüber entzweiten sich Vater und Sohn. Die Mutter, wie alle Mütter, stand zum kleinen Fox. Nunmehr versprach der Vater dem Sohne feierlich, daß er mit dem Abbruch des Pavillons bis zu den nächsten Ferien warten würde. Fox kehrte in die Schule zurück. Der Vater, der der Meinung war, daß ein kleiner Junge, der zu lernen hatte, diese Sache bald vergessen würde, ließ den Pavillon abbrechen und an der andern Stelle wieder aufbauen. Der eigensinnige Junge aber dachte an nichts anderes als an diesen Pavillon. Als er nach Hause kam, war sein erstes, nach dem alten Häuschen zu sehen; aber er kam ganz niedergeschlagen zum Frühstück und sagte zum Vater: ›Sie haben mich betrogen.‹ Der alte englische Edelmann erwiderte darauf beschämt, aber voll Würde: ›Es ist wahr, mein Sohn, aber ich werde meinen Fehler wiedergutmachen, man muß an seinem Wort mit mehr Beharrlichkeit festhalten als an seinem Vermögen; denn wer sein Wort hält, kommt zu Vermögen, und aller Reichtum kann den Makel nicht tilgen, den ein Wortbruch dem Gewissen aufdrückt.‹ Der Vater ließ den alten Pavillon wiederherstellen, wie er gewesen war; hernach, als er aufgebaut war, wurde er vor den Augen des Sohnes niedergerissen. Laß dir das als Lektion dienen, Gustave!«

Gustave, der seinen Vater aufmerksam angehört hatte, schloß sofort das Buch. Einen Augenblick trat Stille ein, währenddessen hob der General Moina, die sich gegen den Schlaf wehrte, hoch und setzte sie sanft auf seine Knie. Die Kleine ließ ihr schlaftrunkenes Köpfchen auf die Brust des Vaters fallen und schlief umhüllt von den goldenen Locken ihres Haarschopfes sogleich fest ein. In diesem Augenblick ertönten hastige Schritte auf der Straße, und drei Schläge an der Tür hallten im Hause wider. Diese drei langanhaltenden Schläge klangen unmißverständlich, wie der Schrei eines Menschen, der in Todesgefahr schwebt. Der Wachhund bellte wütend los. Hélène, Gustave, der General und seine Frau fuhren heftig zusammen; doch Abel, dem seine Mutter endlich die Nachtmütze aufgestülpt hatte, und Moina wachten nicht auf.

»Der hat es aber eilig!« sagte der General, indem er die Kleine in den Lehnstuhl legte. Er verließ eilig das Zimmer, ohne die Bitte seiner Frau zu beachten, die ihm zurief: »Geh nicht hinaus, Lieber ...« Der Marquis ging in sein Schlafzimmer, nahm ein paar Pistolen, zündete seine Blendlaterne an, stürzte zur Treppe, rannte schnell wie der Blitz hinunter und stand sobald an der Haustür, wohin ihm sein Sohn unerschrocken gefolgt war. »Wer ist da?« fragte er. »Öffnen Sie!« antwortete eine von keuchenden Atemzügen nahezu erstickte

Stimme. »Sind Sie Freund?« – »Ja, Freund.« – »Sind Sie allein?« – »Ja …, aber öffnen Sie, denn man kommt!« Kaum hatte der General die Tür einen Spaltbreit geöffnet, so schlüpfte mit der gespenstischen Geschwindigkeit eines Schattens ein Mann in die Halle herein; und bevor der General sich dem widersetzen konnte, zwang ihn der Unbekannte, die Tür loszulassen, stieß diese mit einem kräftigen Fußtritt zu und stemmte sich entschlossen dagegen, als wollte er verhindern, daß sie geöffnet würde. Der General, der, um ihn in Schach zu halten, im Nu seine Pistole und die Laterne gegen die Brust des Fremden hielt, sah einen Mann von mittlerem Wuchs, der in einen weiten, schleppenden Pelz, das Kleidungsstück eines alten Mannes, das nicht für ihn gemacht zu sein schien, eingehüllt war. Der Flüchtling hatte, ob aus Vorsicht oder aus Zufall, den Hut tief in die Stirn gedrückt, so daß dieser die Augen fast verdeckte.

»Monsieur«, sprach er den General an, »nehmen Sie Ihre Pistole herunter. Ich werde nicht ohne Ihre Einwilligung hierbleiben; aber wenn ich hinausgehe, erwartet mich am Stadttor der Tod. Und welch ein Tod! Sie hätten ihn vor Gott zu verantworten. Ich bitte Sie für zwei Stunden um Gastfreundschaft. Haben Sie wohl acht, mein Herr! So flehentlich ich auch bitte, so muß ich doch zugleich mit dem Zwang der Notwendigkeit fordern. Ich fordere die Gastfreundschaft Arabiens! Ich muß Ihnen heilig sein; wenn nicht, öffnen Sie, ich werde in den Tod gehen. Ich brauche Verschwiegenheit, Asyl und Wasser. Oh, Wasser!« wiederholte er mit röchelnder Stimme. »Wer sind Sie?« fragte der General, der mit höchstem Erstaunen dem fieberhaften Redeschwall des Unbekannten gefolgt war. »Ah! Wer ich bin? Nun, dann öffnen Sie, ich gehe!« versetzte der Mann mit teuflischem Hohn.

Obwohl der General geschickt das Licht seiner Laterne lenkte, konnte er doch nur den untern Teil des Gesichts sehen, und nichts darin sprach dafür, daß man eine auf so seltsame Art geforderte Gastfreundschaft hätte gewähren sollen: die

Wangen zitterten, waren leichenfahl, und die Züge fürchterlich verzerrt. Unter dem Schatten des Hutrandes flackerten die Augen mit einem Glanz, vor dem der blasse Schein der Laterne verblich. Dennoch, es bedurfte einer Antwort. »Monsieur«, sagte der General, »Sie führen eine so ungewöhnliche Sprache, daß Sie an meiner Stelle ...« – »Sie haben mein Leben in Händen!« unterbrach der Fremde den Hausherrn mit schrecklicher Stimme. »Zwei Stunden?« fragte der General unentschlossen. »Zwei Stunden!« wiederholte der Mann.

Dann schob er plötzlich mit einer Gebärde der Verzweiflung seinen Hut aus der Stirn, und als wollte er einen letzten Versuch machen, schleuderte er dem General einen Blick zu, dessen Feuer ihm bis ins Mark drang. Dieser Strahl von Intelligenz und Willenskraft glich einem Blitz, und seine Wirkung war niederschmetternd wie die des Blitzes; denn in manchen Augenblicken sind die Menschen mit einer unerklärlichen Macht begabt. »Nun denn, wer Sie auch seien, Sie werden unter meinem Dache in Sicherheit sein!« versetzte der Hausherr feierlich, der einer jener instinktiven Regungen zu gehorchen glaubte, die der Mensch nicht immer zu deuten weiß. »Gott vergelte es Ihnen!« sagte der Unbekannte mit einem tiefen Seufzer. »Sind Sie bewaffnet?« fragte der General. Statt jeder Antwort öffnete der Fremde seinen Pelz und schloß ihn rasch wieder, so daß dem General kaum Zeit blieb, einen Blick auf seine Kleidung zu werfen. Er war anscheinend ohne Waffen und in dem Anzug eines jungen Mannes, der vom Ball kommt. So flüchtig diese kurze Prüfung des mißtrauischen Offiziers auch war, sie hatte genügt, um ihn zu dem Ausruf »Wo in aller Welt haben Sie sich bei dem trockenen Wetter so mit Kot bespritzen können?« zu veranlassen. »Schon wieder Fragen!« antwortete der Unbekannte hochmütig. In diesem Augenblick bemerkte der Marquis seinen Sohn und erinnerte sich der Lektion, die er ihm soeben betreffs der strengen Einhaltung des einmal gegebenen Wortes erteilt hatte. Er war so ärgerlich darüber, daß er zornig ausstieß: »Wie denn, du Schlingel, du stehst hier, anstatt in deinem Bette zu sein?« – »Weil ich glaubte, Ihnen in der Gefahr nützlich sein zu können«, antwortete Gustave. »Nun, geh in dein Zimmer hinauf«, sagte der Vater, von der Antwort des Sohnes besänftigt. »Und Sie«, wandte er sich an den Fremdling, »folgen Sie mir!«

Sie wurden schweigsam wie zwei Spieler, die einander mißtrauen. Finstere Ahnungen bemächtigten sich des Generals. Der Unbekannte lag ihm schon wie ein Alpdruck auf dem Herzen; aber von seiner Eidespflicht gebunden, führte er ihn durch die Korridore, über die Treppen seines Hauses und ließ ihn in ein im zweiten Stockwerk gerade über dem Salon gelegenes großes Zimmer eintreten. Dieser unbewohnte Raum diente im Winter als Trockenkammer, stieß an keinen Wohnraum und hatte an seinen vier vergilbten Wänden keinen andern Schmuck als über dem Kamin einen schlechten Spiegel, den der vorige Mieter dagelassen hatte, und dem Kamin gegenüber einen weiteren großen Spiegel, der, da man bei der Einrichtung keine Verwendung dafür gehabt hatte, provisorisch dort angebracht worden war. Der Fußboden dieser geräumigen Mansarde war nie gefegt worden, die Luft darin war eisig, und zwei Rohrstühle mit ausgerissenem Sitz bildeten das ganze Mobiliar. Nachdem der General seine Laterne auf den Kaminsims gestellt hatte, sagte er zu dem Unbekannten: »Ihre Sicherheit fordert, daß Sie diese elende Mansarde als Zufluchtsort nehmen. Und da ich Ihnen mein Wort gegeben habe, Stillschweigen zu wahren, so werden Sie mir erlauben, daß ich Sie hier einschließe.« Der Mann nickte zum Zeichen der Zustimmung. »Ich habe nur Obdach, Verschwiegenheit und Wasser verlangt«, bemerkte er. »Ich werde Ihnen welches bringen«, erwiderte der Marquis. Er schloß sorgfältig die Tür und tappte im Dunkeln in den Salon hinunter, ergriff dort einen Leuchter, damit er selbst aus der Anrichtekammer eine Wasserkaraffe holen könne. »Nun, was gibt es?« fragte die Marquise lebhaft ihren Gatten. »Nichts, meine Liebe«, antwortete er kühl. »Aber wir haben es doch gehört, du hast eben jemanden nach oben gebracht …?« – »Hélène«, versetzte der General mit einem Blick auf seine Tochter, die den Kopf zu ihm erhob, »denke daran, daß die Ehre deines Vaters auf deiner Verschwiegenheit beruht. Du darfst nichts gehört haben.« Das junge Mädchen antwortete mit einem verstehenden Nicken. Die Marquise war völlig sprachlos und innerlich empört über die Art und Weise, wie ihr Mann es anstellte, sie zum Schweigen zu nötigen. Der General holte eine Karaffe, ein Glas und ging wieder in das Zimmer hinauf, wo sein Gefangener war; er fand ihn stehend, mit bloßem Kopf, neben dem Kamin an die Wand gelehnt; seinen Hut hatte er auf einen der beiden Stühle geworfen. Der Fremde war sicher nicht darauf gefaßt gewesen, so hell beleuchtet zu werden. Er runzelte die Stirn, und sein Gesicht zeigte Besorgnis, als seine Augen den durchbohrenden Blicken des Generals begegneten; aber er besänftigte sich und nahm eine freundliche Miene an, um seinem Beschützer zu danken. Nachdem dieser das Glas und die Karaffe auf den Kaminsims niedergesetzt hatte, warf ihm der Unbekannte noch einen flammenden Blick zu und brach dann das Schweigen. »Monsieur«, sagte er mit einer sanften Stimme, die nicht mehr die krampfhaften Kehllaute wie vorher hatte, aber noch von starker innerer Erregung zeugte, »ich muß Ihnen seltsam vorkommen. Entschuldigen Sie, was als Schrulle erscheint, aber notwendig ist. Wenn Sie dableiben, muß ich Sie bitten, mich nicht anzusehen, während ich trinke.«

Der General, dem es höchst widerwärtig war, dauernd einem Mann zu gehorchen, der ihm mißfiel, wandte sich brüsk um. Der Fremde zog aus seiner Tasche ein weißes Taschentuch, umwickelte sich damit die rechte Hand, ergriff dann die Karaffe und trank sie mit einem Zug aus. Ohne daß der Marquis daran gedacht hätte, seinen stillschweigenden Eid zu brechen, blickte er mechanisch in den Spiegel; nun aber, da die sich gegenüberhängenden Spiegel ihm das Bild des Unbekannten vollkommen wiedergaben, konnte er sehen, wie sich das Taschentuch plötzlich durch die Berührung mit den beiden Händen, die voll Blut waren, rot färbte.

»Ah! Sie haben mich angesehen!« schrie der Mann, als er, nachdem er getrunken und sich in seinen Mantel gehüllt hatte, den General mit argwöhnischem Blick durchforschte; »ich bin verloren. Sie kommen, da sind sie!« – »Ich höre nichts«, sagte der Marquis. »Sie haben kein Interesse daran, wie ich, ins Dunkel hinauszuhorchen.« – »Haben Sie sich denn im Duell geschlagen, da Sie so mit Blut bedeckt sind?« fragte der General, der in heftige Erregung geriet, als er die Farbe der großen Flecken ausmachen konnte, von denen die Kleider des Gastes ganz durchtränkt waren. »Ja, Sie haben es erraten, ein Duell«, wiederholte der fremde Mann, und ein bitteres Lächeln glitt über seine Lippen.

In diesem Augenblick ertönte in der Ferne der Hufschlag mehrerer in scharfem Galopp heranjagender Pferde; doch das Geräusch war schwach wie das erste Heraufdämmern des Morgens. Das geübte Ohr des Generals erkannte an der Gangart, daß alle Pferde an die Zucht der Schwadron gewöhnt waren. »Das ist die Gendarmerie«, sagte er.

Er sah seinen Gefangenen in einer Weise an, die angetan war, die Zweifel, die seine ungewollte Indiskretion in jenem hatte wachrufen müssen, zu zerstreuen, ergriff das Licht und kehrte in den Salon zurück. Kaum hatte er den Schlüssel von dem oberen Zimmer auf den Kaminsims niedergelegt, als das Pferdegetrappel stärker wurde und sich mit einer Schnelligkeit, die den General erbeben ließ, dem Landhaus näherte. In der Tat hielten die Pferde vor der Haustür. Ein Reiter stieg ab, nachdem er einige Worte mit seinen Kameraden gewechselt hatte, klopfte ungestüm und zwang den General zu öffnen. Beim Anblick von sechs Gendarmen, deren silberbetreßte Hüte im Mondschein glänzten, konnte dieser die innere Erregung nicht meistern.

»Haben Monseigneur nicht eben einen Mann in Richtung Stadttor laufen hören?« – »In Richtung Stadttor? Nein.« – »Sie haben Ihre Tür niemandem geöffnet?« – »Sehe ich denn wie jemand aus, der selbst das Haustor aufschließt?« – »Aber Verzeihung, General, in diesem Augenblick scheint es mir, daß ...« – »Alle Wetter!« rief der Marquis zornig, »wollen Sie mich zum besten haben? Haben Sie das Recht ...« – »Nein, durchaus nicht, Euer Gnaden«, begütigte der Brigadier; »Sie werden unsern Eifer entschuldigen. Wir wissen wohl, daß ein Pair von Frankreich sich nicht der Gefahr aussetzt, zu dieser Stunde der Nacht einen Mörder in seinem Haus aufzunehmen, jedoch der Wunsch, eine Auskunft zu erhalten...« – »Einen Mörder!« rief der General; »und wer ist denn ...?« – »Der Baron de Mauny wurde gerade eben mit einem Beil erschlagen«, erwiderte der Gendarm; »doch wir sind dem Mörder auf den Fersen. Wir sind sicher, daß er hier in der Gegend ist, und werden ihn aufspüren. Verzeihen Sie, General!«

Der Gendarm sagte dies, während er sein Pferd wieder bestieg, so daß es ihm glücklicherweise nicht möglich war, das Gesicht des Generals zu sehen. Sonst hätte der Brigadier, der gewöhnt war, alles mögliche zu mutmaßen, leicht beim Anblick dieser unverstellten Miene, in der sich alle Regungen der Seele spiegelten, Verdacht schöpfen können. Weiß man den Namen des Mörders?« fragte der General. »Nein«, antwortete der Reiter; »er hat das Gold und die Banknoten, die in großer Menge im Schreibtisch lagen, nicht berührt.« – »Es wird ein Racheakt sein«, meinte der Marquis. »Ach was! Gegen einen Greis... Nein, nein, der Geselle wird nicht Zeit gehabt haben, den Streich auszuführen.«

Und der Gendarm folgte seinen Gefährten, die schon weitergeritten waren. Der General war eine Weile begreiflicherweise der größten Bestürzung preisgegeben. Da hörte er seine Dienstboten nach Hause kommen, die in einen hitzigen Disput geraten waren, ihre Stimmen schallten vom Kreuzweg nach Montreuil her herüber. Als er sie vor sich hatte, brach sein Zorn, der einen Vorwand brauchte, um sich zu entladen, wie ein Gewitter los. Seine Stimme hallte bis in alle Winkel des Hauses. Als jedoch der dreisteste und pfiffigste von ihnen, sein Kammerdiener, vortrat und die Verspätung damit entschuldigte, daß sie vor Montreuil von Gendarmen und Polizeibeamten aufgehalten worden waren, die sich auf der Suche nach einem Mörder befanden, beruhigte sich der General. Plötzlich schwieg er. Gleich darauf aber erinnerte ihn das Wort ›Mörder‹ an die Pflichten seiner merkwürdigen Lage, und er befahl seinen Leuten kurz, sofort schlafen zu gehen, und versetzte diese in großes Erstaunen damit, daß er die Lüge des Kammerdieners so leicht gelten ließ.

Während diese Ereignisse sich im Hof zutrugen, hatte ein scheinbar unbedeutender Zwischenfall die Lage der andern Personen, die in dieser Geschichte eine Rolle spielen, sehr verändert. Sobald der Marquis das Zimmer verlassen hatte, neigte sich seine Frau zu ihrer Tochter, und indem sie abwechselnd Hélène und den Mansardenschlüssel anblickte, flüsterte sie ihr schließlich zu: »Hélène, dein Vater hat den Schlüssel auf dem Kamin liegen lassen.« Das junge Mädchen hob erstaunt den Kopf und sah die Mutter furchtsam an, deren Augen vor Neugierde funkelten. »Ja und ... Mutter?« fragte sie verstört. »Ich möchte gern wissen, was da oben vorgeht. Wenn ein Mensch da oben ist, so hat er sich noch nicht vom Fleck gerührt. Geh doch hinauf ...« – »Ich?« rief das junge Mädchen entsetzt aus. »Hast du Furcht?« – »Nein, Mutter, aber mir war, als ob ich den Schritt eines Mannes gehört hätte.« »Wenn ich selbst hinaufgehen könnte, würde ich dich nicht bitten, es zu tun, Hélène«, versetzte die Mutter kühl und würdevoll; »wenn dein Vater hereinkäme und mich nicht fände, würde er mich vielleicht suchen, während er deine Abwesenheit gar nicht bemerken wird.« – »Mutter«, antwortete Hélène, »wenn du es mir befiehlst, werde ich gehen, aber es wird mich die Achtung meines Vaters kosten...« – »Wie denn!« sagte die Marquise ironisch; »da du ernst nimmst, was nur als Scherz gemeint war, befehle ich dir nun, nachzusehen, wer da oben ist. Hier ist der Schlüssel; meine Tochter! Als dir dein Vater Schweigen gebot über das, was sich heute in seinem Hause zuträgt, hat er dir nicht untersagt, in dieses Zimmer hinaufzugehen. Geh nun und wisse, daß es einer Tochter niemals zusteht, über ihre Mutter zu richten ...«

Nachdem die Marquise diese letzten Worte mit der ganzen Strenge einer beleidigten Mutter hervorgebracht hatte, nahm sie den Schlüssel und reichte ihn Hélène, die sich, ohne ein Wort zu sagen, erhob und den Salon verließ.

›Meine Mutter wird immer seine Verzeihung zu erlangen wissen, aber ich werde in seinen Augen gesunken sein! Will sie mir denn das Herz meines Vaters rauben, mich aus seinem Hause jagen?‹

Diese Gedanken wirbelten ihr im Kopf herum, während sie im Dunkeln den langen Korridor durchschritt, an dessen Ende sich die Tür zu dem geheimnisvollen Zimmer befand. Als sie dort angelangt war, hatte der Wirrwarr in ihrem Kopf etwas unheilvoll Drohendes angenommen. Tausend bisher unterdrückte Gefühle drangen während dieser dunklen Überlegung aus ihrem Innern hervor. Wenn sie vielleicht schon nicht mehr an eine glückliche Zukunft glaubte, so verzweifelte sie in diesem schrecklichen Augenblick vollends am Leben. Sie zitterte krampfhaft, als sie den Schlüssel dem Schlosse näherte, und ihre Erregung steigerte sich derartig, daß sie einen Augenblick innehielt und die Hand auf das Herz preßte, als könne sie dadurch seine heftigen tiefen Schläge besänftigen. Endlich öffnete sie. Der Mörder schien das Kreischen der Türangeln überhört zu haben. Trotz seiner geschärften Sinne blieb er reglos und wie in Gedanken verloren fest an die Wand gedrückt stehen. Der Lichtkreis, der von der Laterne ausging, beleuchtete ihn schwach, und in dem Halbdunkel glich er jenen finstern Ritterstatuen, die in gotischen

Kapellen immer in den Nischen auf einer schwarzen Gruft stehen. Auf seiner breiten, gelben Stirn perlte kalter Schweiß. Eine unerhörte Kühnheit strahlte von seinem qualvoll verzogenen Gesicht aus. Seine feurigen Augen schienen trocken und starr einem Kampf zuzusehen, der sich vor ihm im Dunkeln abspielte. Rebellische Gedanken jagten über sein Angesicht, dessen entschlossener, tapferer Ausdruck eine überlegene Natur verriet. Wuchs und Haltung seines Körpers standen im Einklang mit seinem wilden Wesen. Dieser Mann war ganz Macht und Kraft, und er faßte die Finsternis wie ein sichtbares Bild seiner Zukunft ins Auge. Der General, der an die willensstarken Riesengestalten gewöhnt war, die Napoleon umdrängt hatten, und der ganz von geistiger Neugierde befangen war, hatte den körperlichen Besonderheiten dieses außergewöhnlichen Mannes keine Beachtung geschenkt; aber Hélène, die, wie alle Frauen, für äußere Eindrücke empfänglich war, wurde gepackt von der Mischung aus Licht und Schatten, aus Großartigem und Leidenschaft, von einem poetischen Chaos, das dem Unbekannten das Aussehen Luzifers, der sich nach seinem Fall wieder erhebt, verlieh. Plötzlich legte sich wie durch einen Zauber der Sturm, der sich auf seinem Gesichte widergespiegelt hatte, und die unerklärliche Macht, deren Ursache und Wirkung vielleicht unbewußt der Fremde war, breitete sich um ihn herum mit der Gewalt einer reißend anwachsenden Überschwemmung aus. In dem Augenblick, da seine Züge sich glätteten, strömte seine Stirn eine Fülle geistigen Lebens aus. Teils von der seltsamen Begegnung, teils von dem Geheimnis, in das es eindrang, gefesselt, konnte das junge Mädchen nun ein sanftes, empfindsames Antlitz bewundern. Sie verharrte einige Zeit in einem wundersamen Schweigen, unter einem Ansturm von Gefühlen, die ihrer jungen Seele bislang unbekannt waren. Bald aber, sei es, daß eine Bewegung oder ein unwillkürlicher Ausruf Hélènes, sei es, daß die fremden Atemzüge den Mörder aus seiner Gedankenwelt in die Wirklichkeit zurückriefen, wandte er den Kopf der Tochter seines Gastgebers zu und bemerkte undeutlich im Schatten das himmlische Gesicht und die hoheitsvolle Gestalt eines Wesens, das er, da er es so starr und nebelhaft wie eine Erscheinung stehen sah, für einen Engel halten mußte. »Monsieur!« sagte Hélène mit zitternder Stimme. Der Mörder erbebte. »Eine Frau!« rief er leise; »ist es möglich? Entfernen Sie sich! Ich erkenne niemandem das Recht zu, mich zu beklagen, mich freizusprechen oder zu verdammen! Ich muß allein leben! Gehen Sie, mein Kind«, fügte er mit einer Herrschergebärde hinzu, »ich würde den Dienst, den mir der Herr dieses Hauses erweist, schlecht lohnen, wenn ich einen einzigen seiner Bewohner die gleiche Luft mit mir atmen ließe! Ich muß mich den Gesetzen der Welt unterwerfen.«

Dieser letzte Satz wurde mit leiser Stimme gesprochen. Aus einer tiefen innern Erkenntnis heraus schien er mit einem Blicke das ganze fürchterliche Elend zu übersehen, das dieser düstere Gedanke hervorrief: er warf Hélène einen Schlangenblick zu und rührte in dem Herzen dieses seltsamen Mädchens eine Welt noch schlummernder Gefühle auf. Es war, als hätte ein Lichtstrahl unbekannte Reiche vor ihr aufgetan. Ihre Seele wurde überwältigt, niedergezwungen, ohne daß sie vermocht hätte, sich der magnetischen Macht dieses Blickes, so unwillkürlich er sein mochte, zu entziehen. Beschämt und zitternd ging sie hinaus und kehrte erst unmittelbar vor ihrem Vater in den Salon zurück, so daß sie ihrer Mutter nichts berichten konnte.

Der General ging mit gleichförmigen Schritten stumm zwischen den Fenstern, die auf die Straße blickten, und jenen, die nach dem Garten gerichtet waren, auf und ab. Er hatte die Arme über der Brust gekreuzt und war in tiefe Gedanken versunken. Seine Frau behütete Abels Schlaf. Moina, die in dem großen Lehnstuhl wie ein Vogel in seinem Neste hockte, schlummerte sorglos. Die älteste Schwester hielt in der einen Hand einen Seidenknäuel, in der andern eine Nadel und starrte ins Feuer. Die tiefe Stille, die in dem Salon, draußen und im ganzen Haus herrschte, wurde nur von den schlurfenden Schritten der Dienstboten, die einer nach dem anderen schlafen gingen, oder von ihrem erstickten Gekicher, dem Nachhall ihres Hochzeitsjubels, unterbrochen; dann hörte man noch, wie die miteinander flüsternden Dienstboten ihre Zimmertüren erst öffneten und dann schlossen, auch von ihren Betten her kam noch hie und da ein dumpfer Laut. Ein Stuhl fiel um, man vernahm das schwache Husten eines alten Kutschers, das gleich wieder verstummte. Bald aber herrschte überall die finstere Majestät, welche um Mitternacht von der schlafenden Natur ausgeht. Nur die Sterne glänzten. Der Frost hatte die Erde ergriffen. Kein Wesen sprach noch regte sich. Nur am Knistern des Feuers konnte man die Tiefe der Stille wahrnehmen. Die Kirchenuhr von Montreuil schlug ein Uhr. In diesem Augenblick war im obern Stockwerk der leise Hall von außerordentlich leichten Schritten zu vernehmen. Der Marquis und seine Tochter, die sicher waren, den Mörder Monsieur de Maunys eingeschlossen zu haben, glaubten, daß diese Schritte von einem der weiblichen Dienstboten herrührten, und waren nicht erstaunt, als sie die Türen des vor dem Salon gelegenen Zimmers sich öffnen hörten. Mit einemmal erschien der Mörder unter ihnen. Die Bestürzung, in die der General geriet, die Neugierde der Marquise und das Erstaunen der Tochter waren so groß, daß er bis in die Mitte des Zimmers gelangen konnte. Er sagte zum General mit einer seltsam ruhigen, melodischen Stimme: »Monseigneur, die zwei Stunden gehen zu Ende.« – »Sie hier!« rief der General, »durch welche Macht …?« Und mit einem fürchterlichen Blick befragte er seine Frau und seine Kinder. Hélène wurde feuerrot. »Sie«, fuhr der General im scharfen Ton fort, »Sie in unserer Mitte! Ein blutbesudelter Mörder hier! Sie schänden dieses Bild! Gehen Sie! Gehen Sie!« schloß er in höchstem Zorn.

Bei dem Wort ›Mörder‹ stieß die Marquise einen Schrei aus.

Was Hélène betraf, so war es, als ob dies Wort über ihr Leben entschiede; ihr Gesicht verriet nicht das mindeste Erstaunen. Es war, als hätte sie diesen Mann erwartet. Ihre unklaren Gedanken bekamen einen Sinn. Die Strafe, die der Himmel wegen ihrer Verfehlungen über sie verhängt hatte, offenbarte sich. In dem Glauben, daß sie ebenso schuldig sei, wie es dieser Mann war, sah sie ihn mit ruhigem Auge an: sie war seine Gefährtin, seine Schwester. Ein Gebot Gottes tat sich für sie in diesem Ereignis kund. Einige Jahre später hätte die Vernunft ihre Gewissensqualen eingedämmt; in diesem Moment brachten sie sie von Sinnen. Der Fremde blieb unbeweglich und kalt. Ein verächtliches Lächeln trat auf seine Züge und die vollen, roten Lippen. »Sie danken mir die Vornehmheit meines Verhaltens gegen Sie schlecht«, sagte er langsam; »ich habe das Glas, in welchem Sie mir Wasser gegeben haben, um meinen Durst zu stillen, nicht mit meinen Händen berühren wollen. Ich habe nicht einmal daran gedacht, meine blutigen Hände unter Ihrem Dache zu waschen, und nichts bleibt in Ihrem Hause von meinem ›Verbrechen‹« – bei diesen Worten preßte er die Lippen zusammen – »zurück als die Idee. Ich wollte von hier fortgehen, ohne eine Spur zu hinterlassen. Ich habe Ihrer Tochter nicht einmal erlaubt, zu ...« – »Meine Tochter!« schrie der General mit einem entsetzten Blick auf Hélène; »ah! Unglücklicher, geh, oder ich bringe dich um ....« – »Die zwei Stunden sind noch nicht vorüber. Sie können mich weder töten noch ausliefern, ohne Ihre eigene Achtung einzubüßen ... und die meinige.« Bei diesem letzten Wort versuchte der verblüffte General den Verbrecher anzusehen; aber er mußte die Augen niederschlagen, er fühlte sich außerstande, die unerträgliche Gewalt eines Blickes auszuhalten, der seine Seele zum zweitenmal ganz aus der Fassung brachte. Er fürchtete erneut nachgeben zu müssen, zumal er merkte, daß sein Wille schon schwächer wurde. »Einen Greis ermorden! Haben Sie denn nie eine Familie gesehen?« sagte er und deutete mit einer väterlichen Gebärde auf seine Frau und seine Kinder. »Ja, einen Greis«, wiederholte der Unbekannte und furchte leicht die Stirn. »Fliehen Sie!« rief der General, ohne daß er es wagte, seinen Gast anzusehen; »unser Pakt ist gebrochen. Ich werde Sie nicht töten. Nein, ich werde mich nicht zum Kuppler des Schafotts machen. Aber gehen Sie, uns graut vor Ihnen!« – »Ich weiß es«, antwortete der Verbrecher gefaßt; »es gibt keinen Landstrich in Frankreich, wo ich meinen Fuß gefahrlos hinsetzen könnte; aber wenn die Justiz, wie Gott, einen Unterschied zu machen verstünde, wenn sie geruhen würde, zu erforschen, welcher von den beiden, der Mörder oder das Opfer, das Ungeheuer ist, dann würde ich stolzen Mutes unter den Menschen bleiben. Begreifen Sie denn nicht, daß ein Mann früher Verbrechen begangen hat, um derentwillen man ihn erschlägt? Ich habe mich zum Richter und Henker gemacht, ich habe die Stelle der ohnmächtigen menschlichen Justiz vertreten. Das ist mein Verbrechen. Gott befohlen, Monsieur. Obwohl Sie Bitterkeit in Ihre Gastfreundschaft gemischt haben, werde ich doch dankbar an Sie denken. Ich werde noch für einen Menschen in der Welt ein Gefühl des Dankes in der Brust haben, und dieser Mann sind Sie. Aber ich hätte Sie großmütiger gewünscht.« Er ging auf die Tür zu. In diesem Augenblick neigte sich das junge Mädchen zur Mutter und flüsterte ihr etwas ins Ohr. »Ah!« ... Dieser Schrei, der der Marquise entfuhr, ließ den General erbeben, als hätte er plötzlich Moina tot vor sich gesehen. Hélène stand aufrecht, der Mörder hatte sich instinktiv umgedreht; sein Gesicht drückte eine gewisse Besorgnis für diese Familie aus. »Was hast du, meine Liebe?« fragte der Marquis. »Hélène will ihm folgen«, sagte sie. Der Mörder errötete. »Da meine Mutter eine fast unwillkürliche Äußerung so schlecht auslegt«, sagte Hélène leise, »so werde ich ihre Wünsche erfüllen.« Das junge Mädchen warf einen stolzen, beinahe wilden Blick um sich und blieb in einer Haltung von bewunderungswürdiger Sittsamkeit stehen. »Hélène«, sagte der General, »du bist in das Zimmer hinaufgegangen, wo ...« –

»Ja, Vater.« – »Hélène«, fragte er mit einer Stimme, die von einem krampfhaften Zittern bebte, »ist es das erstemal, daß du diesen Mann gesehen hast?« – »Ja, Vater.« – »Dann ist es aber nicht natürlich, daß du die Absicht hast, ihm ...« – »Wenn es nicht natürlich ist, so ist es wenigstens wahr, Vater.« – »Ah, meine Tochter! ...« sagte die Marquise leise, aber so, daß ihr Mann es hören konnte; »Hélène, du sprichst allen Begriffen von Ehre, Bescheidenheit und Tugend, die ich in deinem Herzen zu entfalten gestrebt habe, hohn. Wenn du bis zu dieser verhängnisvollen Stunde nur Lüge warst, dann brauchen wir dich nicht zu bedauern. Lockt dich die moralische Vollkommenheit dieses Unbekannten? Oder die Art Macht, welche denjenigen eigen ist, die ein Verbrechen begehen? Ich habe zu viel Achtung vor dir, um zu glauben...« – »Oh, glauben Sie alles!« sagte Hélène kalt.

Aber trotz der Charakterstärke, die sie in diesem Augenblick bewies, konnte das Feuer ihrer Augen nur schwer die Tränen verbergen, die ihre Wangen herabrollten. An den Tränen der Tochter erriet der Fremde die Worte der Mutter und sandte der Marquise seinen Adlerblick, diese konnte sich der unwiderstehlichen Macht, die sie zwang, den schrecklichen Verführer anzusehen, nicht entziehen. Als die Augen dieser Frau den klaren, leuchtenden Augen des Mannes begegneten, schauderte sie wie beim Anblick eines Reptils oder wie vom elektrischen Schlag beim Berühren einer Leidener Flasche zurück. »Mein Freund«, rief sie ihrem Manne zu, »das ist der Teufel! Er errät alles ...« Der General erhob sich, um an einer Klingelschnur zu ziehen. »Er stürzt Sie ins Verderben«, rief Hélène dem Mörder zu. Der Unbekannte lächelte. Er trat einen Schritt vor, griff nach dem Arm des Marquis und zwang ihn, einen Blick auszuhalten, der ihm die Fassung raubte und ihn wehrlos machte. »Ich werde Ihnen Ihre Gastfreundschaft vergelten«, sagte er, »und wir werden quitt sein. Ich erspare Ihnen den Wortbruch und liefere mich selbst aus. Was soll ich schließlich noch mit dem Leben anfangen?« – »Sie können bereuen!« antwortete Hélène mit einem Blick, in dem eine Hoffnung zu lesen war, wie sie nur in den Augen eines jungen Mädchens aufleuchtet. »Ich werde niemals bereuen!« sagte der Mörder mit klangvoller Stimme und hob stolz den Kopf. »Seine Hände sind blutbefleckt!« sagte der Vater zur Tochter. »Ich werde sie reinwaschen«, erwiderte sie. »Aber«, fiel der General ein, der es nicht wagte, auf den Unbekannten zu deuten, »weißt du denn überhaupt, ob er dich haben will?«

Der Unbekannte trat auf Hélène zu, deren keusche, in sich geschlossene Schönheit gleichsam von einem innern Licht durchstrahlt wurde, dessen Widerschein die feinsten Züge und zartesten Linien ihres Gesichts hervorhob und verklärte. Er sah das reizende Geschöpf sanft und voller Glut an und sagte tiefbewegt: »Heißt es nicht, Sie um Ihrer selbst willen lieben und Ihrem Vater die zwei Stunden Leben, die er mir verkauft hat, vergelten, wenn ich jetzt Ihr Opfer nicht annehme?« – »So stoßen Sie mich also auch zurück!« rief Hélène mit herzzerreißendem Ton. »So lebt denn alle wohl, ich will sterben!« – »Was hat das zu bedeuten?« stießen Vater und Mutter gleichzeitig hervor.

Sie schwieg und schlug die Augen nieder, nachdem sie der Marquise einen vielsagenden Blick zugeworfen hatte. Seit dem Augenblick, da der General und seine Frau bestrebt waren, durch Wort und Tat das seltsame Recht zu bekämpfen, das der Fremde sich angemaßt hatte, indem er in ihrer Mitte blieb und sie unter dem Banne seines sinnverwirrenden Auges hielt, waren sie einer unerklärlichen Benommenheit verfallen, und ihr betäubter Verstand leistete ihnen schlechte Dienste, die übernatürliche Macht zurückzustoßen, der sie zu erliegen drohten. Die Luft schien ihnen schwer geworden, sie atmeten mühsam und vermochten nicht, den, der sie so bedrückte, anzuklagen, obwohl eine innere Stimme sie nicht im Zweifel darüber ließ, daß die magischen Kräfte dieses Mannes die Ursache ihrer Ohnmacht waren. Inmitten dieses seelischen Todeskampfes wurde es dem General klar, daß er seine ganze Kraft darauf verwenden müsse, auf die ins Wanken geratene Vernunft seiner Tochter einzuwirken; er faßte sie um die Taille und zog sie vom Mörder weg in eine Fensternische. »Mein geliebtes Kind«, sagte er zu ihr mit leiser Stimme, »wenn eine seltsame Liebe plötzlich in deinem Herzen Wurzel geschlagen hat, so haben dein unschuldvolles Leben, dein reines frommes Herz mir so viele Beweise deiner Charakterstärke erbracht, daß ich nicht glauben kann, daß du nicht die nötige Kraft aufbringst, um eine Regung des Wahnsinns zu bezwingen. Hinter deinem Betragen steckt also ein Geheimnis. Sieh, mein Herz ist voller Nachsicht, du kannst dich ihm vertrauen; wenn du es auch zerreißen solltest, so würde ich meinen Schmerzen doch Schweigen gebieten und dein Geständnis in mir verschließen. Sag, bist du eifersüchtig auf unsere Liebe für deine Brüder und dein Schwesterchen? Hast du einen Liebeskummer in deinem Herzen? Fühlst du dich hier unglücklich? Sprich, erkläre mir die Gründe, die dich treiben, deine Familie zu verlassen, ihr das Lieblichste zu rauben, von deiner Mutter, deinen Brüdern, deiner kleinen Schwester wegzugehen!« – »Lieber Vater«, entgegnete sie, »ich bin weder eifersüchtig noch in irgend jemand verliebt, nicht einmal in Ihren Freund, den Diplomaten Monsieur de Vandenesse.« Die Marquise erbleichte, und ihre Tochter, die sie beobachtete, hielt inne. »Werde ich nicht früher oder später unter dem Schutz eines Mannes leben müssen?« – »Das ist wahr.« – »Wissen wir jemals«, fuhr sie fort, »welcher Art der Mensch ist, mit dem wir unser Geschick verknüpfen? Ich glaube an diesen Mann.« – »Kind«, beschwor sie der General, »du denkst nicht an alle Leiden, die deiner harren.« – »Ich denke an die seinen.« – »Was für ein Leben!« sagte der Vater. »Ein Frauenleben!« murmelte die Tochter. »Du bist sehr weise!« rief die Marquise, die endlich die Sprache wiederfand. »Mutter, die Fragen diktieren mir die Antworten; aber wenn Sie es verlangen, werde ich deutlicher sprechen!« – »Sage alles, meine Tochter … ich bin

Mutter!« Hier sah die Tochter die Mutter an, und dieser Blick ließ die Marquise innehalten. »Hélène, wenn du mir Vorwürfe zu machen hast, so will ich sie lieber hinnehmen, als daß ich dich einem Manne folgen sehe, den alle Welt mit Abscheu flieht.« – »Sie sehen wohl, Mutter, daß er ohne mich allein wäre!« – »Genug, Madame!« fiel der General ein; »haben wir also jetzt wirklich nur noch eine Tochter? ...« Und er blickte auf Moina, die die ganze Zeit schlief. »Ich werde dich in ein Kloster sperren!« fügte er hinzu, indem er sich zu Hélène wandte. »Gut, Vater, ich werde dort sterben«, antwortete sie mit verzweiflungsvoller Ruhe; »du bist nur Gott für mein Leben und für seine Seele verantwortlich.«

Eine tiefe Stille folgte plötzlich diesen Worten. Die Zeugen dieses Auftritts, in dem alle hergebrachten Gefühle des sozialen Lebens über den Haufen geworfen wurden, wagten nicht, sich anzusehen. Plötzlich bemerkte der Marquis seine Pistolen, ergriff eine, spannte sie hastig und richtete sie auf den Fremden. Beim Geräusch, den das Spannen verursachte, drehte sich der Mann um, heftete seinen ruhigen, stechenden Blick auf den General, dessen Arm mit unüberwindlicher Schlaffheit wie gelähmt herabsank und die Pistole auf den Teppich gleiten ließ... »Meine Tochter«, sagte hierauf der Vater, den dieser schreckliche Kampf erschöpft hatte, »du bist frei! Umarme deine Mutter, wenn sie es dir gestattet! Was mich betrifft, so will ich dich nicht länger sehen und hören ...« – »Hélène«, sagte die Mutter zu dem jungen Mädchen, »bedenke, daß du ins Elend gerätst.« Ein röchelnder Ton, der sich der breiten Brust des Mörders entrang, zog die Blicke auf ihn. Ein verächtlicher Ausdruck lag auf seinem Gesicht. »Die Gastfreundschaft, die ich Ihnen gewährt habe, kommt mich teuer zu stehen!« rief der General und erhob sich; »vorhin haben Sie nur einen Greis getötet, hier morden Sie eine ganze Familie. Wie es auch kommen mag, in dieses Haus ist das Unglück eingekehrt.« – »Und wenn Ihre Tochter glücklich wird?« fragte der Mörder mit einem festen Blick auf den General. »Wenn sie mit Ihnen glücklich ist«, entgegnete der Vater mit äußerster Anstrengung, »werde ich ihren Verlust nicht beklagen.« Hélène kniete schüchtern vor ihren Vater hin und sprach zu ihm mit zärtlicher Stimme: »O mein Vater, ich liebe und verehre dich, ob du mir die Fülle deiner Güte oder die Härte deiner Ungnade zuwendest ... Aber ich flehe dich an, laß deine letzten Worte keine Worte des Zornes sein!« Der General wagte nicht, seine Tochter anzusehen. In diesem Augenblick trat der Fremde vor, und indem er Hélène ein Lächeln zukehrte, in welchem sich Teuflisches und Himmlisches vermischte, sagte er: »Engel der Barmherzigkeit, der vor einem Mörder nicht zurückschreckt, komm, da du darauf beharrst, mir dein Schicksal anzuvertrauen.« – »Unfaßbar!« rief der Vater aus.

Die Marquise warf ihrer Tochter einen unbeschreiblichen Blick zu und öffnete die Arme. Hélène stürzte weinend an ihre Brust. »Leb wohl, leb wohl, Mutter!« rief sie. Dann nickte sie dem Fremdling, der zusammenfuhr, kühn zu; sie küßte ihrem Vater die Hand, umarmte flüchtig und ohne Rührung Moina und den kleinen Abel und verschwand mit dem Mörder. »Welchen Weg schlagen sie ein?« rief der General, als er die Schritte der beiden Flüchtlinge sich entfernen hörte. »Mein Gott«, fuhr er zu seiner Frau gewendet fort, »ich glaube zu träumen: hinter diesem Abenteuer steckt ein Geheimnis! Sie müssen darum wissen.« Die Marquise schauderte. »Seit einiger Zeit«, versetzte sie, »war Ihre Tochter außerordentlich romantisch und seltsam exaltiert. Trotz meiner Bemühungen, diese Neigung ihres Charakters zu bekämpfen ...« – »Das ist nicht klar ...« Aber da er vermeinte, im Garten die Schritte seiner Tochter und des Fremden zu hören, unterbrach sich der General, um hastig das Fenster zu öffnen. »Hélène!« schrie er. Seine Stimme verhallte in der Nacht wie eine vergebliche Prophezeiung. Als er diesen Namen aussprach, auf den nichts in der Welt mehr Antwort gab, durchbrach der General wie durch Zauber den Bann, unter dessen diabolischem Einfluß er so lange gestanden hatte. Eine Art Erleuchtung glitt über seine Züge. Er sah deutlich die Szene, die soeben stattgefunden hatte, und verfluchte seine Schwäche, die er nicht begriff. Eine Hitzewelle erfaßte vom Herzen aus seinen ganzen Körper; er wurde wieder er selbst, schrecklich, rachedürstend, und stieß einen fürchterlichen Schrei aus: »Zu Hilfe! Zu Hilfe!« Er lief zum Klingelzug, zog daran, als sollte er zerreißen, so daß ein wildes Läuten durchs Haus gellte. Alle seine Leute fuhren aus dem Schlaf. Immer noch schreiend, öffnete er die Fenster nach der Straße zu, rief nach Gendarmen, nahm seine Pistolen und schoß sie ab, um den Ritt der Polizisten, das Zusammenlaufen seiner Leute und Nachbarn zu beschleunigen. Die Hunde erkannten die Stimme ihres Herrn und bellten, die Pferde wieherten und stampften. Es war ein fürchterlicher Tumult in der stillen Nacht. Als der General die Treppe hinunterrannte, um seiner Tochter nachzulaufen, sah er von allen Seiten seine entsetzten Leute herbeikommen. »Meine Tochter … Hélène ist geraubt worden. Lauft in den Garten! Bewacht die Straße! Öffnet der Gendarmerie! Greift den Mörder!« In einem Anfall von Raserei riß er die Kette entzwei, an der der große Wachhund lag. »Hélène! Hélène!« rief er ihm zu. Der Hund sprang in die Höhe wie ein Löwe, bellte wie rasend und stürzte sich mit solcher Schnelligkeit in den Garten, daß der General nicht folgen konnte. In diesem Augenblick erscholl der Galopp der Pferde auf der Straße, und der General beeilte sich, selbst zu öffnen. »Wachtmeister«, rief er, »schneiden Sie dem Mörder Monsieur de Maunys den Rückzug ab! Sie sind auf der Flucht durch meine Gärten. Schnell, umstellen Sie die Wege zur Pikardiehöhe. Ich will alle Felder, alle Parks und Häuser durchsuchen. – Ihr«, sagte er zu den Leuten, »überwacht die Straße und haltet den Weg vom Stadttor nach Versailles im Auge. Vorwärts alle!« Er griff nach dem Gewehr, das ihm sein Kammerdiener brachte, und rannte in die Gärten, indem er dem Hund nachrief: »Such!« Wildes Bellen antwortete ihm aus der Ferne. Er schlug die Richtung ein, woher das Hundegebell zu kommen schien.

Um sieben Uhr morgens stellte man alle Nachforschungen der Gendarmerie, des Generals und der Nachbarn ergebnislos ein. Der Hund war nicht wiedergekommen. Erschöpft, müde und schon vor Kummer gealtert, betrat der Marquis wieder den Salon, der für ihn verödet war, obwohl er seine drei anderen Kinder dort vorfand. »Du bist sehr kalt gegen deine Tochter gewesen!« sagte er zu seiner Frau und sah sie scharf an. »Das ist nun alles, was uns von ihr bleibt«, fügte er hinzu und deutete auf den Stickrahmen, wo er eine angefangene Blume sah; »hier saß sie noch soeben, und nun verloren … verloren!« Er weinte, barg seinen Kopf in den Händen und schwieg einen Augenblick. Er wagte nicht mehr, sich in dem Zimmer umzusehen, das ihm vordem einen so reinen Anblick häuslichen Glückes dargeboten hatte. Der Schein der Morgenröte kämpfte mit den erlöschenden Lampen. Die Kerzen verbrannten ihre rankenförmigen Papiermanschetten; alles paßte zu der Verzweiflung dieses Vaters. »Man muß dies hier zerstören«, sagte er nach einer Weile, indem er auf den Stickrahmen wies; »ich kann nichts mehr sehen, was mich an sie erinnert.« – –

Die schreckliche Weihnachtsnacht, in der dem Marquis und seiner Frau das Unglück widerfuhr, ihre älteste Tochter zu verlieren, ohne daß sie sich der rätselhaften Macht, die der unfreiwillige Entführer auf sie ausübte, widersetzen konnten, war wie eine Vorwarnung des Schicksals gewesen. Der Bankrott eines Wechselagenten ruinierte den Marquis. Er nahm Hypotheken auf die Güter seiner Frau auf, um eine Spekulation zu versuchen, deren Gewinn seiner Familie ihr früheres Vermögen zurückerstatten sollte; aber dieses Unternehmen richtete ihn vollends zugrunde. In seiner äußersten Verzweiflung wollte er noch einen letzten Versuch wagen und verließ sein Vaterland. Sechs Jahre waren seit seinem Weggang verflossen. Obgleich seine Familie die ganze Zeit nur spärliche

Nachrichten von ihm erhalten hatte, zeigte er einige Tage bevor Spanien die Unabhängigkeit der amerikanischen Republiken erklärte, seine Rückkehr an.

An einem schönen Morgen befanden sich einige französische Kaufleute, die voller Ungeduld waren, mit den in mühseliger Arbeit und auf gefahrvollen Reisen nach Mexiko oder Kolumbien erworbenen Reichtümern in ihr Vaterland zurückzukehren, auf einer spanischen Brigg, einige Meilen von Bordeaux entfernt. An der Reling lehnte ein Mann, der durch Strapazen und Kummer mehr, als es seine Jahre mit sich brachten, gealtert war und unempfindlich schien für das Schauspiel, das die in Gruppen auf dem Oberdeck stehenden Fahrgäste boten. Den Gefahren der Seefahrt entronnen und von der Schönheit des Tages angelockt, waren sie hinaufgestiegen, wie um von weitem ihr Vaterland zu begrüßen. Die meisten unter ihnen behaupteten, in der Ferne die Leuchttürme, die Bauwerke der Gascogne und den Turm von Cordouan zu sehen, die zwischen den phantastischen Gebilden einiger weißer Wolken am Horizont auftauchten. Das Meer war so ruhig, daß, ohne die Silberfranse, die das Fahrzeug einsäumte, ohne die lange, rasch zerfließende Furche, die es zog, die Reisenden hätten meinen können, ihr Schiff läge unbeweglich auf dem Ozean. Der Himmel war von einer wunderbaren Klarheit. Die dunkle Farbe seiner Wölbung ging in unmerklichen Abstufungen in die bläuliche Färbung des Wassers über, und den Punkt ihrer Verschmelzung bezeichnete ein leuchtender Strich, von dem ein Funkeln wie von Sternen ausging. Auf der ungeheuren Wasserfläche schimmerte die Sonne in Millionen Facetten, so daß noch mehr Glanz von unten auszugehen schien als von den Gefilden des Firmaments. Ein wunderbar sanfter Wind schwellte die Segel der Brigg, und diese blendendweißen Tücher, die flatternden gelben Flaggen, das Gewirr des Tauwerks zeichneten sich mit kräftigen Konturen, die von den Schatten herrührten, die die aufgeblähten Segel warfen, scharf gegen den leuchtenden Hintergrund der Luft, des Himmels und des Ozeans ab. Ein schöner Tag, ein frischer Wind, das Heimatland in Sicht, ein ruhiges Meer, ein melancholisches Rauschen, eine schmucke, einsame Brigg, die auf dem Ozean dahingleitet wie eine Frau, die zum Stelldichein eilt – das war ein Bild voller Harmonie, war eine Szene, in der die Seele des Menschen den unbeweglich ruhenden Raum umfassen konnte, da sie von einem Punkt ausging, bei dem alles Bewegung war. Es war ein unvergleichlicher Gegensatz von Einsamkeit und Leben, von Stille und Ton, ohne daß man wissen konnte, wo Ton und Leben, wo die Stille und das Nichts war; nicht eine menschliche Stimme brach diesen himmlischen Zauber. Der spanische Kapitän, seine Matrosen, die Franzosen standen oder saßen, ganz versunken in einer frommen Begeisterung, die voller Erinnerung war. Es lag Trägheit in der Luft. Die heitern Gesichter zeugten von einem vollkommenen Vergessen vergangener Leiden, und all die Männer schaukelten auf diesem sanften Schiffe wie in einem goldenen Traume. Jedoch betrachtete der alte Passagier von der Reling aus den Horizont von Zeit zu Zeit mit einer gewissen Unruhe. In seinen Zügen stand Mißtrauen gegen das Schicksal geschrieben, und er schien zu befürchten, daß sie nicht so bald den Boden Frankreichs betreten würden. Dieser Mann war der Marquis. Das Glück war gegen sein Flehen und die Anstrengungen seiner Verzweiflung nicht taub geblieben. Nach fünf Jahren mühseliger Versuche und Arbeiten sah er sich im Besitz eines beträchtlichen Vermögens. In seiner Ungeduld, in sein Vaterland zurückzukehren und seiner Familie das Glück zu bringen, war er dem Beispiel einiger französischer Handelsleute von Havanna aus gefolgt und hatte sich mit ihnen auf einem spanischen Segler mit Fracht für Bordeaux eingeschifft. Nichtsdestoweniger zauberte ihm seine Phantasie, die müde war, immer nur Unglück vorauszusehen, die köstlichsten Bilder seines vergangenen Glücks vor. Als er von ferne den braunen Strich sah, den das Land zog, glaubte er seine Frau und seine Kinder zu sehen. Er war zu Hause, am heimischen Herd, und fühlte, wie man ihn an sich drückte und liebkoste. Er stellte sich Moina vor, schön, groß geworden, stattlich wie eine Jungfrau! Als dieses Phantasiebild greifbare Gestalt angenommen hatte, traten ihm die Tränen in die Augen, nun, um seine Rührung zu unterdrücken, blickte er nach dem dunstigen Horizont, der der nebligen, Land verheißenden Linie gegenüberlag. »Da ist er …«, sagte er, »er folgt uns.« – »Was ist's?« rief der spanische Kapitän. »Ein Schiff«, erwiderte der General leise. »Ich habe es schon gestern gesehen«, sagte Kapitän Gomez. Er sah den Franzosen prüfend an. Dann flüsterte er ihm ins Ohr: »Es hat die ganze Zeit Jagd auf uns gemacht.« – »Und ich weiß nicht, warum es uns nicht eingeholt hat«, entgegnete der alte Soldat, »denn es ist ein besserer Segler als Ihre verdammte ›Sankt Ferdinand‹.« – »Er wird Havarie gehabt, ein Leck bekommen haben …« – »Er holt uns ein!« rief der Franzose. »Er ist ein kolumbischer Korsar«, sagte ihm der Kapitän ins Ohr. »Wir sind noch sechs Meilen vom Lande entfernt, und der Wind läßt nach.« – »Er fährt nicht, er fliegt, als ob er wüßte, daß ihm in zwei Stunden seine Beute entwischt. Welche Tollkühnheit!« – »Da!« rief der Kapitän aus; »ah! er heißt nicht umsonst ›Othello‹. Er hat kürzlich eine spanische Fregatte in den Grund gebohrt und hat doch nicht mehr als dreißig Kanonen. Ich fürchtete niemand außer ihn, denn ich wußte, daß er in den Antillen herumstreicht … Ah, ah!« fuhr er nach einer Pause fort, während deren er auf die Segel seines Schiffes blickte; »der Wind kommt auf, wir werden es schaffen. Wir müssen es, der ›Pariser‹ wäre erbarmungslos.« – »Auch der schafft es!« versetzte der Marquis.

Die ›Othello‹ war nicht mehr als drei Meilen entfernt. Obgleich die Mannschaft die Unterhaltung des Marquis mit Kapitän Gomez nicht gehört hatte, hatte das Auftauchen des Seglers den größten Teil der Matrosen und Passagiere in die Nähe der beiden Redenden geführt; doch die meisten hielten die Brigg für ein Handelsschiff und sahen es mit Interesse näher kommen, als plötzlich ein Matrose lauthals ausrief: »Beim heiligen Jakob! Wir sind verloren, da ist der ›Pariser Kapitän‹...«

Bei diesem schrecklichen Namen verbreitete sich Entsetzen auf der Brigg, und ein unbeschreibliches Durcheinander entstand. Der spanische Kapitän flößte seinen Matrosen durch seine Stimme eine momentane Tatkraft ein, und da er in dieser Gefahr um jeden Preis das Land erreichen wollte, ließ er alle obern und untern Beisegel setzen, Steuerbord und Backbord, um dem Winde die ganze Fläche der Leinwand, mit der seine Rahen betakelt waren, zu bieten. Aber all diese Handgriffe wurden unter großen Schwierigkeiten ausgeführt; sie ließen natürlicherweise das bewunderungswürdige Zusammenspiel vermissen, das bei Kriegsschiffen so besticht. Obgleich die ›Othello‹ vermöge der Stellung ihrer Segel wie eine Schwalbe flog, gewann sie anscheinend so wenig Raum, daß die unglücklichen Franzosen sich einer angenehmen Täuschung hingaben. Plötzlich, in dem Augenblick, wo die ›Sankt Ferdinand‹ nach unerhörten Anstrengungen, dank der geschickten Manöver, zu denen Gomez durch Stimme und Gebärde an spornte, neuerdings in Fahrt gekommen war, legte der Steuermann durch eine falsche, wahrscheinlich beabsichtigte Bewegung des Steuers die Brigg quer vor den Wind. Die Segel, die den Wind nun von der Seite bekamen, schlugen so gewaltsam hin und her, daß die Brigg sich drehte und den Wind nun von vorn hatte, die Masten brachen und das Schiff vollständig außer Kontrolle geriet. Eine rasende Wut bemächtigte sich des Kapitäns und ließ ihn weißer werden als seine Segel: mit einem Satz sprang er auf den Steuermann los und stach so wild mit dem Dolch nach ihm, daß er ihn zwar verfehlte, ihn aber ins Meer stürzte. Dann ergriff er das Steuer und versuchte, dem entsetzlichen Wirrwarr, das sein braves tapferes Schiff rebellisch machte, abzuhelfen. Tränen der Verzweiflung traten in seine Augen; denn ein Verrat, der uns um einen

Erfolg bringt, welcher unserer eigenen Kraft zu danken wäre, trifft uns grausamer als ein unmittelbar drohender Tod. Aber je mehr der Kapitän fluchte, desto weniger geschah das Erforderliche. Er gab selbst den Alarmschuß ab, in der Hoffnung, an der Küste gehört zu werden. In diesem Augenblick antwortete der Korsar, der mit einer Geschwindigkeit herbeikam, die alle Hoffnungen zunichte machte, indem er gleichfalls eine Kanone abfeuerte, deren Kugel etwa zehn Klafter von der ›Sankt Ferdinand‹ ins Wasser schlug. »Alle Wetter!« rief der General, »war das gezielt! Sie scheinen eigens dazu gemachte Schiffskanonen zu haben.« Ein Matrose versetzte darauf: »Ja, sehen Sie, der da, wenn der redet, muß man stille sein! Der ›Pariser‹ würde sich selbst vor einem englischen Schiff nicht fürchten.« – »Es ist alles aus!« rief in höchster Verzweiflung der Kapitän, der durch sein Fernrohr noch nichts vom Lande entdecken konnte; »wir sind noch viel weiter von Frankreich entfernt, als ich glaubte.« Der General suchte ihn zu trösten. »Warum wollen Sie alle Hoffnungen aufgeben? All Ihre Passagiere sind Franzosen. Sie haben Ihr Schiff an sie vermietet. Dieser Korsar ist Pariser, sagen Sie? Nun, hissen Sie die weiße Flagge und ...« – »Und er wird uns in den Grund bohren«, erwiderte der Kapitän; »ist das unter diesen Umständen nicht alles, was er tun muß, um sich reiche Beute zu verschaffen?« – »Ja, wenn er ein Seeräuber ist ...« – »Seeräuber!« sagte der Matrose wild; »oh! er hält sich immer an das Gesetz oder weiß die Sache zu drehen.« – »Nun denn«, erwiderte der General und hob die Augen zum Himmel, »ergeben wir uns drein.« Und er hatte noch so viel Kraft, seine Tränen zurückzudrängen. Kaum hatte er diese Worte gesagt, als eine zweite, besser gezielte Kugel in den Rumpf der ›Sankt Ferdinand‹ eindrang. »Legt das Schiff back«, sagte der Kapitän traurig.

Und der Matrose, der den ›Pariser‹ verteidigt hatte, half dieses verzweifelte Manöver in sehr geschickter Weise ausführen. Die Mannschaft verharrte eine tödliche halbe Stunde in der fürchterlichsten Bestürzung. Die ›Sankt Ferdinand‹ führte vier Millionen Piaster mit sich, die das Vermögen der fünf Passagiere ausmachten, und das des Generals betrug elfhunderttausend Francs. Die ›Othello‹ befand sich nun in einer Entfernung von zehn Flintenschußweiten, und man konnte deutlich die drohenden Schlünde von zwölf Kanonen unterscheiden, die bereit waren, Feuer zu geben. Er schien von einem Winde getragen zu sein, den der Teufel eigens für ihn blies; doch das Auge eines geübten Matrosen erriet unschwer das Geheimnis dieser Geschwindigkeit. Man brauchte sich nur den Schwung der Brigg anzusehen, ihre langgestreckte Form, ihre Schmalheit, die Höhe ihres Mastwerks, den Schnitt ihrer Segel, die bewundernswerte Leichtigkeit ihrer Takelung und die Fertigkeit, mit der die Gesamtheit ihrer Matrosen, von einem einzigen Willen gelenkt, die günstigste Stellung der weißen Fläche, die die Segel bildeten, ausnützte. Alles an diesem schlanken Geschöpf aus Holz, das so behende, so kundig wie ein Streitroß oder ein Raubvogel war, sprach von einem ungeheuren Machtgefühl. Die Mannschaft des Korsaren verhielt sich ganz still und war bereit, falls sie auf Widerstand stoßen sollte, das arme Handelsschiff zu versenken, das sich zu seinem Glück, wie ein vom Lehrer ertappter Schüler, nicht rührte. »Wir haben Kanonen!« rief der General und drückte die Hand des spanischen Kapitäns. Dieser warf dem alten Soldaten einen beherzten, doch hoffnungslosen Blick zu und sagte: »Und Männer?« Der Marquis musterte die Mannschaft der ›Sankt Ferdinand‹, und ihn überfiel ein Schauder. Die vier Kaufleute waren bleich und schlotterten; die Matrosen, die um einen der ihren herumstanden, schienen abzumachen, auf die ›Othello‹ überzutreten, und starrten mit neugierigem Verlangen zu dem Piratenschiff hinüber. Nur der Bootsmann, der Kapitän und der Marquis wechselten prüfende Blicke, die von Edelmut zeugten. »Ach, Kapitän Gomez, ich habe vor sechs Jahren mit todbetrübtem Herzen von meiner Heimat und meiner Familie

Abschied genommen; muß ich ihnen nun in dem Augenblick entsagen, wo ich die Freude und das Glück ins Haus bringe?« Der General wandte sich ab, um eine Träne der Wut ins Meer fallen zu lassen, und sah dabei, wie der Steuermann auf den Korsaren zuschwamm. »Diesmal«, entgegnete der Kapitän, »werden Sie wahrscheinlich für immer von ihnen Abschied nehmen.«

Der Spanier war entsetzt von dem stumpfen Blick, den der Franzose auf ihn richtete. In diesem Augenblick lagen die Schiffe nahezu Bord an Bord; als der General das feindliche Fahrzeug in so unmittelbarer Nähe vor sich sah, glaubte er an die schlimme Weissagung des Kapitäns. Neben jeder Kanone standen drei Mann. Mit ihrem athletischen Körperbau, ihren eckigen Zügen, ihren nackten, nervigen Armen glichen sie Bronzestatuen. Der Tod hätte sie treffen können, ohne daß sie umgesunken wären. Die Matrosen, alle gut bewaffnet, tatkräftig, gewandt und kraftstrotzend, blieben unbeweglich. Ihre energischen Gesichter waren von der Sonne tief gebräunt, von schwerer Arbeit gehärtet. Ihre Augen funkelten wie Stechflammen und zeugten von kraftvollem Verstand und teuflischen Begierden. Die tiefe Stille, die auf dem von Menschen und Hüten schwarzen Deck herrschte, war ein Beweis für die unbeugsame Disziplin, unter die ein mächtiger Wille diese menschlichen Teufel beugte. Der Befehlshaber stand mit über der Brust verschränkten Armen am Fuße des Hauptmastes; er war waffenlos, nur eine Axt lag zu seinen Füßen. Um sich gegen die Sonne zu schützen, trug er einen großen breitkrempigen Filzhut, der sein Gesicht beschattete. Wie Hunde, die zu Füßen ihres Herrn liegen, heftete die Mannschaft, Soldaten und Matrosen, abwechselnd die Augen auf ihren Kapitän und das Handelsschiff. Als die beiden Briggs aneinanderstießen, wurde der Korsar aus seiner Träumerei gerissen, und er sagte einem jungen Offizier, der neben ihm stand, zwei Worte ins Ohr. »Die Enterhaken!« rief der Leutnant. Und die ›Sankt Ferdinand‹ wurde von der ›Othello‹

mit wunderbarer Schnelligkeit geentert. Den Befehlen gehorchend, die der Korsar leise erteilt und der Leutnant wiederholt hatte, begaben sich die zu den verschiedenen Diensten bestimmten Männer hintereinander, wie Seminaristen, die zur Messe gehen, auf das erbeutete Schiff, um den Passagieren und Matrosen die Hände zu binden und sich der Schätze zu bemächtigen. Im Nu waren die mit Piastern gefüllten Tonnen, die Lebensmittel und die Mannschaft der ›Sankt Ferdinand‹ auf die Brücke der ›Othello‹ transportiert. Der General glaubte unter dem Bann eines Traumes zu stehen, als er mit gebundenen Händen, als wäre er selbst eine Ware, auf einen Ballen geworfen wurde. Zwischen dem Korsaren, seinem Leutnant und einem Matrosen, der den Dienst des Bootsmanns zu versehen schien, fand eine Beratung statt. Als diese Unterredung, die nicht lange währte, beendet war, pfiff der Matrose seinen Leuten; auf einen Befehl, den er ihnen gab, sprangen sie alle auf die ›Sankt Ferdinand‹, kletterten in das Tauwerk und fingen an, sie ihrer Rahen, Segel, ihrer Takelage mit der gleichen Behendigkeit zu berauben, wie ein Soldat auf dem Schlachtfelde einen toten Kameraden auszieht, dessen Schuhe und Rock sein Begehren erregen. »Wir sind verloren«, sagte der spanische Kapitän, welcher die Gebärden der drei Schiffsoberen während ihrer Beratschlagung und die Bewegungen der Matrosen, die eine regelrechte Plünderung der Brigg vornahmen, mit den Augen verfolgt hatte, kaltblütig zum Marquis. »Wie denn?« fragte der General teilnahmslos. »Was sollen sie mit uns anfangen?« entgegnete der Spanier. »Sie sind jedenfalls zu der Einsicht gekommen, daß sie die ›Sankt Ferdinand‹ in den Häfen von Frankreich und Spanien schwer losschlagen können, und werden sie versenken, damit sie ihnen nicht weiter zur Last ist. Was uns angeht, glauben Sie denn, sie werden sich unsere Beköstigung aufladen, wo sie doch nicht wissen, in welchen Hafen sie einlaufen können?«

Kaum hatte der Kapitän diese Worte beendet, als ein markerschütterndes Geschrei erscholl, dem ein dumpfes Geräusch folgte, welches von mehreren ins Wasser fallenden Körpern herrührte. Er drehte sich um und sah die vier Kaufleute nicht mehr. Acht wild aussehende Kanoniere hatten die Arme noch hochgehoben, als der General sie mit Grauen anstarrte. »Habe ich es Ihnen nicht gesagt?« bemerkte der spanische Kapitän ungerührt. Der Marquis erhob sich hastig; das Meer hatte sich schon wieder geglättet, er konnte nicht einmal die Stelle sehen, wo seine unglücklichen Gefährten untergegangen waren; sie sanken wohl jetzt mit gebundenen Füßen und Händen in die Tiefe, wenn die Fische sie nicht etwa schon gefressen hatten. Einige Schritte von ihm entfernt schlossen der verräterische Steuermann und der Matrose der ›Sankt Ferdinand‹, der die Stärke des Pariser Kapitäns gerühmt hatte, Freundschaft mit den Korsaren und bezeichneten ihnen mit dem Finger diejenigen von den Leuten der Brigg, die sie würdig erachteten, der Mannschaft der ›Othello‹ einverleibt zu werden; den übrigen wurden, obwohl sie schreckliche Flüche ausstießen, von zwei Schiffsjungen die Füße gebunden. Nachdem die Auswahl beendet war, bemächtigten sich die acht Kanoniere der Opfer und warfen sie ohne Umstände ins Meer. Die Korsaren beobachteten mit boshafter Neugier die verschiedenen Arten, wie diese Männer fielen: ihre verzerrten Gesichter und Todesqualen; doch ihre Züge drückten weder Spott noch Erstaunen, noch Mitleid aus. Es war für sie ein ganz belangloser Vorgang, an den sie gewöhnt waren. Die älteren von ihnen betrachteten mit finsterem, beharrlichem Lächeln die Fässer voller Piaster, die am Fuße des Hauptmastes aufgestellt waren. Der General und der Kapitän saßen auf einem Warenballen und tauschten schweigend einen fragenden, nahezu stumpfen Blick. Sie waren beinahe die einzigen, die von der Mannschaft der ›Sankt Ferdinand‹ übriggeblieben waren. Die sieben von den beiden Spionen unter den spanischen Seeleuten ausgewählten Matrosen hatten sich bereits wohlgemut in Peruaner verwandelt. »Was für verdammte Schurken!« rief plötzlich der General aus, der in gerechtem Zorn seinen Schmerz und alle Klugheit außer acht ließ. »Sie gehorchen der Notwendigkeit«, entgegnete Gomez kalt; »wenn Ihnen einer von diesen Männern nochmals begegnete, würden Sie ihm da nicht Ihren Degen in den Leib stoßen?« – »Kapitän«, sagte der Leutnant zum Spanier gewandt, »der Pariser hat von Ihnen sprechen hören. Er sagt, Sie sind der einzige Mensch, der die Meerengen in den Antillen und die brasilianischen Küsten genau kennt. Wollen Sie ...?« Der Kapitän unterbrach den Leutnant mit einem verächtlichen Ausruf und antwortete: »Ich werde als Seemann, als treuer Spanier und als Christ sterben ... Hörst du?« – »Ins Meer!« rief der junge Mann. Auf diesen Befehl ergriffen zwei Kanoniere Gomez. »Ihr seid Feiglinge!« rief der General und stellte sich vor die beiden Korsaren. »Erhitze dich nicht zu sehr, Alter! Vielleicht macht dein rotes Band auf unsern Kapitän Eindruck, ich schere mich den Teufel darum ... Wir werden gleich auch ein Wörtchen miteinander reden.« In diesem Augenblick verkündigte ein dumpfer Fall, in den sich kein Klageruf mischte, dem General, daß der tapfere Gomez als Seemann gestorben war. »Mein Vermögen oder den Tod!« schrie er in rasender Wut. »Ah! Ihr seid schlau«, sagte höhnisch der Korsar; »jetzt glaubt Ihr sicher etwas aus uns herauszuschlagen ...« Auf ein Zeichen des Leutnants eilten gleich zwei Matrosen herbei und versuchten dem Franzosen die Füße zu binden; aber dieser versetzte ihnen mit unvermuteter Kühnheit einen Schlag, riß dem Leutnant mit einer plötzlichen Bewegung den Säbel von der Seite und begann, als alter Kavalleriegeneral, der sein Handwerk verstand, diesen höchst gewandt zu handhaben. »Ach, ihr Räuber, ihr sollt einen alten Soldaten Napoleons nicht wie eine Auster ins Wasser werfen!« Ein paar Pistolenschüsse, die aus nächster Nähe auf den widerspenstigen Franzosen abgegeben wurden, erregten die Aufmerksamkeit des Parisers, der gerade das Herüberschaffen des Takelwerks von der ›Sankt Ferdinand‹, das er befohlen hatte, beaufsichtigte. Ungerührt packte er den mutigen General von hinten, hob ihn hoch, schleppte ihn zur Reling und schickte sich an, ihn wie einen unbrauchbaren Sparren ins Meer zu schleudern. In diesem Augenblick begegnete der General dem fahlen Auge des Räubers seiner Tochter. Der Vater und der Schwiegersohn erkannten sich auf der Stelle. Der Kapitän gab dem Schwung seiner Bewegung eine neue, der ursprünglichen entgegengesetzte Richtung, als sei der General federleicht, und stellte diesen, anstatt ihn ins Meer zu werfen, neben dem Hauptmast nieder. Ein Gemurmel entstand auf dem Oberdeck; doch der Korsar warf seinen Leuten einen einzigen Blick zu, und alsbald herrschte die tiefste Stille. »Es ist der Vater Hélènes«, sagte er mit heller, fester Stimme; »wehe dem, der ihm nicht Respekt zollt!« Ein freudiges Hurrarufen erscholl über das Deck und erhob sich zum Himmel wie ein Gebet, wie das Anstimmen eines ›Tedeum‹. Die Schiffsjungen schaukelten in den Tauen, die Matrosen warfen ihre Mützen in die Luft, die Kanoniere trampelten mit den Füßen, alle waren in Bewegung, heulten, pfiffen, wetterten. Der fanatische Ausbruch dieser Fröhlichkeit ließ den General unruhig und finster werden. Da er hinter diesem Freudenausbruch irgendein schreckliches Geheimnis witterte, war sein erster Ruf, als er die Sprache wiedererlangte: »Meine Tochter! Wo ist sie?« Der Kapitän heftete auf den General einen jener durchdringenden Blicke, die, ohne daß man die Ursache davon zu ergründen vermochte, selbst die furchtlosesten Gemüter aus der Fassung brachten. Er ließ den General zur großen Befriedigung der Matrosen, die sich freuten, daß sich die Macht ihres Herrn an allen Wesen bewährte, verstummen, führte ihn an eine Treppe, hieß ihn hinabsteigen und stieß die Tür einer Kabine mit den Worten auf: »Da ist sie.«

Dann verschwand er und ließ den alten General in einer Art Betäubung vor dem Anblick des Bildes zurück, das sich ihm darbot. Als die Tür des Gemachs so heftig aufgestoßen wurde, erhob sich Hélène von dem Diwan, auf welchem sie geruht hatte; sie sah den Marquis und stieß einen Schrei aus. Sie war so verändert, daß das Auge eines Vaters dazu gehörte, um sie wiederzuerkennen. Die Sonne der Tropen hatte ihr weißes Gesicht gebräunt und ihm ein wundervolles Kolorit verliehen, das einen Hauch von orientalischer Poesie darüber breitete; es strömte etwas Hoheitsvolles, Erhabenes von ihr aus, ein starkes Gefühl, das selbst auf den rohesten Menschen Eindruck machen mußte. Ihr langes, üppiges Haar, das in schweren Locken auf ihren edelgeformten Hals fiel, erhöhte noch den Ausdruck der Macht auf diesem stolzen Antlitz. In ihrer Haltung, ihrer Gebärde drückte Hélène das Wissen um ihre Macht aus. Eine triumphierende Genugtuung tat sich in dem leichten Blähen ihrer rosigen Nasenflügel kund, und ihre ganze vollentwickelte Schönheit atmete friedliches Glück. Es lag in ihr etwas von der Sanftmut der Jungfrau und zugleich jener besondere Stolz, der den Frauen eigen ist, welche über alles geliebt werden. Sie war zugleich Sklavin und Herrscherin und wollte gehorchen, weil sie herrschen konnte. Sie war mit reizvoller und eleganter Pracht gekleidet. Zwar trug sie nur ein Kleid aus indischem Musselin, aber ihr Diwan und die Kissen waren aus Kaschmir; ein Perserteppich bedeckte den Fußboden ihrer geräumigen Kabine; ihre vier Kinder spielten zu ihren Füßen mit kostbaren Gegenständen und erbauten fremdartige Schlösser aus Perlenhalsbändern, Juwelen und anderen Kostbarkeiten. In Vasen aus Sèvresporzellan, von Madame Jaquotot gemalt, standen balsamisch duftende Blumen; da waren Jasmin aus Mexiko und Kamelien, zwischen denen sich kleine zahme, exotische Vögel schaukelten und wie Rubine, Saphire und lebendiges Gold aussahen. Ein Klavier befand sich in diesem Salon, und auf den mit roter Seide ausgeschlagenen Holzwänden sah man hier und da Bilder, zwar von kleinem Format, aber von den ersten Malern: ein Sonnenuntergang von Gudin hing neben einem Terborch; eine Madonna von Raffael wetteiferte an Zauber mit einer Skizze von Girodet; ein Gérard Dow übertraf einen Drolling.

Auf einem Tischchen aus chinesischem Lack stand eine goldene Schale voll köstlicher Früchte. Kurz, in diesem Boudoir schien Hélène die Königin eines weiten Reiches zu sein, in welchem ihr königlicher Geliebter die erlesensten Dinge der Erde angehäuft hatte. Die Kinder betrachteten ihren Großvater lebhaft und durchdringend. Inmitten des Tumults, der Kämpfe und Stürme, an die sie gewöhnt waren, glichen sie jenen nach Kampf und Blut begierigen kleinen Römern, die David auf seinem Gemälde ›Brutus‹ dargestellt hat.

»Wie ist das möglich?« rief Hélène aus und nahm ihren Vater bei den Händen, um sich von der Wirklichkeit seiner Erscheinung zu überzeugen. »Hélène!« – »Vater!« Sie fielen einander in die Arme, doch die Umarmung des Greises war die schwächere, weniger liebevolle. »Sie waren auf diesem Schiff?« – »Ja«, erwiderte er traurig. Er ließ sich auf den Diwan nieder und sah der Reihe nach die Kinder an, die ihn ihrerseits mit unschuldiger Aufmerksamkeit musterten. »Ich wäre umgekommen ohne ...« – »Ohne meinen Mann«, unterbrach sie ihn, »ich verstehe.« – »Ach!« rief der General aus, »muß ich dich so wiederfinden, meine Hélène, dich, die ich so beweint habe! So muß ich dein Schicksal von neuem bejammern.« – »Warum?« fragte sie mit einem Lächeln; »freut es Sie nicht zu erfahren, daß ich die glücklichste aller Frauen bin?« – »Glücklich?« entfuhr es dem General, und er sprang überrascht auf. »Ja, teurer Vater«, erwiderte sie und ergriff seine Hände, die sie küßte und an ihre Brust drückte. Diese Liebkosung begleitete sie mit einem leichten Kopfnikken, das ihre freudestrahlenden Augen noch unterstrichen. »Und wie ist das möglich?« fragte er voller Begierde, das Leben seiner Tochter kennenzulernen. Ihr strahlendes Gesicht ließ ihn alles vergessen. »Hören Sie, Vater«, sprach sie, »ich habe zum Geliebten, zum Gatten, zum Diener, zum Herrn einen Mann, dessen Seele so grenzenlos ist wie die Weite dieses Meeres, so unerschöpflich an Güte wie der Himmel, mit einem Wort: einen Gott. In sieben Jahren hat kein

Wort, kein Gefühl, keine Miene den leisesten Mißklang in die himmlische Harmonie seiner Gespräche, seiner Zärtlichkeiten und seiner Liebe gebracht. Nie hat er mich anders angesehen als mit einem holden Lächeln auf den Lippen, einem Freudenstrahl in den Augen. Dort oben übertönt seine Stimme oft das Heulen des Sturmes oder das Gewühl der Kämpfe, aber hier ist sie sanft und melodisch wie die Musik von Rossini, dessen Werke bis zu mir gelangen. Alles, was die Phantasie einer Frau ersinnen kann, wird mir zuteil. Oft werden meine Wünsche noch übertroffen. Kurz, ich herrsche auf dem Meere, und man gehorcht mir wie einer Fürstin ... Glücklich!« unterbrach sie sich, »glücklich ist kein Wort, die Seligkeit auszudrücken, die mich erfüllt. Mein Los steht über dem aller Frauen. Demjenigen, den man liebt, in grenzenloser Hingebung zugetan sein und von ihm ein unendliches Gefühl zu empfangen, in welchem die Seele einer Frau sich verliert, und dies unabänderlich und für immer! – sagen Sie, ist dies Glück? Ich habe schon tausend Leben gelebt. Hier bin ich allein, hier befehle ich. Nie hat ein Wesen meines Geschlechts den Fuß auf dieses herrliche Schiff gesetzt, wo Victor immer in meiner Nähe ist. Er kann ohne mich nicht weiter gehen als vom Bug bis zum Heck«, sagte sie schelmisch. »Sieben Jahre! Eine Liebe, die sieben Jahre diese immerwährende Freude, diese stündliche Erprobung überdauert, ist das Liebe? Nein, o nein! Es ist besser als alles, was ich vom Leben kenne ... Die menschliche Sprache versagt, um ein so himmlisches Glück zum Ausdruck zu bringen.«

Ein Tränenstrom stürzte aus ihren heißen Augen. Die vier Kinder stießen einen klagenden Schrei aus, kamen wie die Küchlein zu ihrer Mutter herbeigelaufen, und der Älteste versetzte dem General mit drohender Miene einen Schlag. »Abel, mein Liebling«, sagte sie, »ich weine vor Freude!« Sie zog ihn auf ihre Knie; das Kind schlang zärtlich seine Arme um den stolzen Hals Hélènes, wie ein junger Löwe, der mit seiner Mutter spielen will. »Hast du niemals Langeweile?«

fragte der General, den die Begeisterung seiner Tochter verwirrt hatte. »O ja, wenn wir manchmal an Land sind; und auch da verlasse ich meinen Mann nie.« – »Du liebtest früher Feste, Bälle, Musik?« – »Meine Musik ist seine Stimme; meine Feste, das sind die Gewänder und der Putz, den ich für ihn erfinde. Wenn ihm meine Toilette gefällt, ist es dann nicht so, als ob die ganze Welt mich bewunderte? Dies ist der einzige Grund, warum ich diese Diamanten, diese Halsbänder, diese funkelnden Diademe, diese Kleinode, diese Blumen und Kunstwerke, mit denen er mich überhäuft, nicht ins Meer werfe; er sagt: ›Hélène, wenn du auch nicht in die Welt kommst, so will ich doch, daß die Welt zu dir kommt.‹« – »Aber auf diesem Schiff sind Männer, verwegene, schreckliche Männer, deren Leidenschaften ...« – »Ich verstehe Sie, Vater«, beschwichtigte sie lächelnd; »seien Sie ohne Sorge! Keine Kaiserin ist je mit mehr Ehrerbietung behandelt worden als ich. Diese Leute sind abergläubisch. Sie glauben, daß ich der Schutzengel dieses Schiffes, ihrer Unternehmungen und Erfolge bin. Aber ›er‹ ist ihr Gott! Eines Tages, ein einziges Mal, hat es ein Matrose an Achtung gegen mich fehlen lassen ... in Worten bloß«, fügte sie lachend hinzu. »Bevor Victor es erfahren konnte und obwohl ich dem Manne meine Verzeihung schenkte, warfen ihn die Leute der Mannschaft ins Meer. Sie lieben mich wie ihren guten Engel. Ich pflege sie bei ihren Krankheiten und habe schon das Glück gehabt, manchen dadurch, daß ich mit weiblicher Beharrlichkeit bei ihm wachte, vom Tode zu erretten. Die armen Burschen sind zugleich Riesen und Kinder.« – »Und wenn Kämpfe stattfinden?« – »Ich bin daran gewöhnt«, antwortete sie; »ich habe nur beim erstenmal gezittert ... Jetzt ist meine Seele mit dieser Gefahr vertraut, ja, ich liebe sie sogar, ich bin Ihre Tochter.« – »Und wenn er umkäme?« – »So würde ich ihm in den Tod folgen.« – »Und deine Kinder?« – »Sie sind die Söhne des Meeres und der Gefahr, sie teilen das Leben ihrer Eltern ... Unsere Existenz ist die gleiche und läßt sich nicht scheiden.

Wir leben alle von dem gleichen Pulsschlag, sind alle auf derselben Seite des Lebensbuches eingetragen; ein und derselbe Nachen trägt uns, wir wissen es.« – »Du liebst ihn also so sehr, daß er dir höher gilt als alles?« – »Als alles!« wiederholte sie; »aber suchen wir nicht dieses Geheimnis zu ergründen. Sehen Sie! Dieser Knabe, das ist auch wieder er!« Sie preßte Abel mit außergewöhnlicher Kraft an sich und drückte flammende Küsse auf seine Wangen und Haare... Der General rief aus: »Aber ich kann nicht vergessen, daß er eben neun Menschen ins Meer werfen ließ!« – »Wahrscheinlich mußte es geschehen«, gab sie zurück, »denn er ist menschlich und großmütig. Er vergießt so wenig Blut als möglich, um die Interessen der kleinen Welt, die er beschützt, und der heiligen Sache, die er verteidigt, zu wahren. Reden Sie mit ihm über das, was Ihnen schlecht erscheint, und er wird Ihren Sinn zu ändern wissen!« – »Und sein Verbrechen?« sagte der General, als spräche er zu sich selber. »Wenn es nun aber eine Tugend wäre?« versetzte sie mit kalter Würde; »wenn die menschliche Justiz ihn nicht hätte rächen können?« – »Sein eigener Rächer sein!« rief der General. »Was ist denn die Hölle anderes als eine ewige Rache für die Vergehen eines Tages?« – »Ah, du bist verloren! Er hat dich behext, dir den Sinn verkehrt. Du redest wider alle Vernunft.« – »Bleiben Sie einen Tag bei uns, Vater, und wenn Sie ihm zuhören, ihn ansehen wollen, werden Sie ihn lieben.« – »Hélène«, sagte der General bedeutungsvoll, »nur einige Meilen trennen uns von Frankreich ...« Sie erbebte, tat einen Blick durch das Fenster und zeigte auf das Meer, das seine ungeheuren grünen Wogen vor sich herrollte. »Dies hier ist meine Heimat«, erwiderte sie und klopfte mit der Fußspitze auf den Teppich. »Aber willst du denn nicht deine Mutter, deine Schwester, deine Brüder wiedersehen?« – »O ja«, sagte sie mit Tränen in der Stimme, »wenn er es will und wenn er mich begleiten kann.« – »Du hast also weder Vaterland noch Familie mehr«, fuhr der General in strengem Tone fort. »Ich bin seine Frau«, gab sie stolz und würdevoll zurück; »seit sieben Jahren ist dies die erste Freude, die ich nicht von ihm empfange«, dabei ergriff sie die Hand ihres Vaters und küßte sie, »und der erste Vorwurf, der mir gemacht worden ist.« – »Und dein Gewissen?« – »Mein Gewissen? Aber das ist er.« In demselben Augenblick fuhr sie heftig zusammen. »Da ist er«, sagte sie; »selbst während eines Kampfes, unter allen Schritten, erkenne ich den seinen auf dem Deck.« Und plötzlich färbte eine Röte ihre Wangen und ließ ihre Züge erstrahlen, ihre Augen sprühen und ihre Haut in mattem Weiß schimmern. Glück und Liebe sprach aus ihrem Körper, aus ihren Adern, ihren Muskeln, aus dem unwillkürlichen Erbeben ihrer ganzen Gestalt. Den General rührte diese tiefe Gefühlsbewegung. In der Tat trat gleich darauf der Korsar ein, ließ sich auf einen Sessel nieder, zog seinen ältesten Sohn zu sich heran und fing an, mit ihm zu spielen. Es herrschte eine Weile Schweigen, der General, von Träumerei wie von einem Luftgebilde umfangen, betrachtete diese elegante Kabine, die einem Nest von Eisvögeln glich, wo diese Familie seit sieben Jahren zwischen Himmel und Wasser dahinschwamm, von dem Willen eines einzigen durch die Gefahren der Kriege und Stürme geleitet, wie inmitten der sozialen Mißgeschicke ein Familienoberhaupt seine Angehörigen durchs Leben führt. Er blickte mit Bewunderung auf seine Tochter, die dem phantastischen Bild einer Meeresgöttin glich, voll lieblicher Schönheit, voll Glück; vor dem Reichtum ihrer Seele, ihren strahlenden Augen und der unbeschreiblichen Poesie, die ihr Wesen in sich trug und um sich her verbreitete, mußten alle Schätze, die sie umgaben, verblassen. Es lag eine Fremdartigkeit in diesem Lebenskreis, die ihn überwältigte, eine Kraft und Hoheit der Leidenschaft und der Denkungsart, die alle herkömmlichen Anschauungen über den Haufen warf. Die kalten engherzigen Berechnungen der Gesellschaft wurden vor diesem Bilde zunichte. Der alte Soldat fühlte dies alles und begriff, daß seine Tochter niemals ein Leben aufgeben würde, das so schrankenlos, so reich an

Kontrasten, von einer so echten Liebe ausgefüllt war, und daß sie überdies, nachdem sie erst einmal die Gefahr gekostet hatte, ohne davor zurückzuschrecken, nie mehr in die kleinliche Enge einer armseligen, beschränkten Welt zurückkehren könne.

Der Korsar brach die Stille mit einem Blick auf seine Frau und fragte: »Störe ich?« – »Nein«, erwiderte der General, »Hélène hat mir alles erzählt. Ich sehe, daß sie für uns verloren ist ...« – »Nein«, fiel ihm der Korsar lebhaft ins Wort; »noch ein paar Jahre, dann erlischt meine Schuld, und ich kann nach Frankreich zurückkehren. Wenn das Gewissen rein ist und das Vergehen gegen eure Gesetze einem innern Gebot entsprang ...« Er hielt inne, als verschmähe er, sich zu rechtfertigen. »Und wie ist es möglich«, warf der General ein, »daß Sie nicht angesichts der neuen Morde, die vor meinen Augen begangen worden sind, Gewissensbisse empfinden?« – »Wir hatten keine Lebensmittel mehr«, versetzte der Korsar. »Wenn Sie diese Leute an der Küste abgesetzt hätten ...« – »Sie hätten uns durch irgendein Schiff den Rückzug abschneiden lassen, und wir wären nicht nach Chile gekommen.« Der General unterbrach ihn: »Bevor man von Frankreich aus die spanische Admiralität in Kenntnis gesetzt hätte ...« – »Aber Frankreich hätte wohl nicht in Ordnung gefunden, daß ein Mann, der noch vor einen Gerichtshof gehört, sich einer Brigg bemächtigt, die von Kaufleuten aus Bordeaux geheuert war. Im übrigen, haben Sie auf dem Schlachtfelde niemals ein paar Kanonenschüsse zuviel abgefeuert?« Der General, den der Blick des Korsaren einschüchterte, schwieg. Und seine Tochter richtete einen Blick auf ihn, in dem ebensoviel Triumph wie Trauer zu lesen war. »General«, sagte der Korsar mit warmem Ton, »ich habe es mir zum Gesetz gemacht, niemals mehr, als mir zukommt, von der Beute für mich zu nehmen. Aber zweifellos wird mein Gewinn viel größer sein, als Ihr Vermögen war. Erlauben Sie mir, daß ich Ihnen in anderer Münze zurückerstatte ...« Er nahm aus einer

Schublade des Klaviers eine Menge Banknoten, ohne die Päckchen zu zählen, und überreichte dem Marquis eine Million. »Sie begreifen«, begann er wieder, »daß ich mir das Vergnügen, die Leute auf der Straße von Bordeaux zu betrachten, nicht leisten kann ... Wenn es Sie also nicht reizt, die Gefahren unseres Vagabundenlebens mitzumachen, die Naturschauspiele Südamerikas, unsere tropischen Nächte, unsere Schlachten mitzuerleben und die Flagge einer jungen Nation oder den Namen Simon Bolivar siegreich zu sehen, so müssen Sie uns verlassen. Eine Schaluppe und ergebene Männer erwarten Sie. Hoffen wir, daß eine dritte Begegnung ungetrübter sein möge ...« – »Victor, ich möchte meinen Vater noch einen Augenblick sehen«, bat Hélène in einem leicht schmollenden Ton. »Zehn Minuten weniger oder mehr, wir können mit einer Fregatte zusammengeraten. Nun, sei's drum, dann werden wir uns ein bißchen amüsieren! Unsere Leute langweilen sich schon.« – »O geh, Vater«, rief die Frau des Seemanns, »und bring meiner Schwester, meinen Brüdern, meiner ...«, sie zögerte ein wenig, »meiner Mutter diese Erinnerungszeichen!« Sie ergriff eine Handvoll kostbarer Steine, Perlenhalsbänder, Juwelen, wickelte sie in einen Kaschmirschal und reichte sie scheu ihrem Vater. »Und was soll ich ihnen von dir sagen?« fragte er, betroffen von dem Widerstreben seiner Tochter, das Wort ›Mutter‹ auszusprechen. »Oh, können Sie an meinem Herzen zweifeln? Ich bete jeden Tag für ihr Glück.« Der alte Mann ließ einen langen Blick auf ihr ruhen und sagte dann: »Hélène, soll ich dich niemals wiedersehen? Werde ich denn nie erfahren, aus welchem Grunde du uns verlassen hast?« Sie erwiderte mit traurig-ernstem Ton: »Dieses Geheimnis gehört nicht mir allein. Aber selbst wenn ich das Recht hätte, es dir zu enthüllen, so würde ich es vielleicht auch dann nicht tun. Ich habe zehn Jahre lang Unerhörtes erduldet ...«

Sie brach ab und reichte ihrem Vater die Geschenke hin, die sie für ihre Angehörigen bestimmt hatte. Der General, der durch die Kriegsereignisse in puncto Beute an einige Weitherzigkeit gewöhnt war, nahm das von seiner Tochter Dargebotene entgegen und gab sich der wohltuenden Hoffnung hin, daß der Pariser Kapitän unter dem Einfluß einer so reinen und edlen Seele wie der Hélènes ehrenhaft bleiben würde, auch wenn er die Spanier bekriegte. Schließlich siegte seine Liebe für diese Menschen über alle Bedenken. Er sah ein, daß es lächerlich wäre, spröde zu tun. Daher drückte er kräftig die Hand des Korsaren. Dann umarmte er seine Hélène, seine einzige Tochter, mit der den Soldaten besonders eigenen Zärtlichkeit und benetzte ihr stolzes Gesicht, aus dem ihm schon immer eine kühne, männliche Entschlossenheit entgegengestrahlt hatte, mit Tränen. Der Seefahrer brachte ihm, tief erschüttert, seine Kinder, daß er sie segne. Zum Schluß sagten sich alle mit einem langen Blick voller Rührung zum letzten Mal Lebewohl. »Bleibt immer glücklich!« rief der Großvater und eilte aufs Deck.

Auf dem Meere erwartete den General ein seltsames Schauspiel. Die ›Sankt Ferdinand‹, die in Brand gesetzt worden war, loderte wie ein gewaltiges Strohfeuer zum Himmel empor. Die Matrosen, die die spanische Brigg versenken sollten, hatten dabei eine große Ladung Rum an Bord entdeckt, und da diese Flüssigkeit auf der ›Othello‹ in großen Mengen vorhanden war, so fanden sie es spaßhaft, mitten im Meere eine große Punschbowle anzuzünden. Für Leute, denen die Monotonie des Meeres so wenig Gelegenheit zur Abwechslung bietet, war dies eine verzeihliche Belustigung. Der General, der von der Brigg in die mit sechs starken Matrosen bemannte Schaluppe der ›Sankt Ferdinand‹ gestiegen war, teilte unfreiwillig seine Aufmerksamkeit zwischen dem brennenden Schiffe und seiner Tochter, die, an den Korsaren gelehnt, auf dem Heck des Schiffes stand. Als er unter dem Ansturm so vieler Erinnerungen Hélène in ihrem weißen Kleid sah, das sich wie ein Segel mehr im Wind bauschte, als er über den Ozean hin ihre hohe, schöne Gestalt wahrnahm, so gebieterisch, als sei alles, selbst das Meer, ihr untertan, da hatte er, mit der Unbekümmertheit des Soldaten, schon vergessen, daß er über das Grab des wackeren Gomez dahinfuhr. Über ihm ballte sich wie braunes Gewölk eine ungeheure Rauchsäule, in die die Sonne, welche sie hier und da durchdrang, märchenhaft leuchtende Strahlenbündel warf. Es war ein zweiter Himmel, eine dunkle Kuppel, unter welcher es wie von Kronleuchtern glänzte und über der sich das unwandelbare Blau des Firmaments wölbte, das durch diesen flüchtigen Kontrast tausendmal schöner erschien. Die eigenartigen Färbungen dieser Rauchglocke, die bald gelb, gold, bald rot oder schwarz im Dunst miteinander verschmolzen, hüllten das Schiff ein, das knisterte, krachte, ächzte. Die Flamme zischte, als sie das Takelwerk erfaßte, und lief über das ganze Schiff, wie ein Volksaufstand durch die Straßen einer Stadt rast. Der Rum ließ blaue Flammen hin und her hüpfen, als hätte der Meergott selbst dieses Teufelsgetränk durcheinandergeschüttet, so wie die Hand eines Studenten während eines Saufgelages den fröhlichen ›Abbrand‹ eines Punsches rührt. Doch die Leuchtkraft der Sonne war mächtiger, eifersüchtig auf jenes freche Leuchten ließ sie die Farben der Feuersbrunst in ihren Strahlen kaum ausmachen. Es war, als flattere ein Netz, eine Schärpe in ihrem Flammenstrom. Um zu entkommen, hielt sich die ›Othello‹ bei schwachem Wind in ihrer neuen Richtung und neigte sich bald nach der einen, bald nach der andern Seite, wie ein in den Lüften schaukelnder Papierdrache. Die schöne Brigg nahm Kurs nach Süden. Bald entzog sie sich den Augen des Generals und verschwand hinter der steilen Rauchsäule, deren Schatten auf dem Wasser geisterte, bald zeigte sie sich wieder, hob sich fliehend voller Anmut aus den Wogen. Sooft Hélène ihren Vater sehen konnte, ließ sie ihr Taschentuch wehen, um ihn noch einmal zu grüßen. Bald darauf sank die ›Sankt Ferdinand‹, das aufschäumende Wasser glättete der Ozean, und von dem ganzen Schauspiel blieb nichts übrig als eine vom leichten Winde geschaukelte Wolke.

Die ›Othello‹ war weit; die Schaluppe näherte sich der Küste. Die Wolke schob sich zwischen das kleine zerbrechliche Boot und die Brigg. Zum letzten Male sah der General seine Tochter durch einen Riß in dem wogenden Rauch. Prophetische Vision! Nur das weiße Tuch und das Kleid hoben sich aus dem rußigschwarzen Dunst. Zwischen dem grünen Wasser und dem blauen Himmel verlor sich die Brigg. Hélène war nur noch ein unmerklicher Punkt, eine liebliche, sich auflösende Linie, ein Engel im Himmel, ein Gedanke, eine Erinnerung.

Nachdem der Marquis so wieder zu Vermögen gekommen war, starb er rasch an Entkräftung dahin. Einige Monate nach seinem Tod, im Jahre 1833, war die Marquise genötigt, Moina in die Bäder der Pyrenäen zu begleiten. Das eigenwillige Kind verlangte, die Schönheiten der Berge kennenzulernen. Als sie nun nach Eaux, ihrem Badeort, zurückkehrten, trug sich folgende schreckliche Szene zu: »Mein Gott, Mutter«, sagte Moina, »wir haben sehr schlecht daran getan, daß wir nicht ein paar Tage länger in den Bergen geblieben sind! Wir waren dort weit besser aufgehoben als hier. Hast du nicht das unaufhörliche Stöhnen dieses entsetzlichen Kindes und das Geschwätz der unglücklichen Frau gehört, die anscheinend Dialekt redet, denn ich habe kein einziges Wort, das sie sagte, verstanden. Was sind das nur für Leute, die wir zu Nachbarn haben! Diese Nacht war eine der schrecklichsten in meinem Leben.« – »Ich habe nichts gehört«, erwiderte die Marquise; »aber ich werde die Wirtin aufsuchen, liebes Kind, und das danebenliegende Zimmer verlangen; wir werden dann allein und nicht gestört sein. Wie fühlst du dich heute morgen? Bist du müde?« Bei den letzten Worten war die Marquise aufgestanden und an das Bett Moinas getreten. »Laß sehen!« sagte sie und ergriff die Hand ihrer Tochter. »O laß mich, Mutter«, gab Moina zur Antwort, »deine Hände sind so kalt.« Das junge Mädchen wand sich unmutig auf ihrem Kopfkissen, doch mit so viel Grazie, daß es einer Mutter schwer werden mußte, sich gekränkt zu fühlen. In diesem

Augenblick erscholl aus dem Nachbarzimmer ein langer, herzzerreißender sanfter Klageton. »Aber wenn du das die ganze Nacht hindurch gehört hast, warum hast du mich nicht aufgeweckt? Wir hätten ...« Ein neues Stöhnen, tiefer als vorher, ließ die Marquise stocken: »Da liegt jemand im Sterben!« rief sie und ging rasch aus dem Zimmer. »Schicke mir Pauline!« rief Moina, »ich will mich ankleiden.« Die Marquise eilte in den Hof hinunter, wo sie die Wirtin von mehreren Personen umringt sah, die ihr aufmerksam zuzuhören schienen. »Madame, Sie haben uns neben jemand einlogiert, der sehr zu leiden scheint...« – »Ach, reden Sie nicht davon!« rief die Wirtin, »ich habe soeben nach dem Bürgermeister geschickt. Denken Sie sich, es ist eine arme, unglückliche Frau, die gestern abend zu Fuß hier angekommen ist; sie kommt aus Spanien und ist ohne Paß und ohne Geld. Sie trug auf ihrem Rücken ein sterbendes kleines Kind. Ich konnte nicht umhin, sie hier aufzunehmen. Heute früh habe ich selbst nach ihr gesehen; denn gestern, als sie hier anlangte, hat sie mir schrecklich leid getan. Die arme kleine Frau. Sie lag da mit ihrem Kind, und beide kämpften mit dem Tode ... Sie zog einen goldenen Ring von ihrem Finger und sagte zu mir: ›Madame, ich besitze nur noch dies, nehmen Sie ihn als Zahlung; es wird genügen, mein Aufenthalt hier wird kein langer sein. Armes Kind, wir werden zusammen sterben‹, hat sie gesagt, indem sie ihr Kind ansah. Ich nahm ihren Ring und fragte, wer sie sei. Aber sie wollte mir ihren Namen beileibe nicht sagen ... Ich habe nun eben nach dem Arzt und dem Bürgermeister geschickt.« – »Lassen Sie ihr alle Hilfe angedeihen, die nötig ist«, sagte hierauf die Marquise; »mein Gott, vielleicht ist sie noch zu retten. Ich werde Ihnen alle ihre Auslagen bezahlen.« – »Ach, Madame, sie scheint mir ganz schön stolz zu sein, und ich weiß nicht, ob sie es zulassen wird.« – »Ich will sie sehen...«

Und sogleich begab sich die Marquise zu der Unbekannten, ohne daran zu denken, daß ihr Anblick – sie trug noch Trauerkleider – diese Frau, die, wie es hieß, im Sterben lag, in einem solchen Augenblick schmerzen könnte. Die Marquise erbleichte beim Anblick der Sterbenden. Trotz der entsetzlichen Leiden, die das schöne Gesicht Hélènes verwandelt hatten, erkannte sie ihre älteste Tochter.

Als Hélène eine schwarzgekleidete Frau eintreten sah, richtete sie sich auf, stieß einen Schrei des Entsetzens aus, als sie in dieser Frau ihre Mutter erkannte, und sank langsam in ihr Bett zurück. »Meine Tochter«, sagte Madame d'Aiglemont, »was fehlt dir? Pauline! ... Moina! ...« – »Mir fehlt nichts mehr«, erwiderte Hélène mit schwacher Stimme; »ich hoffte meinen Vater wiederzusehen, aber Ihre Trauer verkündet mir...« Sie vollendete nicht. Sie drückte ihr Kind an ihre Brust, als wolle sie es erwärmen, küßte es auf die Stirn und heftete auf ihre Mutter einen Blick, der noch nicht frei von Vorwurf, wenn auch durch Verzeihung gemildert war. Die Marquise wollte diesen Vorwurf nicht sehen; sie vergaß, daß Hélène ein Kind war, das sie ehemals in Tränen und Verzweiflung empfangen hatte, das Kind der Pflicht, ein Kind, das die Ursache ihrer schwersten Kümmernisse gewesen war. Sie näherte sich sanft ihrer ältesten Tochter, einzig in dem Gefühl, daß Hélène die erste gewesen, die ihr die Süße der Mutterschaft zu kosten gegeben hatte. Die Augen der Mutter standen voll Tränen, sie küßte ihre Tochter und rief: »Hélène, mein Kind! ...« Hélène schwieg. Sie hatte soeben den letzten Seufzer ihres letzten Kindes aufgefangen.

In diesem Augenblick traten Moina, Pauline, ihre Kammerzofe, die Wirtin und ein Arzt ins Zimmer. Die Marquise hielt die eiskalte Hand ihrer Tochter in der ihren und sah sie mit aufrichtiger Verzweiflung an. Außer sich vor Schmerz, sie war gerade einem Schiffbruch entgangen, aus dem sie von ihrer ganzen prächtigen Familie nur ein einziges Kind gerettet hatte, sagte die Witwe des Korsaren mit schrecklicher Stimme zu ihrer Mutter: »All dies ist Ihr Werk! Wenn Sie für mich gewesen wären, was ...« – »Moina, geh hinaus, geht alle hinaus!« schrie Madame d'Aiglemont laut, um Hélènes Stimme zu übertönen. »Ich flehe dich an, liebe Tochter, erneuern wir nicht in diesem Augenblick die traurigen Kämpfe ...« – »Ich werde schweigen«, gab Hélène mit übermenschlicher Anstrengung zur Antwort; »ich bin Mutter, ich weiß, daß Moina nicht ... Wo ist mein Kind?« Moina kam, von Neugierde getrieben, wieder herein. »Liebe Schwester«, sagte das verwöhnte Kind, »der Arzt ...« – »Alles ist nutzlos«, erwiderte Hélène; »ach, warum bin ich nicht mit sechzehn Jahren gestorben, als ich mir das Leben nehmen wollte. Es gibt kein Glück außerhalb der Gesetze ... Moina ... du ...«

Sie starb, den Kopf auf ihr Kind gebeugt, das sie krampfhaft an sich preßte.

»Deine Schwester wollte dir jedenfalls sagen, Moina«, nahm Madame d'Aiglemont das Wort, als sie in ihr Zimmer zurückgekehrt war, wo sie in Tränen zerfloß, »daß das Glück für ein Mädchen niemals in einem romantischen Leben, außerhalb der herkömmlichen Anschauungen und besonders fern von seiner Mutter zu finden ist.«

6. Das Alter einer schuldigen Mutter

An einem der ersten Junitage des Jahres 1844 erging sich eine etwa fünfzigjährige Dame, die jedoch noch älter schien, als es in der Natur ihrer Jahre lag, unter den Bäumen des Parks, der zu einer in der Rue Plumet in Paris gelegenen Villa gehörte. Sie war schon zwei- oder dreimal den leichtgewundenen Fußpfad auf und ab gewandert, den sie nicht verließ, um nicht die Fenster einer Wohnung aus dem Auge zu verlieren, die ihre ganze Aufmerksamkeit zu fesseln schien; schließlich ließ sie sich auf einem der halb ländlichen Stühle nieder, wie sie aus jungen Baumstämmen, die noch mit ihrer Rinde überzogen sind, hergestellt werden. Von dem Platz aus, wo sich dieser elegante Sitz befand, übersah die Dame durch ein Gartengitter sowohl die innern Boulevards, in deren Mitte sich der wundervolle Dôme des Invalides erhebt, der mit seiner goldenen Kuppel zwischen den Kronen eines Ulmenwaldes emporragt, als auch ihren weniger großartigen Garten, den die graue Fassade eines der schönsten Häuser des Faubourg Saint-Germain abschloß. Überall war noch alles still, die benachbarten Gärten, die Boulevards, der Dom; denn in diesem vornehmen Viertel beginnt der Tag kaum vor zwölf Uhr. Falls nicht eine besondere Laune eine Ausnahme herbeiführt, eine junge Dame ausreiten will oder ein alter Diplomat ein Protokoll neu aufzusetzen hat, schläft zu dieser Stunde noch alles oder fängt erst an aufzuwachen, Diener und Herrschaften.

Die alte Dame, die schon so frühzeitig auf war, war die Marquise d'Aiglemont, die Mutter von Madame de Saint-Héreen, der dieses prächtige Haus gehörte. Die Marquise hatte zugunsten ihrer Tochter, der sie ihr ganzes Vermögen geschenkt hatte, auf das Haus verzichtet und für sich nur eine lebenslängliche Rente zurückbehalten. Comtesse Moina de Saint-Héreen war das letzte Kind von Madame d'Aiglemont.

Um ihr die Heirat mit dem Erben eines der erlauchtesten Häuser Frankreichs zu ermöglichen, hatte die Marquise alles geopfert. Nichts war natürlicher, sie hatte nacheinander zwei Söhne verloren: der eine, Gustave Marquis d'Aiglemont, war an der Cholera gestorben, der andere, Abel, war vor Constantine gefallen. Gustave hatte eine Witwe nebst Kindern hinterlassen. Aber die geringe Zuneigung, die Madame d'Aiglemont ihren beiden Söhnen entgegenbrachte, war noch schwächer geworden, da sie auf die Enkelkinder überging. Sie stand auf gutem Fuß mit der jungen Madame d'Aiglemont; aber sie ließ es bei dem oberflächlichen Gefühl bewenden, das man seinen nächsten Angehörigen zum mindesten bezeigen muß, wenn man nicht den guten Ton und die Schicklichkeit verletzen will. Da die Vermögensangelegenheiten ihrer verstorbenen Kinder vollkommen geregelt waren, hatte sie für ihre geliebte Moina ihre Ersparnisse und ihr persönliches Eigentum bestimmt. Madame d'Aiglemont hatte für Moina, die von Kindheit an entzückend schön war, von jeher die unwillkürliche innere Vorliebe gehegt, wie sie bei Müttern häufig vorkommt: eine oft verhängnisvolle Sympathie, die unerklärlich scheint oder über die die Eingeweihten hinreichenden Aufschluß geben könnten. Die reizende Gestalt Moinas, der Klang der geliebten Stimme, ihre Manieren, ihr Gang, ihr Gesichtsausdruck, ihre Gebärden, alles weckte in der Marquise die tiefsten Empfindungen, die ein Mutterherz erfreuen, ängstigen oder entzücken können. Der Ursprung ihres gegenwärtigen, zukünftigen und vergangenen Lebens ruhte in dem Herzen dieser jungen Frau, der sie alle ihre Schätze in den Schoß geworfen hatte. Moina hatte ihre vier ältesten Geschwister zu ihrem Glück überlebt. Madame d'Aiglemont hatte in der Tat auf unglückseligste Art und Weise – wie die Leute der Gesellschaft munkelten – eine schöne Tochter, deren Schicksal beinahe unbekannt war, und einen Knaben, der mit fünf Jahren durch einen schrecklichen Unfall ums Leben kam, verloren. Die Marquise erblickte zweifelsohne eine Fügung des Himmels darin, daß das Schicksal ihr am meisten geliebtes Kind verschont hatte, und sie widmete ihren der Willkür des Todes zum Opfer gefallenen Kindern nur ein schwaches Andenken, das so von andern Gefühlen verdeckt war, wie die Gräber auf einem ehemaligen Schlachtfelde allmählich verschwinden und von Gras und Blumen überwuchert werden. Die Welt hätte von der Marquise vielleicht strenge Rechenschaft für diese Gleichgültigkeit und diese Vorliebe verlangen können; aber in Paris stürzt das Leben in einem solchen Strom von Ereignissen, Moden, neuen Ideen vorwärts, daß die Vergangenheit Madame d'Aiglemonts dort schon der Vergessenheit angehörte. Niemand dachte daran, ihr eine Kälte der Empfindung zum Verbrechen zu stempeln, die niemand interessierte, während ihre ungewöhnliche Zärtlichkeit gegen Moina für viele Leute von Interesse war und wie alle Vorurteile etwas Unantastbares an sich hatte. Im übrigen ging die Marquise nur noch wenig in Gesellschaft, und den meisten Familien, die sie kannten, erschien sie gut, sanft, fromm, nachsichtig. Gehört nicht schon ein sehr lebhaftes Interesse dazu, um über diesen Anschein, mit dem sich die Gesellschaft begnügt, hinauszugehen. Im übrigen, was verzeiht man nicht alles den alten Leuten, wenn sie wie die Schatten hinschwinden und nur noch eine Erinnerung sein wollen! Madame d'Aiglemont wurde also den Vätern von den Kindern, den Schwiegermüttern von ihren Schwiegersöhnen als Muster hingestellt. Sie hatte vor der Zeit Moina ihren Besitz abgetreten und lebte nur noch in dem Glück der jungen Comtesse, durch sie und für sie. Wenn vorsichtige Greise, grämliche Onkel dieses Vorgehen tadelten und sagten: »Madame d'Aiglemont wird es vielleicht eines Tages bereuen, ihr Vermögen aus den Händen gegeben zu haben; denn mag sie auch das Herz ihrer Tochter kennen, kann sie sich ebenso sicher auf ihren Schwiegersohn verlassen?« ... dann erhob sich gegen diese Propheten ein Gezeter, und von allen Seiten regnete es Lobreden auf Moina. »Man muß es anerkennen, daß Madame de Saint-Héreen dafür gesorgt hat, die Gewohnheiten ihrer Mutter in nichts zu beeinträchtigen«, meinte eine junge Frau. »Madame d'Aiglemont hat eine wundervolle Wohnung, einen Wagen zu ihrer Verfügung und kann ganz wie früher in Gesellschaft gehen ...« – »Nur nicht in die Italienische Oper«, versetzte ganz leise ein alter Schmarotzer, einer von denen, die das Recht zu haben glauben, ihre Freunde mit Bosheiten zu überhäufen, um damit Proben von Unabhängigkeit abzulegen; »die alte Dame liebt nur noch die Musik, woraus sich vermutlich ihre angebetete Tochter nichts macht. Sie war seinerzeit so ausnehmend musikalisch! Aber da die Loge der Comtesse immer von jungen Schmetterlingen umflattert ist, und sich die Kleine, die schon für eine recht kokette Person gehalten wird, mit ihrer Gegenwart genieren würde, geht die arme Mutter nie mehr in die Oper.« – »Madame de Saint-Héreen gibt für ihre Mutter entzückende Abende, hält einen Salon, wo ganz Paris hingeht«, sagte ein heiratsfähiges junges Mädchen. »Einen Salon, wo sich niemand um die Marquise kümmert«, gab der Schmarotzer zur Antwort. »Immerhin ist Madame d'Aiglemont niemals allein«, ließ sich ein junger Geck vernehmen der die Meinung der jungen Dame unterstützen wollte. »Am Morgen«, sagte der alte Beobachter wieder leise, »schläft die teure Moina. Um vier Uhr befindet sich die teure Moina im Bois. Am Abend geht die teure Moina zum Ball oder in die Italienische ... Aber es ist wahr, daß Madame d'Aiglemon die Möglichkeit hat, ihre geliebte Tochter zu sehen, währenc sie sich ankleidet oder beim Diner, wenn die liebe Moin: zufällig einmal mit ihrer Mutter diniert. Es sind noch nich acht Tage her, Monsieur«, sagte der Schmarotzer und nahn einen schüchternen jungen Hauslehrer, der in dem Hause, in dem er sich befand, neu angekommen war, beim Arm, »daf ich diese arme Mutter traurig und allein am Kamin sitzen sah ›Was ist Ihnen?‹ fragte ich sie. Sie sah mich mit einem Lächeln an, aber sie hatte sicherlich geweint. ›Ich dachte‹, gab sie mi zur Antwort, ›wie sonderbar es ist, daß ich so allein bin, da ich doch fünf Kinder geboren habe; aber das liegt in unserm Schicksal! Und im übrigen bin ich glücklich, wenn ich weiß, daß Moina sich amüsiert.‹ Mir konnte sie sich anvertrauen, ich habe vormals ihren Mann gekannt. Er war ein armer Kerl, der von Glück sagen konnte, sie zur Frau gehabt zu haben; er verdankte ihr sicherlich seine Pairswürde und sein Amt am Hofe Karls X.«

Aber es schleichen sich in die Unterhaltungen der Gesellschaft so viele Irrtümer ein, es werden dort leichten Sinnes so viele Wunden geschlagen, daß der Sittenschilderer genötigt ist, die von so vielen Sorglosen sorglos hingeworfenen Behauptungen weise abzuwägen. Vielleicht läßt es sich niemals feststellen, wer recht oder unrecht hat: das Kind oder die Mutter. Zwischen diesen beiden Herzen gibt es nur einen Richter. Dieser Richter ist Gott. Gott, der seine Rache oft im Schoß der Familie übt, der sich ewig der Kinder gegen die Mütter, der Väter gegen die Söhne, der Völker gegen die Könige, der Fürsten gegen die Nationen, aller gegen alle bedient; der in der moralischen Welt die Gefühle von andern Gefühlen ablösen läßt, wie die jungen Blätter im Frühling die alten abstoßen; der nach einem unwandelbaren Gesetz und einem Zweck, den er allein kennt, handelt. Kein Zweifel, jedes Ding geht schließlich in seinen Schoß oder vielmehr kehrt zu ihm zurück.

Diese religiösen Gedanken, die den Herzen der alten Leute so natürlich sind, keimten in der Seele Madame d'Aiglemonts; sie dämmerten dort, bald ruhten sie in der Tiefe, bald entfalteten sie sich vollendet, Blumen gleich, die vom Sturm auf die Oberfläche des Wassers getrieben werden. Von langem Nachdenken erschöpft, von einer jener Träumereien, in denen vor den Augen derjenigen, die den Tod herannahen fühlen, das ganze Leben aufersteht und sich wieder abspielt, hatte sie sich müde auf diese Bank gesetzt.

Diese Frau, die vor der Zeit gealtert war, wäre für einen

Dichter, der auf dem Boulevard vorübergegangen wäre, ein seltenes Bild gewesen. Wie sie so in dem spärlichen Mittagsschatten einer Akazie saß, hätte man tausenderlei Dinge von diesem Antlitz ablesen können, das selbst bei den heißen Sonnenstrahlen kalt und bleich war. Ihr ausdrucksvolles Gesicht enthüllte noch etwas Ernsteres als ein zur Neige gehendes Leben, noch etwas Tiefergehendes als eine von schweren Erlebnissen entkräftete Seele. Es war eines von der Art, welches euch – unter tausend Physiognomien, die man übersieht, weil sie ohne Charakter sind, – zum Stillstehen, zum Nachdenken zwingt; so wie man unter tausend Bildern eines Museums gepackt wird von dem herrlichen Kopf, in dem Murillo den Mutterschmerz zum Ausdruck bringt, oder von dem Antlitz Beatrice Cencis, in welchem Guido Reni die rührendste Unschuld inmitten des entsetzlichsten Verbrechens darstellt, oder von dem finstern Gesicht Philipps II., in dem Velazquez ein für allemal die schreckliche Majestät der Herrschermacht verkörpert hat. Manche menschlichen Gesichter sind herrische Mahner, die zu euch reden, euch befragen, euch auf geheime Gedanken Antwort geben und ganze Tragödien auszudrücken scheinen. Das eisige Antlitz Madame d'Aiglemonts war eine solche schreckliche Dichtung, ein Gesicht, wie man es zu Tausenden in der ›Göttlichen Komödie‹ von Dante Alighieri auftauchen sieht.

Während der kurzen Blütezeit der Frau dienen die Ausdrucksmittel ihrer Schönheit vortrefflich der Verstellung, zu der ihre natürliche Schwäche und unsere sozialen Gesetze sie verdammen. Unter dem reichen Kolorit ihres frischen Gesichts, unter dem Feuer ihrer Augen, unter dem lieblichen Netz ihrer feinen Züge, so vieler gebogenen oder geraden, aber stets vollkommen reinen und festen Linien können ihre Empfindungen verborgen bleiben: die Röte, die ihre schon so lebhaften Farben noch kräftiger hervortreten läßt, enthüllt nichts; alle inneren Feuer verschmelzen so innig mit dem Glanz, der aus ihren vor Leben blitzenden Augen strahlt, daß auch die vorübergehende Flamme des Leidens dort nur als ein Reiz mehr erscheint. Nichts ist so verschwiegen wie ein junges Gesicht, weil nichts unbeweglicher ist. Das Antlitz einer jungen Frau hat die Ruhe, die Glätte, die Frische eines hellen Wasserspiegels. Das Gesicht einer Frau fängt erst mit dreißig Jahren an ausdrucksvoll zu werden. Bis dahin findet der Maler auf ihren Gesichtern nur Rot und Weiß, nur ein Lächeln und einen Ausdruck, die einen einzigen Gedanken wiederholen, Jugend und Liebe, einen einförmigen Gedanken ohne Tiefe; aber im Alter sind alle Saiten der Frau zum Klingen gekommen: die Leidenschaften haben sich auf ihrem Gesicht eingegraben; sie ist Geliebte, Gattin, Mutter gewesen; die heftigsten Empfindungen der Freude und des Schmerzes haben sie gepeinigt, ihre Züge verzerrt und sie mit tausend Fältchen durchzogen, die alle eine Sprache reden; ein Frauenkopf wird dann erhaben von Grauen, schön von Trauer oder herrlich von Ruhe – wenn es erlaubt ist, das seltsame Bild fortzusetzen: der ausgetrocknete See weist noch alle Spuren der wilden Bäche auf, die ihn angefüllt haben; der Kopf einer alten Frau gehört nicht mehr der Gesellschaft, die leichtfertig ist und davor zurückschreckt, die Zerstörung aller ihrer Begriffe von Eleganz darin zu gewahren, an die sie gewöhnt ist, und ebensowenig gehört er den gewöhnlichen Künstlern, die nichts darin zu entdecken vermögen, sondern den wirklichen Dichtern, denjenigen, die ein Gefühl für das Schöne haben, das von allen Konventionen, auf welchen so viele Vorurteile in der Kunst und der Schönheit beruhen, unabhängig ist.

Obwohl Madame d'Aiglemont einen modernen Kapotthut trug, konnte man doch sehen, daß ihr ehemals schwarzes Haar von schmerzlichen Gemütserregungen vollkommen gebleicht war; aber die Art, wie sie es glatt gescheitelt herabfallen ließ, verriet ihren guten Geschmack, offenbarte die anmutigen Gewohnheiten der eleganten Frau und ließ die welke, runzlige Stirn, auf der sich noch Spuren ihres einstigen Glanzes fanden, vollendet hervortreten. Der Schnitt ihres Gesichts, die Regelmäßigkeit ihrer Züge gaben einen wenn auch schwachen Begriff von ihrer früheren Schönheit, auf die sie hatte stolz sein dürfen; aber noch mehr zeugten diese Zeichen von dem Leid, das grausam genug gewesen war, ihr Antlitz auszumergeln, die Schläfen eintrocknen, die Wangen einfallen zu lassen, die Augenlider wund zu machen und sie der Wimpern, die den Blick so anmutig zieren, zu berauben. Alles war still geworden in dieser Frau: ihr Gang und ihre Bewegungen hatten jene schwere, gemessene Langsamkeit, die Ehrfurcht einflößt. Die Bescheidenheit ihres Wesens hatte sich infolge der seit mehreren Jahren angenommenen Gewohnheit, vor ihrer Tochter in den Hintergrund zu treten, in Schüchternheit verwandelt. Dann sprach sie wenig, und ihre Rede war sanft, wie die Sprache all derer, die gezwungen sind nachzudenken, sich zu sammeln und in sich selbst zu leben. Diese Haltung und dieses Verhalten flößten ein unbestimmbares Gefühl ein, das weder Furcht noch Mitleid war, in dem jedoch auf geheimnisvolle Weise alle die Gedanken ineinanderflossen, die diese verschiedenartigen Gefühle wecken. Schließlich zeugten die Eigenart und Anordnung ihrer Falten und Runzeln, ihr erloschener, wehmutsvoller Blick beredt von Tränen, die vom Herzen aufgesogen werden und nie über den Rand der Lider treten. Die Unglücklichen, die es gewohnt sind, den Himmel in ihren Leiden anzurufen, hätten sofort in den Augen dieser Mutter die schmerzliche Gewohnheit unablässigen Betens erkannt und die leisen Spuren jener heimlichen Wunden, die schließlich die Blüten der Seele, sogar das Muttergefühl, zerstören. Die Maler haben Farben für solche Bildnisse; aber die Gedanken und die Worte vermögen nicht, sie getreulich wiederzugeben. In den Tönen der Haut, den Mienen des Gesichts bergen sich Eigentümlichkeiten, die die Seele nur mit dem Auge erfaßt, aber der Dichter hat kein anderes Mittel, solche entsetzlichen Veränderungen des Gesichtsausdrucks zu schildern, als die Erzählung der Begebenheiten, die dazu geführt haben. Dieses Antlitz sprach von einem stillen kalten Orkan, von einem verzweifelten Kampf zwischen dem Heroismus des Mutterschmerzes und der Schwäche unserer Empfindungen, die endlich sind wie wir und in denen es nichts Unendliches gibt. Diese unablässig zurückgedrängten Qualen hatten mit der Zeit dieser Frau etwas irgendwie Krankhaftes, Zerbrechliches verliehen. Gewiß, Erregungen, die zu heftig waren, hatten dieses Mutterherz physisch verändert, und eine Krankheit, vielleicht eine Herzerweiterung, zehrte an Julie, ohne daß sie es wußte. Die wirklichen Qualen sind scheinbar sehr still in dem tiefen Bett, das sie sich ausgewühlt haben und in dem sie zu schlafen scheinen, während sie in Wahrheit immerzu an der Seele nagen, wie die schreckliche Säure, die das Kristall ätzt. Zwei Tränen liefen der Marquise in diesem Augenblick die Wange herab, und sie stand auf, als hätte ein Gedanke, noch bohrender als alle anderen, sie heftig getroffen. Sie hatte sicherlich an Moinas Zukunft gedacht, und indem sie die Schmerzen voraussah, die ihre Tochter erwarteten, waren ihr wieder alle Schicksalsschläge ihres eigenen Lebens schwer aufs Herz gefallen.

Man wird die Lage dieser Mutter verstehen, wenn wir die der Tochter schildern.

Der Comte de Saint-Héreen war seit etwa einem halben Jahr verreist, um sich einer politischen Mission zu entledigen. Während dieser Abwesenheit hatte sich Moina, die alle Eitelkeiten eines Modepüppchens mit den kapriziösen Launen eines verzogenen Kindes verband, damit vergnügt – aus Leichtsinn oder aus einer der tausend Koketterien des Weibes, vielleicht um ihre Macht zu erproben –, mit der Leidenschaft eines geschickten, aber herzlosen Mannes zu spielen, der vorgab, er sei trunken vor Liebe, nur daß sich mit dieser Liebe der ganze eitle Ehrgeiz des Gecken verband, der in der Gesellschaft hochkommen wollte. Madame d'Aiglemont, deren lange Erfahrung sie gelehrt hatte, das Leben zu kennen, die Menschen zu beurteilen und die Gesellschaft zu fürchten, hatte die Fortschritte dieser Affäre beobachtet und ahnte voraus, daß ihre Tochter zugrunde gehen werde, da sie sie in die Hände eines Mannes gefallen sah, dem nichts heilig war. Mußte es nicht entsetzlich für sie sein, in dem Manne, den Moina mit Vergnügen erhörte, einen Roué zu finden? Ihr geliebtes Kind befand sich also am Rand eines Abgrundes. Das war ihr zu furchtbarer Gewißheit geworden, und sie wagte sie doch nicht zurückzurufen, denn sie zitterte vor der Comtesse. Sie wußte im voraus, daß Moina auf keine ihrer weisen Warnungen hören würde; sie hatte keine Macht über dieses Herz, das für sie aus Eisen, für andere aus Wachs zu sein schien. Ihre zärtliche Liebe hätte sie dazu gebracht, Anteil an einer unglücklichen Liebe zu bekunden, die von den edlen Eigenschaften des Verführers gerechtfertigt worden wäre; aber ihre Tochter ließ sich lediglich von ihrer Koketterie lenken, und die Marquise verachtete den Comte Alfred de Vandenesse, da sie wußte, daß dieser Mann seinen Kampf mit Moina als eine Art Schachspiel ansah. Obwohl Alfred de Vandenesse der unglücklichen Mutter Grauen einflößte, mußte sie die wahren Gründe ihrer Abneigung in den tiefsten Tiefen ihres Herzens verbergen. Sie war mit dem Marquis de Vandenesse, Alfreds Vater, intim befreundet gewesen, und diese Freundschaft, die in den Augen der Welt ehrbar war, hatte dem jungen Mann das Recht gegeben, bei Madame de Saint-Héreen zwanglos ein und aus zu gehen, wobei er heuchlerisch vorgab, sie schon seit ihrer Kinderzeit zu verehren. Überdies wäre es ein ganz vergeblicher Entschluß gewesen, wenn Madame d'Aiglemont zwischen ihre Tochter und Alfred de Vandenesse ein furchtbares Wort hätte werfen wollen, das sie getrennt hätte; sie war sicher, trotz der Gewalt dieses Wortes, das sie in den Augen ihrer Tochter entehrt hätte, damit keinen Erfolg zu haben. Alfred war zu verdorben und Moina zu klug, um an diese Enthüllung zu glauben; die junge Comtesse wäre ihr ausgewichen, hätte sie als mütterliche List hingestellt. Madame d'Aiglemont hatte ihren Kerker mit ihren eigenen Händen gebaut und sich selbst darin eingemauert, um hier zu sterben; während sie zusehen mußte, wie das schöne Leben Moinas, dieses Leben, das ihr Ruhm, ihr Glück und ihr Trost geworden war und an dem sie tausendmal mehr hing als an ihrem eigenen, zerstört wurde. Furchtbares, unglaubliches, unaussprechliches Leid! Bodenloser Abgrund!

Sie wartete ungeduldig, bis ihre Tochter aufstand, und trotzdem fürchtete sie sich davor; sie glich dem unseligen zum Tode Verurteilten, der mit dem Leben fertig sein will und den es trotzdem kalt überläuft, wenn er an den Henker denkt. Die Marquise war entschlossen, einen letzten Versuch zu wagen; aber sie fürchtete vielleicht weniger, bei diesem Versuch zu scheitern, als noch eine der Wunden zu empfangen, die für ihr Herz so schmerzlich waren, daß ihr aller Mut genommen war. So weit war ihre Mutterliebe nun gekommen. Sie liebte ihre Tochter, aber fürchtete sie, bangte, einen Dolchstoß zu erhalten, und ging ihm entgegen. Die Mutterliebe ist in zärtlichen Herzen so groß, daß eine Mutter, ehe sie bei der Gleichgültigkeit angekommen ist, den Tod oder irgendeine der großen Mächte, die Religion oder die Liebe, gefunden haben muß, auf die sie sich stützen kann. Seit sie aufgestanden war, hatte das unselige Gedächtnis der Marquise ihr mehrere Geschehnisse von der Art zurückzurufen, die anscheinend belanglos und doch im seelischen Leben so bedeutungsschwer sind. In der Tat enthüllt eine Gebärde manchmal eine ganze Tragödie, der Tonfall eines Wortes zerreißt ein ganzes Leben, ein gleichgültiger Blick tötet die glücklichste Liebe. Die Marquise d'Aiglemont hatte zu ihrem Unglück zu viele solcher Gebärden gesehen, zu viele solcher Worte gehört, zu viele solcher Blicke, die der Seele so gräßlich sind, ausgestanden, als daß ihre Erinnerungen ihr hätten Hoffnung geben können. Alles bewies ihr, daß Alfred sie in dem Herzen ihrer Tochter verdrängt hatte, so daß sie, die Mutter, darin weniger ein Gegenstand der Freude als ein Gegenstand schuldiger Pflichtübungen war. Tausend Dinge, selbst Nichtigkeiten, waren ihr Zeugen für das schmähliche Benehmen der Comtesse ihr gegenüber, für diese Undankbarkeit, die die Marquise vielleicht als Strafe betrachtete. Sie suchte ihre Tochter mit den Plänen der Vorsehung zu entschuldigen, um noch die Hand küssen zu können, die sie schlug. An diesem Morgen dachte sie an das alles, und alles stach ihr noch einmal so scharf ins Herz, daß der volle Kelch ihrer Qualen überfließen mußte, wenn noch der leiseste Schmerz dazukam. Ein kalter Blick konnte die Marquise töten. Es ist schwer, diese häuslichen Vorkommnisse zu schildern, aber vielleicht genügen einige, damit wir sie alle verstehen. So hatte es zum Beispiel die Marquise, die etwas schwerhörig geworden war, nie erreichen können, daß Moina für sie etwas lauter sprach; und als sie einmal mit der Arglosigkeit eines leidenden Wesens ihre Tochter gebeten hatte, einen Satz zu wiederholen, von dem sie nichts verstanden hatte, hatte die Comtesse zwar gehorcht, aber mit einem so verärgerten Gesicht, daß Madame d'Aiglemont nicht den Mut hatte, ihre bescheidene Bitte noch einmal auszusprechen. Von diesem Tage an suchte die Marquise, wenn Moina eine Begebenheit erzählte oder über etwas sprach, sich immer möglichst in ihre Nähe zu setzen; aber oft schien die Comtesse das Leiden ihrer Mutter zu verdrießen, das sie ihr in ihrem Leichtsinn zum Vorwurf machte. Dieses Vorkommnis, das unter tausend ähnlichen Beispielen herausgegriffen ist, konnte nur das Herz einer Mutter verletzen. Alle diese Dinge hätte ein Beobachter vielleicht gar nicht bemerkt, denn es handelte sich um Feinheiten, wie sie nur den Augen einer Frau auffallen. So hatte zum Beispiel Madame d'Aiglemont einmal ihrer Tochter erzählt, die Princesse de Cadignan wäre zu ihr zu Besuch gekommen, und Moina rief nur: »Wie, um Ihretwillen ist sie hergekommen?« Die Miene, mit der diese Worte gesagt wurden, der Ton, den die Comtesse hineinlegte, enthielten ungeheuchelte Verwunderung und eine leichte Verachtung, die doch so stark waren, daß ein zartfühlendes junges Herz im Vergleich damit den Brauch der Wilden, ihre Greise zu töten, wenn sie sich nicht mehr an dem

Ast eines Baumes, der stark geschüttelt wird, festhalten können, menschenfreundlich gefunden hätte.

Madame d'Aiglemont stand auf, lächelte und ging hinaus, um still vor sich hin zu weinen. Gebildete Menschen, und besonders Frauen, verraten ihre Gefühle nur durch kaum wahrnehmbare Zeichen, an denen aber alle die, die Ähnliches erlitten haben wie diese unglückliche Mutter, nichtsdestoweniger die Zuckungen ihrer Herzen erkennen werden. Von ihren Erinnerungen überwältigt, mußte Madame d'Aiglemont wieder an eins dieser so verletzenden winzigen Vorkommnisse denken, das ihr wie kein anderes die grausame Geringschätzung, die sich unter einem Lächeln verbarg, zu Bewußtsein brachte. Aber ihre Tränen trockneten, als die Läden zum Schlafzimmer ihrer Tochter geöffnet wurden. Sie eilte auf dem Fußweg, der an dem Gitter entlang lief, durch das sie von ihrem Sitz aus geblickt hatte, auf die Fenster zu. Dabei bemerkte sie, mit welcher besondern Sorgfalt der Gärtner diesen Weg, der seit einiger Zeit vernachlässigt gewesen war, geharkt hatte. Als Madame d'Aiglemont unter den Fenstern ihrer Tochter angelangt war, wurden die Läden brüsk zugeschlagen.

»Moina!« rief sie. Keine Antwort. »Madame la Comtesse befindet sich in dem kleinen Salon«, sagte die Kammerzofe Moinas, als die Marquise die Wohnung betreten und sich erkundigt hatte, ob ihre Tochter aufgestanden sei.

Madame d'Aiglemont war zu bekümmert und zu sehr mit ihren Gedanken beschäftigt, um in diesem Augenblick diese kleinen Umstände auffällig zu finden. Sie trat rasch in den Salon ein, wo sie die Comtesse im Negligé fand, mit nachlässig unter einem Häubchen geordneten Haaren, die Füße in Pantöffelchen. Den Schlüssel zu ihrem Zimmer hatte sie im Gürtel stecken, auf ihrem lebhaft geröteten Gesicht prägten sich stürmische Gedanken. Sie saß auf einem Diwan und schien nachzudenken.

»Was gibt es?« fragte sie unfreundlich. »Ach, Sie sind es,

Mutter«, fuhr sie dann mit zerstreuter Miene fort, nachdem sie sich selbst unterbrochen hatte. »Ja, mein Kind, ich bin es – deine Mutter ...«

Der Ton, mit dem Madame d'Aiglemont diese Worte sprach, war von solch schmerzlicher, innerster Bewegung durchzittert, daß es schwer wäre, einen Begriff davon zu geben, ohne das Wort ›heilig‹ anzuwenden. Über ihrem ganzen Wesen lag in diesem Augenblick in der Tat so sehr der heilige Charakter einer Mutter, daß ihre Tochter davon betroffen war und sich mit einer Bewegung zu ihr wandte, die zugleich Achtung, Scheu und Gewissensbisse ausdrückte. Die Marquise schloß die Tür dieses Salons, in den niemand eintreten konnte, ohne daß er schon von weitem gehört wurde. Diese Entfernung schützte vor jeder Indiskretion.

»Liebe Tochter«, sagte die Marquise, »es ist meine Pflicht, dich über eine der wichtigsten Krisen in unserm Frauenleben aufzuklären, in der du dich, vielleicht ohne es zu wissen, befindest, aber von der ich, weniger als Mutter denn als Freundin, mit dir sprechen muß. Du bist verheiratet und also Herrin deiner Handlungen geworden; du bist nur deinem Manne dafür Rechenschaft schuldig; aber ich habe dich die mütterliche Autorität so wenig fühlen lassen – es war vielleicht Unrecht –, daß ich mich im Recht glaube, wenn ich dich nötige, mich in der schwierigen Situation, in der du der Ratschläge bedarfst, anzuhören. Denke daran, Moina, daß ich dich mit einem Manne von großen Fähigkeiten verheiratet habe, auf den du stolz sein kannst, daß ...« – »Ach, Mutter«, unterbrach Moina sie unwillig, »ich weiß schon, was Sie mir sagen wollen ... Sie wollen mir wegen Alfred eine Moralpredigt halten...« – »Sie würden das nicht so gut erraten, Moina«, versetzte die Marquise, die ihre Tränen zurückzuhalten strebte, »wenn Sie nicht fühlten ...« – »Was?« gab sie hochmütig zurück; »wirklich, Mutter, ich weiß nicht...« – »Moina!« rief Madame d'Aiglemont mit äußerster Kraftanspannung, »Sie müssen aufmerksam anhören, was ich Ihnen zu sagen habe ...« – »Ich höre«, sagte die Comtesse und kreuzte die Arme in höhnischer Unterwürfigkeit; »gestatten Sie«, fügte sie dann mit unglaublicher Kaltblütigkeit hinzu, »daß ich zuerst mal Pauline rufe, um sie wegzuschicken ...« Sie klingelte. »Mein liebes Kind, Pauline kann nicht hören ...« – »Mama«, erwiderte darauf die Comtesse mit einem besonderen Ton, der der Mutter hätte auffallen müssen, »ich muß ...« Sie verstummte, das Kammermädchen trat herein. »Pauline, gehen ›Sie selbst‹ zu Baudran, um zu hören, warum ich meinen Hut noch nicht habe.«

Sie setzte sich wieder und sah ihre Mutter aufmerksam an. Das Herz der Marquise schlug so heftig, als wolle es zerspringen. Sie empfand eine jener heftigen Erregungen, deren Schmerz nur von Müttern verstanden werden kann. Ihr Auge blieb ohne Tränen, als sie das Wort ergriff, um Moina die Gefahr, in die sie lief, vorzustellen. Aber sei es, daß Moina sich wegen des Verdachts, den ihre Mutter in bezug auf den Sohn des Marquis de Vandenesse hegte, gekränkt fühlte oder daß sie sich einer jener tollen Anwandlungen, wie sie manchmal über junge, unerfahrene Menschen kommen, nicht erwehren konnte, kurz, sie benutzte eine Pause, die ihre Mutter eintreten ließ, um ihr mit einem gezwungenen Lachen die Worte ins Gesicht zu schleudern: »Aber Mama, ich dachte, du seist nur auf den Vater eifersüchtig ...«

Bei diesen Worten schloß Madame d'Aiglemont die Augen, neigte den Kopf und stieß einen unhörbar leisen Seufzer aus. Sie richtete den Blick nach oben, als folge sie dem unwiderstehlichen Gefühl, das einen zwingt, in den schweren Krisen des Lebens Gott anzurufen. Dann heftete sie ihre Augen, aus denen furchtgebietende Hoheit und unermeßliches Leid sprachen, auf ihre Tochter und sagte tieferschüttert: »Du bist gegen deine Mutter unbarmherziger gewesen, meine Tochter, als der Mann, der von ihr beleidigt wurde, unbarmherziger, als es vielleicht Gott sein wird!«

Sie stand auf; an der Tür drehte sie sich noch einmal um,

sah in den Augen ihrer Tochter nur Erstaunen, ging hinaus und konnte noch den Garten erreichen. Da verließen sie ihre Kräfte. Sie fühlte einen heftigen Schmerz am Herzen und fiel auf eine Bank. Ihre Augen, die über den Sand irrten, entdeckten den frischen Abdruck der Fußtritte eines Mannes, dessen Stiefelspuren sich deutlich sichtbar eingedrückt hatten. Ohne Zweifel, ihre Tochter war verloren, sie glaubte nun auch zu wissen, warum sie Pauline jenen Auftrag erteilt hatte. Diesem grausamen Gedanken folgte eine Entdeckung, die ihr widerwärtiger war als alles, was sie bisher erfahren hatte. Sie mußte annehmen, daß der Sohn des Marquis de Vandenesse in Moinas Herzen die Achtung zerstört hatte, die eine Tochter ihrer Mutter schuldet. Ihre Schmerzen wuchsen, nach und nach verlor sie die Besinnung und lag da, als sei sie eingeschlafen. Die junge Comtesse fand, daß ihre Mutter sich zuviel herausgenommen hätte, dachte aber, eine Liebkosung und ein paar Aufmerksamkeiten am Abend würden sie schon versöhnlich stimmen. Als sie einen Aufschrei im Garten hörte, beugte sie sich nachlässig aus dem Fenster, gerade als Pauline, die noch nicht weggegangen war, um Hilfe rief und die Marquise in den Armen hielt. »Erschreckt meine Tochter nicht!« war das letzte Wort, das diese Mutter sprach.

Moina sah, wie ihre Mutter hereingetragen wurde, die, bleich und leblos, mühsam nach Atem rang, jedoch mit den Armen fuchtelte, als wolle sie sich zur Wehr setzen oder reden. Von diesem Anblick niedergeschmettert, folgte Moina ihrer Mutter, half schweigend, sie auf ihr Bett niederzulegen und sie zu entkleiden. Ihre Schuld drückte sie nieder. In diesem letzten Augenblick, wo sich nichts mehr gutmachen ließ, enthüllte sich ihr die Seele ihrer Mutter. Sie wollte mit ihr allein sein; und als niemand mehr im Zimmer war, als sie die Kälte dieser Hand fühlte, die für sie stets so zärtlich gewesen war, zerfloß sie in Tränen. Von diesen Tränen geweckt, konnte die Marquise Moina noch einmal anschauen; und während des heftigen Schluchzens, das die zarte Brust der Tochter fast zu sprengen drohte, glitt ein Lächeln über die Züge der Sterbenden. Dieses Lächeln war für die junge Muttermörderin das Zeichen, daß das Herz einer Mutter ein Abgrund ist, dessen Tiefe immer ein Verzeihen birgt.

Sowie man den Zustand der Marquise erkannt hatte, wurden Diener zu Pferde nach dem Arzt, dem Wundarzt und den Enkelkindern Madame d'Aiglemonts geschickt. Die junge Marquise und ihre Kinder trafen zur gleichen Zeit mit den Männern der Wissenschaft ein und bildeten eine recht beachtliche, schweigsame und aufgeregte Versammlung, unter die sich die Dienstboten mischten. Da die junge Marquise keinen Laut hörte, klopfte sie leise an die Tür. Auf dieses Zeichen stieß Moina, die wahrscheinlich aus ihrem Schmerz geweckt worden war, die beiden Flügel der Tür heftig zurück, warf auf die Familienversammlung einen verstörten Blick und bot ein Bild tiefster Bestürzung, so daß es keiner Worte mehr bedurfte. Beim Anblick dieser verkörperten Reue blieb jeder stumm. Man konnte die Beine der Marquise erkennen, die starr und zusammengekrampft auf dem Totenbett lagen. Moina lehnte sich an die Tür, blickte ihre Verwandten an und sagte mit hohler Stimme: »Ich habe meine Mutter verloren!«

Anmerkungen

Der Roman ›La femme de trente ans‹ (Die Frau von dreißig Jahren) besteht aus sechs Kapiteln, die ursprünglich als eigenständige literarische Werke geplant und voneinander unabhängig im Zeitraum von 1831-1834/35 publiziert wurden. 1834/35 erschienen diese sechs Kapitel zum ersten Mal zusammengefaßt unter dem Titel ›Même histoire‹ (Gleiche Geschichte) im vierten Band der ›Scènes de la vie privée‹ (Szenen aus dem Privatleben) der ›Études des mœurs‹ (Sittenstudien). 1842 nahm Balzac nach einer Überarbeitung, die einer Vereinheitlichung der Romanstruktur diente, dieses Werk unter dem Titel‹ ›La femme de trente ans‹ in den dritten Band der ›Scènes de la vie privée‹ der ›Comédie humaine‹ (Menschliche Komödie) auf.

Der vorliegende Text beruht auf der Ausgabe: Honoré de Balzac, Die Menschliche Komödie. Deutsche Ausgabe in zehn Bänden. Übersetzt von Felix Paul Greve u. a. Eingeleitet von Hugo von Hofmannsthal. Vorrede von Honoré de Balzac. Insel Verlag Leipzig 1923-1925.

8 *Boulanger*, Louis (1806-1867): französischer Maler, schuf ein berühmtes Porträt Balzacs.

9 *Kabriolett:* leichter zweirädriger Wagen mit verstellbarem Verdeck.

10 *Prünell:* Kammgarngewebe.

Tuilerien: ehemaliges Stadtschloß der französischen Könige in Paris, Residenz Napoleons.

11 *zu jenem verhängnisvollen Feldzug:* Feldzug von 1813 gegen die 6. Koalition (Rußland, Preußen, England und Schweden), der mit der Niederlage Napoleons in der Völkerschlacht bei Leipzig endete.

Bessières, Jean Baptiste, Duc d'Istrie (1768-1813): französischer Marschall, nahm am Italien- und Ägyptenfeldzug Napoleon Bonapartes teil, befehligte 1812 die Garde in Rußland, fiel 1813 bei Rippach.

Duroc, Géraud Christophe Michel, Duc de Frioul (1772-1813): franz. General, unter Napoleon Großmarschall.

Schlacht von Lützen: 2. 5. 1813, Sieg Napoleons über die russische und preußische Armee.
Schlacht von Bautzen: 20./21. 6. 1813, Sieg Napoleons über die russische und preußische Armee.
sich von Österreich, Sachsen, Bayern und Bernadotte verraten sehen: Österreich: sicherte Napoleon 1812 im Falle eines Krieges mit Rußland Hilfe zu, verbündete sich dann am 27. 6. 1813 mit Preußen und Rußland und erklärte am 12. 8. 1813 Napoleon den Krieg.
Sachsen: Gemeint ist der während der Völkerschlacht erfolgte Übertritt von viertausend in der napoleonischen Armee kämpfenden Sachsen zu den Verbündeten, der große Empörung im französischen Heer hervorrief.
Bayern: tritt am 8. 10. 1813 (Vertrag zu Ried) zu den Verbündeten über.
Bernadotte, Jean Baptiste (1763-1844): französischer Marschall, seit 1810 Thronfolger, seit 1818 als Karl XIV. Johann König von Schweden, schloß 1812 ein Bündnis mit Rußland, das ihm für seinen Anschluß an die antinapoleonische Koalition die Krone von Norwegen zusicherte.

12 *Place du Carrousel:* Platz in Paris, der von den Seitenflügeln und dem Haupttrakt des Louvre begrenzt wird, 1806 ließ Napoleon auf diesem Platz einen Triumphbogen zur Erinnerung an die Schlacht von Austerlitz errichten.

15 *die wundervollen venezianischen Pferde:* Gemeint ist die Bronzequadriga der Markuskirche in Venedig, die 1811-1814 den Triumphbogen auf der Place du Carrousel krönte und unter Ludwig XVIII. zurückerstattet wurde.

18 *bei Wagram:* Schlacht am 6. 7. 1809, Sieg Napoleons über die Österreicher.
an der Moskwa: Schlacht bei Borodino, 26. 8. 1812, Sieg der Truppen Napoleons über die russische Armee unter Kutusow.

19 *Gérard*, François, Baron (1770-1837): französischer Maler, Schüler von David, erlangte Berühmtheit durch sein Gemälde ›Die Schlacht von Austerlitz‹.

28 *Kabinett von Saint-James:* Bezeichnung für die englische Regierung.
Vertrag von Amiens: Friedensvertrag 1802 zwischen Frank-

reich und England, Ende der 2. antifranzösischen Koalition (England, Rußland, Österreich).

29 *Soult*, Nicolas, Duc de Dalmatie (1769-1815): Marschall von Frankreich, entschied die Schlacht von Austerlitz, Heerführer im Spanienfeldzug; Kriegsminister (1814, 1830-1832) und mehrmals Premierminister während der Julimonarchie.

Zufluchtsort des heiligen Martin: Martin von Tours (316- zw. 397 u. 401); katholischer Heiliger, teilte seinen Mantel mit einem Bettler.

31 ›*La Galérie de l'Ancienne Cour*‹: anekdotenartige Erinnerungen aus der Zeit der Herrschaft Ludwigs XIV. und Ludwigs XV.

33 *Duclos*, Charles Pinot (1704-1772): französischer moralisch-skeptischer Schriftsteller, Verfasser der ›Considérations sur les mœurs de ce siècle‹ (Betrachtungen über die Sitten dieses Jahrhunderts).

Richelieu, Armand de Vignerot Du Plessis, Duc de (1696-1788): Großneffe des Kardinals, Marschall von Frankreich und Freund Voltaires.

34 *La Trappe:* Stammkloster des reformierten Zisterzienserordens (Trappisten) mit einem strengen Schweigegelübde.

42 *Schreckenszeit:* Gemeint ist jene Periode der Revolution (2. 6. 1793 bis 27. 7. 1794), in der die Diktatur der Jakobiner herrschte, in der die politische Gewalt durch Konventsausschüsse, das Revolutionstribunal und die örtlichen Revolutionskomitees ausgeübt wurde.

44 *Sturz des Kaiserreichs:* 31. 3. 1814 Besetzung von Paris durch die Truppen der 6. Koalition, Thronverzicht Napoleons am 2. 4. 1814.

Bourbonen: französisches Adelsgeschlecht seit dem 10. Jh., das mit Heinrich IV. (1589) die Königswürde erwarb und mit Unterbrechung (1792-1814, 1815) seine Herrschaft bis zur Julirevolution 1830 (Sturz Karls X.) innehatte.

46 *Comte d'Artois* (1757-1836): einer der Führer des französischen Emigrationsheeres in Deutschland; jüngster Bruder Ludwigs XVI. und Ludwigs XVIII. und als Karl X. König von Frankreich (1824-1830); seine Herrschaft wurde durch die Julirevolution 1830 gestürzt.

Ludwig XVIII. (1755-1824): König von Frankreich (1814, 1815-1824), Bruder Ludwigs XVI.; zu Beginn der Französischen Revolution beteiligte er sich an der Konspiration des Marquis de Favras (1790); nach der erfolglosen Flucht des Königs Emigration; kämpfte in der preußischen Armee gegen die französischen Revolutionstruppen. Nach der Hinrichtung Ludwigs XVI. (1793) proklamierte er den Dauphin (1785-1795) als Ludwig XVII., sich zum Regenten und nahm nach dessen Tod den Königstitel an. Nach dem Sturz Napoleons I. erneuerte er die Herrschaft der Bourbonen und leitete die Restauration ein.

47 *Restauration:* Periode der Bourbonenherrschaft (1814, 1815-1830).

49 ›*Conservateur*‹: ultraroyalistische Zeitung, die nur zwei Jahre (1818-1820) bestand.

59 *Romanze der Desdemona:* aus der Oper ›Othello‹ von Rossini, die nach ihrer Uraufführung 1816 in Neapel im Théâtre-Italien in Paris gespielt wurde.

60 *Malibran*, Maria-Felicia Garcia (1808-1836): Opernsängerin, feierte 1828-1836 Triumphe in Paris.

Pasta, Giuditta (1798-1856): berühmte italienische Opernsängerin, 1822-1840 in Paris engagiert.

63 ›*Semiramis*‹: Oper von Rossini, 1823 in Venedig uraufgeführt.

Faubourg Saint-Germain: Stadtviertel von Paris, wo im 19. Jh. die vornehme Gesellschaft, vor allem die Hocharistokratie, wohnte.

65 *Mechelner Spitzen:* genannt nach der durch ihre Spitzenindustrie berühmten belgischen Stadt Mecheln.

74 *punische Treue:* Die Karthager (Punier) hielten ihrem Feldherrn Hannibal die Treue und lehnten die Forderung der Römer, diesen nach der Eroberung von Sagunt (219 v. Chr.) auszuliefern, ab. Das wurde zum Anlaß für den 2. Punischen Krieg (218-201 v. Chr.).

78 *Ferman:* türk., Freibrief.

79 *Maturin*, Charles Robert (1782-1824): irischer Schriftsteller, dessen mystische Schauerromane (›Melmoth, the Wanderer‹), während der Restauration ins Französische übersetzt, großen Einfluß auf Balzacs Schaffen hatten.

86 *Code civil:* oder ›Code Napoléon‹, das bürgerliche Gesetzbuch vom 21. März 1804.

87 *Duc d'Angoulême*, Louis de Bourbon, Duc d' (1775-1844): ältester Sohn Karl X., leitete 1823 den Feldzug gegen die spanische Revolution, der die Macht Ferdinands VII. erneuerte.

97 *›Hundert Tage‹:* Regierungszeit Napoleons nach seiner Rückkehr von Elba, 20. 3.-28. 6. 1815.

Fleurus: 26. 6. 1794, entscheidender Sieg der französischen Revolutionsarmee unter General Jourdans über die Interventionstruppen.

Ligny: 16. 6. 1815, Napoleon schlug die Preußen unter Blücher.

Schlacht von Waterloo: 18. 6. 1815, entscheidender Sieg der Engländer unter Wellington und der Preußen unter Blücher über Napoleon.

109 *Artemisia von Ephesus:* Schwester und Gemahlin des Mausolos; ehrte das Andenken ihres Gemahls nach dessen Tod durch die Erbauung jenes berühmten Mausoleums, das zu den sieben Weltwundern gezählt wird.

110 *Kongreß nach Laibach* (Ljubljana): 1821 auf Initiative Metternichs einberufen, beschloß Maßnahmen gegen die revolutionäre Bewegung in Neapel, Piemont und Spanien.

112 *anno 1789:* Am 14. Juli 1789 begann die Französische Revolution, die zum Sturz der Monarchie führte.

114 *Sganarelle:* Gestalt in Molières Stück ›Arzt wider Willen‹.

120 *mezzo termine:* ital., Mittelweg.

126 *Mnemosyne:* Titanin in der griechischen Mythologie, Mutter der Musen.

129 *Pascal*, Blaise (1623-1662): französischer Schriftsteller, Philosoph, Mathematiker und Physiker.

136 *Jardin des Plantes:* botanischer Garten und Naturkundemuseum im Südosten von Paris.

Faubourg Saint-Marceau: Vorort von Paris, in dem vor allem die ärmeren Volksschichten wohnten.

Panthéon: 1764 erbaute, der Schutzherrin von Paris bestimmte Kirche. Während der Revolutionszeit wurde sie zu einem Tempel, der als Ruhestätte für bedeutende Männer Frankreichs dienen sollte, und erhielt den Namen Panthéon. Unter der

Restauration war das Pantheon wieder Kirche und ist seit der III. Republik endgültig Gedenkstätte.

Val-de-Grâce: ehemaliges Kloster von Paris in der Rue Saint-Jacques; die 1645-1665 unter der Leitung von Mansart erbaute Kapelle wird von einer gewaltigen Domkuppel überragt.

Hôtel des Invalides: 1670 auf Anregung von Ludwig XIV. geschaffenes Bauwerk im Faubourg Saint-Germain, das bestimmt war, Kriegsinvaliden eine Bleibe zu schaffen. Das Hôtel des Invalides wird von der Kuppel des Dôme des Invalides überragt, in dem seit 1840 Napoleon I. seine letzte Ruhestätte fand.

Luxembourg: Palais du Luxembourg, 1615-1620 für Maria von Medici erbauter Palast in Paris, von einem großen Park (Jardin du Luxembourg) umgeben.

Saint-Sulpice: 1745 erbaute Kirche im Faubourg Saint-Germain.

137 *Père Lachaise:* 1806 eröffneter Friedhof von Paris, benannt nach dem Beichtvater Ludwigs XIV.

140 *Charlet*, Nicolas (1792-1845): französischer Maler und Lithograph, trug durch Darstellung von Militärszenen zum Napoleonmythos bei.

142 *Tilbury:* zweisitziger, zweirädriger leichter Wagen mit Klappverdeck.

144 *Sterne*, Lawrence (1713-1768): engl. Schriftsteller, berühmt durch seinen Roman ›Leben und Ansichten des Tristram Shandy‹.

ins Ambigu-Comique: 1769 von Audinot erbautes Theater, wo zunächst Marionettenspiele, später kleine Stücke, Komödien, Farcen und Pantomimen aufgeführt wurden; 1827 abgebrannt, wurde es 1829 in der Rue de Bondy neu errichtet.

in die Gaieté: Theater, gegründet 1670 durch den Wanderschauspieler Nicolet, der dort Jahrmarktskunststücke vorführte, seit der Revolutionszeit wurden vorzugsweise melodramatische Schauerstücke in diesem Theater aufgeführt.

147 *›Das Tal des Wildbachs‹:* ›Das Tal des Wildbachs oder das Waisenkind und der Mörder‹, 1816 uraufgeführtes Melodrama von Frédéric Dupetit-Méré (1785-1827), einem in der ersten Hälfte des Jahrhunderts beliebten Verfasser trivialer Schauerdramen.

152 *Montreuil:* Stadt im Osten von Paris.
Saint-Cloud: Residenzstadt an der Seine.
Ludwig XV. (1710-1774): König von Frankreich (1715-1774); Urenkel Ludwigs XIV., dem er unter der Regentschaft des Duc d'Orléans (1715-1723) auf dem französischen Thron folgte; die Regierungszeit Ludwigs XV. war gekennzeichnet durch Mätressenwirtschaft und kostspielige Kriege, die Frankreich die politische Vormachtstellung in Europa kosteten.
155 *das rote Band:* höchste Klasse des Kreuzes der Ehrenlegion.
Astrallampen: vervollkommnete Art der Öllampe.
160 *Fox*, Charles (1749-1806): englischer Politiker, Führer der Whigs, Verfechter der Idee einer Allianz Englands mit Frankreich und den USA.
175 *Leidener Flasche:* mit Stanniol belegte Glasflasche zur Aufspeicherung von Elektrizität, auch Kleistsche Flasche genannt.
182 *bevor Spanien die Unabhängigkeit der amerikanischen Republiken erklärte:* Die Befreiungskriege 1810-1824 unter Simon Bolivar erzwingen die Unabhängigkeit der meisten mittel- und südamerikanischen Kolonien vom spanischen Kolonialjoch (Bolivien 1825, Kolumbien 1813, Argentinien 1816, Chile 1818, Peru 1824, Venezuela 1811/12, Mexiko 1821).
Gascogne: französische Provinz zwischen Pyrenäen, Garonne und Atlantik, Hauptstadt: Auch.
Cordouan: Felsen in der breiten Mündung der Gironde, auf welchem sich ein im 16. Jh. erbauter Leuchtturm erhebt.
193 *Sèvresporzellan:* Sèvres, Ort an der Seine, berühmt durch die im Park von Saint-Cloud errichtete Porzellanmanufaktur.
Jaquotot, Marie-Victor (1778-1855): Porzellanmalerin der Manufaktur von Sèvres.
Gudin, Théodore (1802-1880): französischer Maler, während der Restauration erfolgreich durch seine romantischen Landschaftsgemälde.
Terborch, Gerard (1617-1681): holländischer Maler von Porträts und Genreszenen.
Raffael, Raffaelo Santi (1483-1520): italienischer Maler, Hauptmeister der Renaissance.
Girodet-Trioson, Anne-Louis Girodet de Roucy (1767 bis 1824): französischer neoklassizistischer Maler.

Dow, Gérard auch Dou, G. (1613-1675): niederländischer Genremaler.

Drolling, Martin (1752-1817): autodidaktischer Maler von Genreszenen und Interieurs im Stil von Delacroix.

194 *Boudoir*: Damenzimmer.

David, Louis (1748-1825): französischer Maler, Haupt der neoklassizistischen Schule, das Gemälde ›Brutus‹ wurde von Ludwig XVI. bestellt und im Salon 1789 ausgestellt.

200 *Bolivar*, Simon (1783-1830): General und südamerikanischer Staatsmann, befreite Bolivien und Kolumbien von der spanischen Kolonialherrschaft.

203 *Eaux:* Thermalbad in den Pyrenäen.

207 *Dôme des Invalides:* vgl. Anm. zu S. 136, ›Hôtel des Invalides‹.

208 *Constantine:* Stadt in Algerien, 1837 von den Franzosen erobert.

210 *die Italienische Oper:* Gemeint ist das in den letzten Jahren der Restauration erbaute Théâtre-Italien, wo man italienische Opern mit italienischen Sängern aufführte.

Bois: Gemeint ist der Bois de Boulogne, ein großer Park im Westen von Paris, Treffpunkt der vornehmen Gesellschaft.

211 *Karl X.* (1757-1836): Bruder Ludwigs XVI. und Ludwigs XVIII., nach dessen Tod (1824) er den Thron der Bourbonen bestieg; 1830 floh er vor der Julirevolution nach England, vgl. Anm. zu S. 46: Comte d'Artois.

212 *Murillo*, Bartolomé Estéban (1617-1682): spanischer Maler, der neben Madonnen- und Heiligenbildern auch realistische Genreszenen schuf.

Cenci, Beatrice: ermordete ihren Vater gemeinsam mit ihrem Bruder; 1599 endeten beide auf Befehl des Papstes auf dem Schafott.

Reni, Guido (1575-1642): italienischer Barockmaler, vor allem von Madonnen- und Heiligenbildern.

Philipp II. (1575-1642): König von Spanien, löste durch grausame Unterdrückung die Unabhängigkeitsbewegung der Niederlande aus, Oberhaupt der Gegenreformation.

Velazquez, Diego (1599-1660): spanischer Hof- und Porträtmaler.

Dante Alighieri (1265-1321): größter italienischer Dichter, Hauptwerk ist das Epos ›Die Göttliche Komödie‹.

213 *Kapotthut:* kleiner Damenhut mit Bändern.

216 *Roué:* frz., Wüstling, Stutzer.

Zu dieser Ausgabe

insel taschenbuch 1953: Honoré de Balzac, Die Frau von dreißig Jahren. Titel der französischen Originalausgabe: La femme de trente ans. Entstanden und zuerst veröffentlicht: 1831-1834/35 in Zeitschriften, im selben Jahr erschienen als Buch unter dem Titel »Même histoire« in Band 4 der »Scènes de la vie privée« der »Études des mœurs«. 1842 überarbeitet und unter dem Titel »La femme de trente ans« im dritten Band der »Scènes de la vie privée« der »Comédie humaine« aufgenommen. Der vorliegende Text beruht auf der Ausgabe: Honoré de Balzac, Die Menschliche Komödie. Deutsche Ausgabe in zehn Bänden. Übersetzt von Felix Paul Greve u. a. Eingeleitet von Hugo von Hofmannsthal. Vorrede von Honoré de Balzac. Insel Verlag Leipzig 1923-1925. Die von Erika Wesemann überarbeitete Ausgabe, die zuerst im Gustav Kiepenheuer Verlag Leipzig erschien, wurde 1996 als insel taschenbuch 1914 vorgelegt. Umschlagabbildung: Félix Vallotton, Die Frau des Künstlers in dessen Atelier, 1902

Honoré de Balzac
Die Menschliche Komödie

Die großen Romane und Erzählungen
Zwanzig Bände in Kassette
Die Bände sind auch einzeln lieferbar

Band 1 · *Eugénie Grandet*
Einleitung von Hugo von Hofmannsthal
Vorrede von Honoré de Balzac · it 1901

Band 2 · *Ursule Mirouët* · it 1902

Band 3 · *Ein Junggesellenheim* · it 1903

Band 4 · *Die alte Jungfer* · it 1904

Band 5 · *Pierrette* · it 1905

Band 6 · *Verlorene Illusionen* · it 1906

Band 7 · *Geschichte der Dreizehn*
Ferragus, das Haupt der Verschworenen · Die Duchesse de Langeais · Das Mädchen mit den Goldaugen · it 1907

Band 8 · *Glanz und Elend der Kurtisanen* · it 1908

Band 9 · *Tante Lisbeth* · it 1909

Band 10 · *Vetter Pons* · it 1910

Band 11 · *Vater Goriot* · it 1911

Band 12 · *Oberst Chabert* · it 1912

Band 13 · *Gobseck · Das Haus zur »Ballspielenden Katze«* · it 1913

Band 14 · *Die Frau von dreißig Jahren* · it 1914

Band 15 · *Der Landarzt* · it 1915

Band 16 · *Die Lilie im Tal* · it 1916

Band 17 · *Die Chouans, Rebellen des Königs* · it 1917

Band 18 · *Das Chagrinleder* · it 1918

Band 19 · *Das verfluchte Kind*
Die Verbannten · Meister Cornélius · Das Lebenselixier · Das verfluchte Kind · Das unbekannte Meisterwerk · Die Sühnemesse – Eine Episode aus der Schreckenszeit · Der Rekrut · it 1919

Band 20 · *Eine dunkle Affäre*
Eine Leidenschaft in der Wüste · Lebwohl · El Verdugo · it 1920

Französische Literatur im insel taschenbuch

Alain: Sich beobachten heißt sich verändern. Betrachtungen. Auswahl, Übersetzung und Nachwort von Franz Josef Krebs. Neuübersetzung. it 1559

Honoré de Balzac: Eugénie Grandet. Aus dem Französischen von Gisela Etzel. Herausgegeben von Eberhard Wesemann. it 1127

– Die Frau von dreißig Jahren. Aus dem Französischen übertragen von Werner Blochwitz. it 460

– Glanz und Elend der Kurtisanen. Aus dem Französischen von Felix Paul Greve. it 1232

– Tolldreiste Geschichten. Aus dem Französischen von Benno Rüttenauer. Mit Illustrationen von Gustave Doré. it 911

– Vater Goriot. Aus dem Französischen von Franz Hessel. Herausgegeben von Erika Wesemann. it 1167

Charles Baudelaire: Die Blumen des Bösen. Übertragen von Carlo Schmid. it 120

Pierre Augustin Caron de Beaumarchais: Die Figaro-Trilogie. Der Barbier von Sevilla oder Die nutzlose Vorsicht. Der tolle Tag oder Figaros Hochzeit. Die Schuld der Mutter oder Ein zweiter Tartuffe. Deutsch von Gerda Scheffel. Nachwort von Norbert Miller. Mit zeitgenössischen Illustrationen. it 228

George Clémenceau: Claude Monet. Betrachtungen und Erinnerungen eines Freundes. Mit farbigen Abbildungen und einem Nachwort von Gottfried Boehm. it 1152

Alphonse Daudet: Briefe aus meiner Mühle. Aus dem Französischen von Alice Seiffert. it 446

– Tartarin von Tarascon. Die wunderbaren Abenteuer des Tartarin von Tarascon. Mit 45 Zeichnungen von Emil Preetorius. it 84

Denis Diderot: Die Nonne. Mit einem Nachwort von Robert Mauzi, die Übersetzung des Nachworts besorgte Margaret Carroux. it 31

Alexandre Dumas fils: Die Kameliendame. Aus dem Französischen von Walter Hoyer. Mit Illustrationen von Paul Gavarni. it 546

Alexandre Dumas père: Die drei Musketiere. Aus dem Französischen von Herbert Bräuning. it 1131

– Der Graf von Monte Christo. 2 Bde. Bearbeitung einer alten Übersetzung von Meinhard Hasenbein. Mit Illustrationen von Pavel Brom und Dagmar Bromova. it 266

Gustave Flaubert: Bouvard und Pécuchet. Aus dem Französischen übersetzt von Georg Goyert. Mit Illustrationen von András Karakas. Mit einem Vorwort von Victor Brombert und einem Nachwort von Uwe Japp. it 373

152/1/12.95